HEYNE <

Das Buch

Drei Morde beschäftigen Bomilkar, als »Herr der Wächter« zuständig für Ruhe und Ordnung in Karthago: ein Inder – Pilger und buddhistischer Missionar – wurde erstochen, ein Marktarbeiter überfahren, der Besitzer mehrerer Mietshäuser vom Dach gestürzt. In die verwickelten Ermittlungen mischt sich die Politik. Anno 228 v. Chr., zehn Jahre vor Beginn des Zweiten Punischen Kriegs, sind die Beziehungen zwischen Karthago und Rom ruhig, aber es ist ein unbehaglicher Friede. Der Senat betrachtet Karthagos Unternehmungen auf der iberischen Halbinsel mit Mißtrauen; deshalb schickt der karthagische Rat eine Gesandtschaft nach Rom. Und Bomilkar muß die Gesandten begleiten: Er hat in Iberien gekämpft, kennt sich mit den dortigen Zuständen aus und soll außerdem die Ratsherren beschützen. Oder will man seine Ermittlungen behindern? Gibt es Zusammenhänge zwischen den drei Morden und anderen Vorgängen? Widerwillig reist er nach Rom. Dort trifft er auf seinen alten Freund und Gegenspieler Laetilius und erhält überraschende Informationen, die sich aber erst nach der Rückkehr in Karthago auswerten lassen. Und dort sind inzwischen weitere Morde geschehen.

Der Autor

Gisbert Haefs, 1950 in Wachtendonk am Niederrhein geboren, lebt und schreibt in Bonn. Als Übersetzer und Herausgeber ist er unter anderem für die neuen Werkausgaben von Ambrose Bierce, Rudyard Kipling, Jorge Luis Borges und zuletzt Bob Dylan zuständig.
Zu schriftstellerischem Ruhm gelangte er nicht nur durch seine Kriminalromane, sondern auch durch seine farbenprächtigen historischen Werke *Hannibal*, *Alexander*, *Troja* und *Caesar*.

Lieferbare Titel

*Hannibal – Das Gold von Karthago – Das Schwert von Karthago – Der erste Tod des Marc Aurel – Caesar*

Gisbert Haefs

# Die Mörder von Karthago

Roman

WILHELM HEYNE VERLAG
MÜNCHEN

MIX
Papier aus verantwortungsvollen Quellen
FSC® C014496

Verlagsgruppe Random House FSC-DEU-0100
Das für dieses Buch verwendete
FSC®-zertifizierte Papier *Holmen Book Cream*
liefert Holmen Paper, Hallstavik Schweden.

Taschenbuchausgabe 02/2012

Printed in Germany 2012
Umschlaggestaltung: Eisele Grafik · Design, München
Satz: Leingärtner, Nabburg
Druck und Bindung: GGP Media GmbH, Pößneck

ISBN: 978-3-453-47114-6
www.heyne.de

# I. KAPITEL

[228 v. Chr.] Als Bomilkar die Wachstube neben dem Tynes-Tor betrat, sah sein Stellvertreter auf, grunzte und ließ den Blick wieder auf den Halm sinken, den er eben in Tinte getaucht hatte.

»Du könntest auch lächeln«, sagte Bomilkar. »Die Götter mögen dir einen Tag der Wonne und des Entzükkens gewähren.«

Autolykos kritzelte auf dem Papyros herum. »Bah. Sie tun nichts dergleichen.«

Bomilkar legte die Umhängetasche auf die Bank an der Wand zum hinteren Raum. Leise pfeifend, ging er zum Tisch, stützte die Fäuste auf die Platte und versuchte, die Zeichen zu enträtseln. »Dichtung oder Wahrheit?«

Autolykos steckte den Halm ins Tintentöpfchen. »Dichtung«, sagte er. »Der Rat will eine Rechtfertigung dafür, daß wir über unseren üppigen Sold hinaus Geld ausgeben.«

»Und weil du ohnehin einen weit besseren Überblick hast als ich …«

Autolykos deutete neben sich auf den Boden. Dort stand eine Kiste, bis unter den Rand gefüllt mit abgerissenen Papyrosfetzen. »Du kannst das doch alles gar nicht lesen«, sagte er mit künstlich matter Stimme. »Und mir hilft es, nicht an anderes zu denken.«

»An was, zum Beispiel?«

»Daran, daß ich jetzt irgendwo hinter Capua geruhsam zwei Ochsen und einen Pflug lenken könnte. Wenn ich nicht Lesen und Schreiben gelernt hätte.«

»Du vergißt etwas.« Bomilkar ging zu dem kleinen Eisenofen, auf dem ein Topf mit Kräutersud, Fruchtstückchen und ein wenig Wein stand. Er goß einen Becher halb voll und trank.

»Was vergesse ich?«

Bomilkar wandte sich wieder dem grauhaarigen kampanischen Hellenen zu. »Vor vierundzwanzig Jahren ...«

»Sechsundzwanzig.«

»Meinetwegen. Damals bist du unseren Werbern gefolgt, um auf Sizilien gegen die Römer zu kämpfen.«

Autolykos hob die Schultern. »Ich hätte ja zurückgehen können.«

»Dann dürftest du jetzt als römischer Bundesgenosse ackern und säen.«

»Kleinigkeiten wie diese übersieht ein großer Geist.«

»Gibt es andere Kleinigkeiten, von denen ich wissen sollte?«

»Drei, aber ehe du sie erfährst, wollte ich dich hiermit erheitern.« Autolykos klopfte auf seinen Papyros.

»Aha. Werde ich vor Wonne kreischen? Oder muß ich mich setzen, um es zu ertragen?«

»Besser, ja. Wo hast du denn herumgelungert, daß du erst jetzt auftauchst?«

Bomilkar ließ sich auf die Ruhebank sinken. »Ich habe mir erlaubt, zum ersten Mal seit anderthalb Monden zu schlafen, bis der Schlaf von selbst aufgehört hat.«

»Üppige Schwelgerei.« Autolykos schien zu warten, bis Bomilkar den nächsten Schluck genommen und den Becher abgesetzt hatte; dann sagte er: »Himilko, Schreiber des edlen Arish, Fünf-Herr für Fremdlande, will dich sprechen. Irgendwas im Zusammenhang mit Rom.«

»Aha. Das kann warten. Weiter.«

»Eine Leiche. Der Inder.«

Bomilkar starrte ihn einen Moment ratlos an und dachte an einige der *Inder* genannten Elefantenreiter in der Festung. Dann begriff er. Und spürte, wie sich seine Nackenhaare aufrichteten.

»Der Pilger? Priester?« Er fuhr sich mit der Hand ins Genick, um die Haare glattzustreichen.

Autolykos hob die Brauen. »Sträubt sich da was? Böses Zeichen, wie?«

Bomilkar nickte. Die Nackenhaare hatten ihn vor Überfällen und Hinterhalten gewarnt, als er noch bei den Truppen in Iberien gewesen war, und seit man ihn zum Herrn der Wächter von Qart Hadasht gemacht hatte, waren sie immer ein zuverlässiges Zeichen gewesen, daß etwas nicht so war, wie es sein sollte. »Wo und wie?« sagte er.

»In einer Gasse nordöstlich der Agora. Man hat ihm die Kehle geschlitzt und den Bauch geöffnet.«

»Unsere besonderen Freunde?«

»Vielleicht. Jedenfalls in ihrem Gebiet.«

Die Gegend zwischen Agora, Byrsahang und Seemauer war das Reich der Fürsten der Finsternis: Schmuggler, Diebe, Räuber, Totschläger. Bomilkar und seine Büttel mieden diese Straßen und Gassen – außer wenn es unbedingt sein mußte, und dann gingen sie in Gruppen.

»Was kann er da gesucht haben?«

Autolykos breitete die Arme aus. »Was hat er überhaupt hier gesucht?«

Der Mann fiel ihm auf, weil er etwas tat, was Bomilkar für seine eigene Form des Erfassens hielt und noch bei keinem so gesehen hatte: Er atmete durch die Nase und die Zähne und hielt dabei die Augen geschlossen.

Bomilkar erinnerte sich an die eigene Ankunft im großen Hafen von Qart Hadasht; wie der Mann, den er beobachtete, hatte er damals ein Schiff verlassen, sein karges Gepäck auf dem Kai abgestellt, die Augen geschlossen und die Stadt, den Hafen und den Weltkreis geatmet. ›Vielleicht wäre eratmet besser‹, dachte er – eratmen, wie erfassen oder erkennen oder ergreifen. Brackwasser, feuchtes Holz, Taue, Leder, Segeltuch, Männerschweiß, Fisch, Füße, ein Gemenge der Ausdünstungen von tausend Menschen, Tieren, Waren; gestrige Speisen, heutiger Wein ... Der Fremde öffnete langsam die Augen und sah sich um. Er trug ein seltsames Wickelgewand, das vor langer Zeit einmal gelb oder gelbrot gewesen sein mußte, und neben seinem rechten Bein lag ein kleiner Reisebeutel. Das Schiff, das ihn in den Hafen gebracht hatte, kam aus der Mutterstadt der Chanani, aus Tyros, aber der Mann war kein Phöniker.

Er öffnete die Augen. Offenbar hatte er die Welterfassung durch Riechen beendet. Ohne Anzeichen von Eile nahm er seinen Beutel auf und tat ein paar Schritte, wich Stauern aus, sah sich um. Er schien etwas zu suchen, nicht dringend, eher beiläufig, und sah Bomilkar, der auf einem Poller saß und als einziger in Sichtweite nichts zu tun hatte. Der Fremde näherte sich und hob die Hand.

»Du Hellenisch reden, *koine?«* sagte er in brüchigem Phönikisch.

»Für dich mache ich eine Ausnahme.«

Der Fremde lächelte, was die tausend Runzeln in seinem Gesicht tanzen ließ. Bomilkar schätzte ihn auf mindestens sechzig.

»Gut, ich danke dir. Kennst du dich aus in Karchedon?«

»Einigermaßen.«

»Kannst du mir ein Geldhaus nennen? Eines, das mit fernen Ländern handelt? Und eine gastliche Stätte, wo ein müder Reisender Unterschlupf suchen kann?«

Bomilkar verkniff sich ein Lächeln. Die griechischen Sätze klangen, als spräche sie einer aus einem anderen Jahrhundert.

»Komm«, sagte er, »ich bringe dich zu einem Geldhaus, und danach zeige ich dir eine Unterkunft für Reisende. Hast du viel Geld oder wenig?«

»Nicht viel, nicht wenig – Unterschlupf suche ich nur für eine Nacht, vielleicht zwei, bis ich ein wenig mehr gesehen habe und weiß, wo ich unter einem Baum schlafen und den Menschen meine Lehre verkünden kann.«

Bomilkar ging langsam nach Norden; der Fremde folgte. Dort, wo der Handelshafen endete und die gesperrte Durchfahrt zum Kriegshafen begann, befand sich auch der Hafeneingang der Sandbank.

»Wir müssen uns etwas beeilen«, sagte Bomilkar. »Wenn die Sonne sinkt, schließen die Herren des Geldes ihr Geschäft. Wie heißt du, und woher kommst du?«

»Ich bin Teschu, aus Indien. Wenn du weißt ...«

»Ich weiß. Dort, wo Alexanders Krieger nicht mehr weitergehen wollten.«

Teschu nickte. »Dort, und dann noch viele Meilen, bis zu den himmelhohen Bergen; daher komme ich.«

»Ich bin Bomilkar, und es ist meine Aufgabe, in dieser Stadt den Frieden und die Ordnung zu hüten.«

Der Bewaffnete vor dem Eingang zum Bankhaus nickte Bomilkar zu. Der Inder sah sich um, als sie die Bank betraten. Ein Labyrinth bunter Säulen – dazwischen Tische, Bänke und Menschen – trug die Decke; vielfarbiges Licht gischtete durch eine große Öffnung von oben herab. In der Halle war es hell und angenehm kühl; die Steinplatten des Bodens waren hier und da mit großen Teppichen belegt, an den Seitenwänden prangten Bilder, die Episoden der *Odyssee* darstellten, und die Geschäftigkeit der Mitarbeiter und Kunden ergab etwas wie ein fernes Rauschen und Murmeln, aber kein Stimmengewirr.

Eine Treppe aus rötlich glimmendem Holz, mit gedrechselten Geländerstäben, führte ins obere Stockwerk zu den Schreibräumen der Eigentümer. Teschu blieb einen Moment am Fuß der Treppe stehen, blickte hinauf, seufzte leise und folgte Bomilkar zu einem der hohen Steintische, an denen man Geld wechseln und kleinere Geschäfte abwickeln konnte. Ein junger Punier begrüßte sie.

»Hüter der Ordnung«, sagte er, »was darf ich für dich tun?«

»Für mich nichts, aber für diesen Fremden hier, der sich unter meinen Schutz begeben hat.«

»Er ist dort gut aufgehoben. Was ist dein Begehr?«

Teschu nestelte unter seinem Wickelgewand und zog ein mehrfach gefaltetes Lederstück hervor. Darin, ebenfalls mehrfach gefaltet, war ein mit allerlei Siegeln und Stempeln versehener Papyros, den er dem Punier reichte.

»Ah.« Der Angestellte betrachtete das Schriftstück, drehte es hin und her und schüttelte langsam den Kopf. »Ich kann es nicht lesen.«

»Vielleicht sollte sich Bostar darum kümmern.«

»Ich will sehen, ob der Herr der Bank Zeit hat.«

Der Inder sah dem jungen Mann nach, der treppauf eilte. »Ist es angebracht, einen großen Mann mit einem kleinen Ding zu behelligen?«

Bomilkar lachte. »Manchmal sind große Männer froh, wenn sie sich mit kleinen Dingen befassen dürfen. Und wenn keiner sonst deinen Bankbrief lesen kann, muß es wohl einer der beiden Herren der Bank sein.«

»Ah, gibt es zwei?«

»Der andere ist punischer Hellene, Antigonos; er reist aber gern und viel und ist vielleicht gar nicht da.«

»Gern und viel reisen ist förderlich.« Teschu nickte nachdrücklich. »Wer viel sieht, erkennt früher als andere, daß alle Dinge nichtig sind. Auch feine Treppen.«

Bomilkar wußte nicht recht, was er darauf erwidern sollte, deshalb schwieg er, bis der Punier zurückkam. Ihm folgte ein etwa vierzigjähriger Mann mit grauen Schläfen. Er trug einen gewöhnlichen *kitun*. Erst bei näherem Hinsehen konnte man den feinen Goldsaum entdecken, der den knielangen Leibrock vom Gewand eines einfachen Mannes unterschied.

»Der Herr der Wächter«, sagte Bostar mit einem flüchtigen Lächeln. »Diesmal nicht in schlimme Verbrechen verwickelt?«

»Die Götter werden uns beizeiten mit neuer Finsternis versorgen, Herr«, sagte Bomilkar. Dann wechselte er vom Punischen in die *koine*. »Dies hier ist Teschu aus Indien. Er hat einen Bankbrief, den dein trefflicher junger Mitarbeiter nicht lesen kann.«

Bostar entließ den Angestellten mit einer Handbewegung und nahm den Papyros. Er pfiff leise, hob die Brauen und betrachtete den Inder. »Erstaunlich«, sagte er.

»Erleuchte mich, Herr«, sagte Bomilkar.

»Ich kann nicht alles lesen.« Bostar hob die Schultern. »Was ich lesen kann, sagt mir, daß die Gemeinschaft, der du angehörst, Teschu, nicht eben arm ist.«

Der Inder lächelte. »Wir sind auf die Gaben guter Menschen angewiesen, um essen und trinken zu können. Manchmal, vor allem in der Fremde, sind diese guten Menschen nicht so schnell zu finden. In der Zwischenzeit ...«

»Das reicht für die Zwischenzeit. Wieviel willst du haben?«

Teschu wandte sich an Bomilkar. »Was braucht ein Bescheidener, um in eurer Stadt zu überleben?«

»Glück«, sagte Bomilkar. »Große Städte sind nichts für Bescheidene. Und Geld. Eine Familie braucht einen halben *siglos* am Tag oder etwas mehr. Aber du wirst mehr brauchen, du hast ja keine Behausung.«

»Bis ich einen Baum gefunden habe, zu dessen Füßen ich schlafen kann, und gute Menschen, die meine Bettelschale füllen ... Fünfzig?«

Bostar nickte, winkte den jungen Mann wieder herbei und sagte auf Punisch: »Nimm ihn mit, gib ihm fünfzig *shiqlu*, groß und klein gemischt; ich bereite die Eintragung hier vor.«

Der Punier und der Inder gingen zu einem kleineren Steintisch; Bomilkar blickte hinterher und schüttelte den Kopf.

»Was ist das für eine Gemeinschaft, der er angehört? Und wieso kannst du lesen, was dein Mitarbeiter nicht enträtselt?«

Bostar hatte aus einer Vertiefung Papyros, Tinte und einen Halm genommen und zu schreiben begonnen. Ohne aufzublicken, sagte er:

»Es ist so etwas wie ein Tempel. Eine Art Bruderschaft von Priestern. Die indischen Zeichen kann ich nicht lesen, aber hier« – er deutete auf ein Gewirr von Strichen und Klecksen – »sind im Fernhandel mit dem Osten übliche Kürzel eines baktrischen Bankhauses.«

»Darf ich fragen, wie ein solcher Handel, das Verschieben von Geld, abläuft?«

»Ganz einfach. Ich bestätige auf seinem Bankbrief, daß er Geld bekommen hat. Und fünf Hundertstel für unsere Leistung und Mittlerschaft. Auf diesem Papyros trage ich es für uns ein. Davon werden mehrere Abschriften gemacht. Irgendwann kommen Händler vorbei, die dort etwas zu erledigen haben. In Indien oder Baktrien. Dann wird es mit ihren Schulden oder Guthaben verrechnet. Wenn bis zum Ende des Jahres nichts geschehen ist, geht alles an die Königliche Bank in Alexandria; die verwalten die Geschäfte der östlichen Bankhäuser und verrechnen das mit unseren Schulden oder Guthaben.«

»Ich danke dir für die Erhellung, Herr.«

Bostar grinste flüchtig. »Sag Bescheid, wenn du Geld in Indien anlegen willst.«

»Ich kümmere mich lieber weiter um die Ordnung der Stadt; das erscheint mir weniger unsicher.«

Teschu kam zurück; im Gehen stopfte er Münzen in einen Beutel – Schekel, Halbschekel, Viertel und Achtel, soweit Bomilkar dies sehen konnte. Den Beutel steckte er ins Wickelgewand und barg ihn vor der Brust. Dort hing an einem dünnen Lederbändchen ein Gegenstand, wie Bomilkar ihn noch nie gesehen hatte: zwei aus Speichen oder gebogenen Metallstreben geformte Kugeln, verbunden durch einen ebenfalls metallenen Stab.

»Ah, eines noch, Herr«, sagte Bomilkar, als sie sich von Bostar verabschiedet hatten und gehen wollten. »Da du dich auskennst – gibt es Beziehungen zwischen seinem Tempel und einem der hiesigen?«

Bostar schob die Unterlippe vor. »Hm. Ich weiß nicht. Die vom Melqart-Tempel haben die engsten Beziehungen mit Suru – Tyros, weißt du«, setzte er in der *koine* hinzu, an Teschu gewandt. Er lächelte boshaft und fuhr auf Punisch fort: »Du kannst ja mit deinem besonderen Freund Hanno reden, er ist immer noch Hoher Priester des Melqart.«

»Ach nein, lieber nicht, Herr.«

Als sie die Bank verlassen hatten, erkundigte sich Teschu, der zumindest Bruchstücke verstanden hatte, was es mit der Freundschaft zwischen Bomilkar und Hanno auf sich habe.

»Das ist eine längere Geschichte«, sagte Bomilkar.

»Ich mag längere Geschichten. Aber sag mir zuerst noch, wenn du magst, wie es kommt, daß der Herr aller Wächter dieser großen Stadt sich um einen unwichtigen Reisenden kümmert.«

Bomilkar lachte. »Komm; ich bringe dich zu dem Tempel, den der Herr der Sandbank erwähnt hat. Sie liegt für mich am Weg. Ich habe mit einigen Wächtern in der Nähe des Hafens gesprochen, um einen alten Vorgang abzuschließen, und deine Art, die Welt durch die Nase aufzunehmen, hat mich bewegt, mit dir zu sprechen.«

Teschu hatte das gefaltete und gewickelte Leder mit Bostars Vermerk bis jetzt in der rechten Hand gehalten. Nun schob er es unter sein Gewand und sagte: »Die Nase erkennt, was den Augen entgeht. Gehört und geschaut hatte ich schon vorher. Ein Tempel, sagst du? Welcher? Wem ist er heilig?«

»Dem Baal Melqart, das heißt ›Herr der Stadt‹. Es gibt dort ein sehr altes Bildwerk aus Eisen. Heiliges Eisen, aus vom Himmel gefallenen Steinen, nicht Eisen aus der Erde.«

Der Inder blieb stehen. »Himmelseisen? Wie das hier.« Er klopfte sich an die Brust; Bomilkar nahm an, daß er den seltsamen Gegenstand meinte, der an seinem Hals hing. »Ist es der Gott, dem Kinder geopfert werden?« Er verzog das Gesicht.

»Das behaupten die Hellenen«, sagte Bomilkar. »In seinem Eisenmund werden totgeborene oder als Säugling gestorbene Kinder geopfert, damit der Gott der Stadt lebensfähige Kinder schenkt.«

»Ah. Und warum bringst du mich dorthin?«

»Da du ein Priester bist, werden dir andere Priester vielleicht zunächst weiterhelfen.«

»Möglich. Nun sprich von deiner Freundschaft mit diesem Hanno, wenn du magst.«

»Eigentlich mag ich nicht. Das liegt an der Innigkeit

der Freundschaft. Aber …« Bomilkar hob die Schultern. »Wenn du es hören willst, sei es. Was weißt du über die Stadt und ihre Geschichte?«

»Eine große Stadt«, sagte Teschu, »und eine alte Stadt. Vor fast sechshundert Jahren von Menschen gegründet, die aus Tyros kamen, nicht wahr? Ihr beherrscht die Küsten und einen Teil des Hinterlands von der Grenze zu Ägypten im Osten bis zum Großen Ozean weit im Westen, und dazu den Süden des Landes Iberien. Und ich weiß, daß es einen langen Krieg mit Rom gab.«

Bomilkar nickte. »Da beginnt meine Freundschaft mit Hanno.«

Sie hatten den Hafen verlassen und gingen auf der Großen Straße nach Westen – nicht weit, nur ein paar Blocks, dann bogen sie nach Süden ab, um zum *tofet* zu gelangen, dem alten Opferplatz, an dem der größte Tempel des Baal Melqart lag. Dabei betrachtete Teschu die Menschen und die Geschäfte, die Arbeiten und Karren und das Gedränge, während Bomilkar gewohnheitsmäßig Ausschau nach auffälligen Vorgängen oder Dingen hielt. ›Wir sehen die gleichen Gegenstände und Bewegungen‹, dachte er, ›aber wir nehmen anderes wahr.‹ Und während sie gingen und schauten, versuchte er, dem Fremden in kurzen Sätzen die Zusammenhänge zwischen Krieg und jener besonderen Freundschaft zu erläutern.

»Vor sechsunddreißig Jahren«, sagte er, »als ich noch nicht geboren war, hat es begonnen – auf Sizilien. Weißt du, wo das ist?«

Teschu nickte, und Bomilkar berichtete von dem alten Vertrag zwischen Rom und Qart Hadasht – »Karchedon«, sagte er, da sie die hellenische *koine* verwendeten, »die Römer nennen es Karthago« –, über die Grenzen und den Frieden: Die Punier besaßen alte Stützpunkte im Westen Siziliens, der Rest der großen Insel war teils von alten Völkern wie den Elymern, teils von zugewanderten Hellenen bewohnt und beherrscht, und Rom hatte sich verpflichtet, nicht nach Sizilien zu greifen. Im Krieg gegen Pyrrhos – der Inder nickte und sagte: »Einer der Diadochen, ein paar Jahrzehnte nach dem Tod des großen Alexander, nicht wahr?« – half Qart Hadasht den Römern, und als schweifende Söldner, Mordbrenner, die Stadt Messana auf Sizilien einnahmen und gegen einen Angriff aus Syrakus punische Hilfe erbaten, verweigerte Qart Hadasht diese, weil die alten Verträge die Punier auf den Westen der Insel beschränkten. Darauf wandten die Mörder sich an Rom, und die Römer brachen den Vertrag, indem sie Truppen nach Sizilien schickten.

»So begann der Krieg«, sagte Bomilkar, »und er dauerte dreiundzwanzig Jahre. In seinem sechzehnten Jahr gelang es uns, alle römischen Flotten zu versenken. Und hier beginnt meine Liebe zu Hanno.«

Es habe damals, fuhr er fort, in der Stadt zwei Gruppen gegeben – die »Alten«, zu deren Führer sich Hanno machte, wollten ihren Reichtum bewahren, ihre Landgüter und ein wenig Handel mit abhängigen Gebieten betreiben; die »Neuen« wollten offenen Fernhandel mit der ganzen Welt. Die »Alten« meinten, Rom werde irgendwann den Krieg einstellen, und da sie mächtig waren, sorgten sie dafür, daß die siegreichen Flotten nicht weiter eingesetzt, daß keine Truppen zusätzlich nach Sizilien geschickt wurden, wo ein Stellungskrieg ausgetragen wurde. Statt dessen schickten sie Krieger ins

Hinterland, um die libyschen Bauern zu unterdrücken und die Landgüter zu sichern.

»Und die ›Neuen‹?«

Bomilkar seufzte. »Die ›Neuen‹ wußten, daß Rom nicht aufgeben, keinen Verhandlungsfrieden schließen wird, aber sie konnten sich nicht durchsetzen. Und die Römer bauten neue Flotten, verstärkten ihre Truppen auf Sizilien, so ging schließlich der Krieg verloren. Der beste Feldherr war ein ›Neuer‹, Hamilkar, genannt *baraq,* das ist Blitz, und daraus wurde ›Barkas‹ im Sprachengemisch des Heeres. Er kam aus dem Krieg und übernahm die Führung der ›Neuen‹, und er wollte, daß seine Krieger, die aus Sizilien heimkehrten, den vereinbarten Sold erhielten. Aber Hanno und die ›Alten‹ meinten, das sei nicht mehr nötig, und außerdem sei nicht genug Geld vorhanden, denn wir mußten ja nicht nur den Römern Sizilien abtreten, sondern ihnen auch noch viel, sehr viel Silber zahlen. So kam es zum nächsten Krieg, dem Krieg der unbezahlten Söldner gegen die Stadt, der fast zu unserem Untergang geführt hätte. Am Ende rettete Hamilkar Qart Hadasht; mit neuen Truppen mußte er gegen seine alten Krieger ziehen. Und als diese besiegt waren, schickte Rom eine weitere Gesandtschaft; sie verlangte noch mehr Silber und die Übergabe der anderen großen Inseln, Sardinien und Korsika. Andernfalls – Krieg, für den Qart Hadasht allzu erschöpft war. Hamilkar wußte, daß es früher oder später zum nächsten Römischen Krieg kommen wird, und um die Stadt dafür zu stärken, beschloß er, den punischen Besitz in Iberien auszubauen, Land zu erobern. Dort ist er im vorigen Sommer gefallen.«

»Und du? Wie bist du zum Herrn der Wächter geworden?«

Sie hatten den Tempel erreicht. Bomilkar winkte einen Tempelsklaven herbei und befahl ihm, einen Priester zu holen. Als der Sklave verschwand, sagte er:

»Ich stamme aus einer anderen Stadt, Ityke, die von den Söldnern verwüstet wurde. Dabei sind meine Eltern und viele aus der übrigen Familie umgekommen; ich war bei Hamilkars Truppen. Mit ihm bin ich nach Iberien gegangen und später, vor ein paar Jahren, hergekommen, um die Büttel zu leiten und die Ordnung zu hüten.«

»Wie es Hamilkar gefiel?«

Bomilkar lächelte. »Und wie es Hanno mißfällt. Nun weißt du es. Und da ist einer der Priester.«

Ein älterer Mann kam langsam zu ihnen, musterte Bomilkar mit leicht gehobenen Brauen, dann ohne sichtbare Neugier den Inder. »Herr der Wächter?« sagte er.

»Hüter des Heiligtums – dies hier ist ein weitgereister Priester. Ich weiß nicht, welchen Gott er verehrt, aber da Baal Melqart erhaben und gastfreundlich ist ...«

Der Priester nickte. »Wir werden ihn aufnehmen und als Gast betrachten. Spricht er eine geläufige Zunge?«

»Die *koine*.«

Der Baal-Priester neigte den Kopf vor Teschu und wechselte in die hellenische Verkehrssprache. »Freund der Götter, tritt ein und sei unser Gast.« Er hob den linken Arm und wies in den Innenhof des Tempels.

»Ich danke dir und deinem Gott.« Teschu verneigte sich ebenfalls gemessen; dann wandte er sich an Bomilkar. »Und dir, Herr der Wächter, danke ich für die Hilfe und das Geleit.«

»Gehab dich wohl.« Bomilkar berührte ihn an der Schulter. »Und irgendwann in den nächsten Tagen mußt du mir von der Nichtigkeit aller Dinge erzählen. Und von deiner Reise.«

»Vom Großen Nichts, ja, und vom Rad der Dinge. Leb wohl bis dahin.«

Vom Tempel ging Bomilkar zum Karrenschuppen, in dem einige Männer Fahrzeuge ausbesserten oder bauten und verkauften. Tatsächlich sammelten sie Nachrichten von den weitgereisten Händlern, denen sie Karren und Ausbesserungen anboten – Nachrichten, die Bomilkar nach geziemender Prüfung an den Strategen von Libyen und Iberien weiterleitete, der nicht mehr Hamilkar Barkas hieß. Nachfolger des Unersetzlichen war auf Beschluß des iberischen Heers sein Schwiegersohn geworden, Hasdrubal, genannt »der Schöne«.

Im Schuppen gab es keine wichtigen Neuigkeiten. Bomilkar bat seine Leute, hin und wieder ein Auge auf den Mann aus Indien zu werfen; und am nächsten Tag wies er seinen Stellvertreter Autolykos und andere Unterführer der Büttel ähnlich an. Einer der anderen, Mutumbal, fragte nach dem Grund. »Was ist an einem von tausend Fremden wichtiger als an den sonstigen?«

Bomilkar hob die Schultern. »Er kommt aus einer sehr weiten Ferne und hat unterwegs vielleicht etwas gehört, was für uns nützlich zu wissen wäre. Und vielleicht ist er nicht nur ein harmloser Priester und Pilger. Man kann nie wissen.«

Danach begab er sich zum Ratsgebäude – einer der Richter hatte ihn zu einer späten Unterredung bestellt, um einen Fall zu besprechen. Abzuschließen, genauer; in den Bergen aus noch zu brennenden Tontafeln und beschriebenen Papyrosblättern fehlten einige Angaben und die Unterschrift des Herrn der Wächter. Ein Mörder war hingerichtet worden, ein Mann, der ihm bei der Tat geholfen hatte, sollte bis ans Ende seiner Tage dem Gemeinwohl dienen, indem er seine beträchtliche Kraft auf die guten Werke verwandte, die in einem Steinbruch verrichtet wurden. Ein riesiger Kerl namens Agizul; er kam aus den mauretanischen Bergen und hatte zum Abschied geschworen, diese, seine Heimat, wieder aufzusuchen und auf dem Weg dorthin Bomilkar langsam umzubringen. Vielleicht auch den Richter Adonibal, aber ganz gewiß Bomilkar.

Als alles erledigt war, suchte Bomilkar nach dem Schreiber Himilko, der ihn hatte sprechen wollen, konnte ihn aber nicht finden und litt nicht darunter.

Dies hatte sich vor zwei Tagen zugetragen. Am nächsten – inzwischen gestrigen – Tag hatten andere Dinge Bomilkar so sehr beschäftigt, daß er nicht mehr dazu gekommen war, an den Inder zu denken.

Der nun tot war. Ermordet im Reich der Herren des Zwielichts, dem Labyrinth. Und Bomilkars Nackenhaare, die sich nicht richtig glätten lassen wollten, sagten ihm, daß etwas daran nicht so war, wie es sich für einen ordentlichen Mord im Labyrinth gehörte.

»Wer hat ihn gefunden?« sagte er. »Und wo genau?«

Autolykos ließ das Schreibzeug sinken, lehnte sich zurück und faltete die Hände hinter dem Kopf. »Ja, nicht wahr? Alles ungewöhnlich. Leute, die am Rand des Labyrinths wohnen, haben unsere Männer gerufen und zu dieser Gasse geführt. Gleich links hinter dem Tor der Tränen.«

»Wo ist die Leiche?«

Autolykos hob den rechten Ellenbogen, als wollte er mit ihm auf eine bestimmte Stelle der Wand deuten. »Bei Artemidoros; damit der mal wieder etwas zu zerschneiden hat.«

»Was machst du daraus?«

»Aus dem Zerschneiden? Nichts.« Autolykos grinste.

»Ernsthaft; du weißt, was ich meine.«

»Ich finde es ... beunruhigend.« Autolykos löste die verschränkten Hände, beugte sich vor und stützte die Ellenbogen auf den Tisch. »Die Herren des Zwielichts legen Leichen gewöhnlich nicht so hin, daß man sie findet. Wie du weißt. In die Bucht, auf den Abfall, in einen entlegenen Garten, meinetwegen auf Tempelstufen.«

»Ah«, sagte Bomilkar.

»Ah, genau; möglicherweise auch oh.«

»Sieht aus wie eine Botschaft. Aber von wem für wen?«

Autolykos knurrte leise. »Für uns, wahrscheinlich. Von wem? Keine Ahnung. Und ich weiß auch nicht, was der Inhalt der Botschaft ist.«

»Dann wollen wir ein bißchen graben.« Bomilkar erhob sich von der Bank. »Liegt sonst etwas an?«

»Das, was immer anliegt.« Autolykos schielte auf die Papyrosfetzen. »Eine Messerstecherei auf dem Markt, vor dem Tynes-Tor; ein Karawanenmann vermißt drei Kamele, wahrscheinlich diese Nacht gestohlen; ein paar Einbrüche; und eine gewöhnliche Leiche.«

»Wie gewöhnlich?«

»Der Herr mehrerer Mietshäuser draußen am Seeufer. Niemand hat ihn gemocht; er war unfreundlich, heißt es, und hat hohe Mieten für schlechte Unterkünfte genommen.«

»Kümmere du dich darum.« Bomilkar überlegte einen Lidschlag lang. »Die Jungs von der nächstgelegenen Wachstube sollen feststellen, wo sich der Inder aufgehalten hat. Und fragen; vielleicht hat ja jemand etwas gesehen. Ich gehe zu Artemidoros. Bis gleich.«

»Ah«, sagte Autolykos. »Eh.«

Bomilkar blieb in der Tür stehen und drehte sich um. »Und zwar?«

»Bei all dem Gerede über Leichen habe ich einen Lebenden vergessen.« Autolykos runzelte die Stirn. »Dumm von mir.«

»Sprich dich aus. Möglichst noch heute.«

Der Kampanier nickte. »Agizul«, sagte er.

Bomilkar dachte an den Riesen mit seinen Muskelbergen und der ausgefransten Narbe auf der Wange; er bleckte die Zähne. »Was ist mit ihm?«

»Er hat es geschafft, kurz hinter Tynes die Ketten zu sprengen und zu fliehen. Es heißt, er sei nicht nach Westen geflohen, zu seiner Heimat, sondern nach Osten.«

»Dann werden wir ihn willkommen heißen.«

»Ich habe unsere Leute angewiesen, nach ihm zu suchen.« Autolykos blinzelte. »Sieh dich jedenfalls vor.«

# 2. KAPITEL

Bomilkar mußte ein paar Atemzüge lang warten, bis er eine Lücke zwischen den Karren, Packtieren, Lastträgern und allem anderen nutzen konnte. Auf der Großen Straße, die vom Hafen nach Westen zum Tynes-Tor, dem Markt und den Vorstädten verlief, herrschte das übliche Vormittagsgedränge. An der Südseite des Tors lagen die Hauptwache der Büttel und die Unterkünfte für die Männer, die nicht woanders mit oder ohne Familien lebten. Nördlich der Straße begann die mächtige Festungsanlage der Isthmos-Mauer, und dort lagen auch die Behandlungsräume des Arztes.

Aus dem hinteren Zimmer stank es nach Blut und Eingeweiden. Bomilkar rümpfte die Nase, warf einen Blick in den ersten Raum und folgte dem Geruch. Er fand Artemidoros zwischen zwei hohen Tischen. Die Leiche auf dem linken Tisch war zugedeckt, in der auf dem rechten stocherte der Arzt mit einem langen spitzen Messer. Ohne aufzublicken, sagte er:

»Die Hufschläge des Herrn der Büttel, wenn ich mich nicht irre.«

Bomilkar verspürte keinerlei Bedürfnis, sich den Tischen zu nähern. »Hast du ein neues Duftwasser?«

»Netter Scherz.« Artemidoros stieß eine Art Glucksen aus, legte das lange Messer auf den dritten, kleineren Tisch, fast zwischen die Köpfe der Toten, und berührte eine große Schüssel, die ebenfalls dort stand. »Möchtest du wissen, wie die Innereien beschaffen sind? Oder was er zuletzt gegessen hat?«

»Wer? Der eine oder der andere Tote? Wen hast du denn eigentlich da?«

»Den Inder« – Artemidoros blickte auf die Leiche hinab, an der er zuletzt gearbeitet hatte; dann wies er mit dem Kinn auf den anderen Tisch – »und den Hausbesitzer. Die dritte Leiche liegt nebenan und harrt der Eröffnung.«

»Von einer dritten Leiche weiß ich nichts.«

Der Arzt wandte sich ihm zu und verzog das Gesicht zu einem grimmigen Lächeln. »Ganz frisch, eben erst von deinen Leuten geliefert. Ich wünschte, der Fisch auf dem Markt wäre immer so frisch wie der Kerl nebenan.«

»Es stinkt«, sagte Bomilkar. »Können wir die erfreuliche Unterredung vielleicht woanders fortsetzen?«

»Die rosige Daimonin der Empfindsamkeit scheint dich heute zu behausen, Junge; aber wenn du es so willst ...«

Bomilkar ging voraus ins vordere Zimmer. Hinter sich hörte er, wie Wasser in eine Schüssel gegossen wurde. Offenbar wusch sich Artemidoros die Hände; dabei pfiff er mißtönend durch die Zähne. Bomilkar betrachtete die von Papyros, Schreibhalmen und allerlei Gegenständen übervölkerte Platte des Schreibtischs. Eine kleine Sphinx war dabei, ein besonders häßliches Geschöpf mit Segelohren und langen Reißzähnen, das auf einem Hügel aus Papyrosfetzen thronte und so aussah, als wollte es durch heftiges Drücken Kot ausscheiden, diesem dann die Beschwerung der Fetzen überlassen und sich auf den Betrachter stürzen.

Bomilkar schnalzte leise, grinste und ließ sich auf den Stuhl vor dem Schreibtisch sinken.

»Und welche der Früchte des Totenbaums bringt dich zu mir?« Der Arzt kam vom Gang ins Zimmer, klopfte Bomilkar auf die Schulter, schlurfte seitwärts zwischen den Regalen und dem Tisch hindurch zur Fensteröffnung, lehnte das Gesäß an die Simskante und starrte Bomilkar an.

»Der Inder – aber was ist mit dem dritten Toten?«

Artemidoros hob die Schultern. »Überfahren, auf dem Markt. Die haben ihn zu mir gebracht, weil bekanntlich der blöde Alexandrier für die Beseitigung aller Leichen der Umgebung zuständig ist.«

»Also nichts, was auf ein Verbrechen hindeutet?«

»Nichts.« Der Arzt verschränkte die Arme vor der Brust. »Angeblich hat jemand ihn im Gedränge gestoßen, und dann ist er von einem Karren überrollt worden. Hals und Teile des Brustkorbs sind zerquetscht.«

Bomilkar nickte. »Hört sich gewöhnlich an. Weiß jemand, wer er ist? Wo er wohnt? Angehörige?«

»Frag deine Leute.«

»Hat er etwas bei sich? Im Gürtel? In einer Tasche?«

»Ich werde gleich nachsehen. Was ist mit dem Inder?«

Bomilkar rieb sich die Nase. »Er ist vor ein paar Tagen angekommen, mit einem Schiff aus deiner Heimat. Ich habe ihn zum Melqart-Tempel gebracht, wo sie ihn als Gast aufnehmen wollten. Mehr weiß ich nicht.«

Artemidoros grunzte, löste die Verschränkung der Arme und setzte sich in seinen Scherensessel. »Aber ich«, sagte er dabei. »Nicht viel, aber immerhin.«

»Und zwar?«

Der Arzt griff zu einem gründlich breitgekauten Schreibhalm und begann damit zu spielen. »Etwa zu der Zeit«, sagte er halblaut, »als der König in Alexandria beschloß, uns Ärzten zu besonderer Fortbildung zu verhelfen ...« Er machte eine Pause und blickte von dem Halm auf.

Bomilkar nickte. Die Ptolemaier hatten vor Jahrzehnten befunden, daß zum Tode Verurteilte dem Staat und dem Wissen durchaus noch nützlich sein konnten, wenn sie von lerneifrigen Ärzten langsam und gründlich zerlegt wurden. Vor dem Tod.

»Ich weiß«, sagte er. »Und ich hoffe, meinen Tod fern von Alexandria verbringen zu dürfen.«

»Selbstsüchtiger Wunsch.« Artemidoros schob die Unterlippe vor. »Etwa zu dieser Zeit hat ein indischer Herrscher namens Asoka, oder so ähnlich, Gesandte der besonderen Art zu allen Fürsten geschickt, die sich um das Erbe des großen Alexandros stritten. Gesandte, die jenen Glauben verbreiten sollten, dem Asoka anhing. Ich glaube, dein toter Inder nebenan ist so einer.«

»Möglich; er hat etwas von seiner Lehre gesagt, und daß er zu den Menschen reden will. Was ist das für ein Glaube? Und könnte er nicht auch einem anderen angehören?«

Artemidoros wackelte mit dem Kopf. »Ich bin kein Fachmann für indische Formen des Aberglaubens. Vielleicht wissen die Melqart-Priester mehr, die ihn aufgenommen haben. Ich meine aber, die anderen heiligen

Männer Indiens hätten Zeichen am Körper, farbige Punkte, aus denen man dies und das lesen kann. Der hier hat so etwas nicht.«

»Na schön. Jedenfalls kam er aus Indien, hieß Teschu und ist tot. Wie ist er gestorben?«

»Das haben dir deine Leute doch sicher schon gesagt. Man hat ihm die Kehle geschlitzt und den Bauch geöffnet. Ich glaube aber, daß man ihn vergiftet hat. Vorher.«

»Warum glaubst du das?«

»Der Inhalt seines Magens und Gedärms. Nur Getreide, Früchte und Gemüse, dazu Wasser – kein Fleisch, kein Fisch, kein Wein.« Der Arzt bleckte die Zähne und grinste. »Vergiftet, wie ich sagte.«

»Und der andere?«

»Den hat man, wie deine Leute sagten, im Innenhof eines seiner Häuser gefunden.« Artemidoros lehnte sich in seinem Sessel zurück und faltete die Hände hinter dem Kopf. »Er hat sich totgefallen, könnte man sagen. Ein paar mindere Quetschungen an den Oberarmen, ansonsten die üblichen Dinge, die man bei einem findet, der aus größerer Höhe fällt und sich das Genick bricht.«

»Oberarme?« Bomilkar kniff die Augen halb zu. »So, als ob ihn jemand gepackt und gehalten und dann über ein Geländer gestoßen hätte?«

»So etwa. Er wird schon nicht freiwillig gesprungen sein, und ein Sturz aus Versehen oder Leichtsinn? Bah.«

»Kannst du mir etwas über das Alter der Leute sagen?«

»Dein Inder ... schwer zu sagen, vielleicht fünfzig. Der vom Dach Gefallene auch. Und der Überfahrene? Vierzig? Ein paar Jahre mehr oder weniger.«

»Irgendwas gefällt mir nicht«, sagte Bomilkar halblaut. Er schüttelte den Kopf.

»Was denn?« Artemidoros musterte ihn. »Etwas Bestimmtes, oder nur ein Gefühl?«

»Ein bestimmtes Gefühl.«

Der Arzt seufzte. »Du und deine Gefühle! Aber ... ich werde sie mir alle noch einmal vornehmen. Bis morgen abend kann ich sie aufbewahren, unten, wo es etwas kühler ist. Danach ...« Er faßte sich an die Nase.

»Na gut. Dann laß uns noch einen Blick auf das werfen, was die drei bei sich hatten. Ist alles da?«

Artemidoros stieß einen schrillen Pfiff aus, ohne Miene und Haltung wesentlich zu ändern. Aus einem der hinteren Räume näherte sich mit hörbar uneiligen Schritten einer seiner Sklaven.

»Bring uns die drei Bretter mit dem Zeug«, sagte Artemidoros. Als der Sklave wieder verschwunden war, setzte der Arzt hinzu: »Alles da, wie immer; du hast deine Leute gut erzogen.«

Bomilkar lächelte flüchtig. »Es war nötig.«

Sie schwiegen, bis der Sklave das erste Brett brachte und auf einen langen schmalen Tisch vor den Regalen legte.

Bomilkar stand auf, ging zum Tisch, beugte sich über den Stapel schmieriger Habseligkeiten und rümpfte die Nase. »Der Überfahrene, nehme ich an.«

Artemidoros grunzte nur.

Sandalen, ein löchriger Leibschurz mit allerlei Spuren von Ausscheidungen, ein ebenso löchriger Chiton, ein Tuchfetzen, in den ein paar kleine Münzen gewikkelt waren, ein Ohrring – Gold, aber dünn und nahezu wertlos – und ein Lederband mit kurzen Knotenschnüren und ein paar bunten Glasperlen. Bomilkar legte Münzen, Ohrring und Armband an den Rand des Bretts; mit spitzen Fingern faßte er den Chiton an und hielt ihn hoch, um ihn genauer zu betrachten. Er drehte ihn von außen nach innen, besah ihn sich von vorn und hinten und schätzte, daß der Leibrock zu etwa einem Viertel aus Löchern bestand.

»Trefflich«, sagte Artemidoros. »Ein prachtvolles Gewand mit einem seltsamen Zeichen. Wer bestickt so einen *kitun?*«

Bomilkar nickte. »Nicht bestickt, aufgenäht«, murmelte er. Es handelte sich um ein etwa daumenlanges Tuchstück, das einen Palmwedel darstellen mochte und irgendwann einmal grün gewesen war; jahrelanges Waschen hatte nur noch geringe Farbspuren übriggelassen.

Das zweite Brett trug die Hinterlassenschaften des Inders: Leibschurz und Wickeltuch, beide blutgetränkt, und das Lederstück mit dem Papyros, auf das zuletzt Bostar von der Sandbank Zeichen gekritzelt hatte. Bomilkar seufzte leise, nahm den umwickelten Papyros an sich und sagte:

»Sonst nichts?«

Artemidoros runzelte die Stirn. »Was erwartest du? Ein indischer Pilger schleppt nicht viel Besitz mit sich, weil er nichts besitzt.«

»Er hatte Geld. Und ein Schmuckstück, eine Art Amulett, an einem Lederbändchen.«

»All das hält sich wahrscheinlich bei dem auf, der ihn vom Leben zum Tod befördert hat.«

Auch das dritte Brett war karg: Sandalen, ein Chiton aus Leinen und Wolle, ein Leibschurz.

»Er wird Schmuck besessen haben«, sagte Artemidoros. »An den Fingern sind Spuren von Ringen, und er hat Löcher in beiden Ohren. Aber …« Er zuckte mit den Schultern.

»Der Mann, der überfahren wurde, war sofort tot«, sagte Bomilkar. »Der hier vermutlich auch, oder?«

»Ja und nein. Ich sagte schon, Druckspuren an den Oberarmen …«

»Können die auch älter sein?«

Artemidoros nickte. »Können sie, aber nicht viel. In den letzten Stunden vor seinem Tod hat jemand ihn an den Oberarmen gepackt und gedrückt. Das hat er natürlich überstanden. Den Sturz hat er nicht überlebt, und an diesem Sturz ist er gestorben – keine vorherige Vergiftung oder derlei. Und um ihn zu plündern, braucht man nicht viel Zeit. Der Inder dagegen …«

»Was ist mit ihm?«

»Die Leute, die ihn hergebracht haben, sagen, daß er nicht in einer großen Lache gelegen hat. Blut war da, auch an den Kleidern, aber nicht genug … Hals und Bauch. Ich nehme an, er ist woanders getötet worden, und dann hat man ihn dorthin gelegt, wo deine Männer ihn gefunden haben. Als ich ihn untersucht habe, war er ungefähr sechs Stunden tot.«

»Wie ungefähr?«

Artemidoros betrachtete seine Fingerspitzen. »Sechs bis acht, meinem feinen Gefühl und Wissen zufolge«, sagte er. »Hängt davon ab, wie kalt oder warm es dort war, wo er gelegen hat. Stell fest, wie schnell deine Leute ihn gefunden und hergebracht haben, dann …« Mit dem Kinn wies er auf eine Sanduhr. Sie stand in einer Fensternische, war verstaubt und zweifellos lange nicht mehr umgedreht worden.

›Netter Vorschlag‹, dachte Bomilkar, als er den Arzt verließ. Er kam jedoch zunächst nicht weit. Auf der Straße, die zwischen der riesigen Festungsmauer und den nächsten Gebäuden nordsüdlich verlief, zog ein Trupp von Treibern oder Pflegern mit zehn Elefanten vorüber, offenbar auf dem Weg von den Weideplätzen zu Stallungen in der Mauer. Zerstreut fragte er sich, warum; ob ein Einsatz geplant war? Vielleicht sollten sie nach Iberien verschifft werden – oder es war einfach die Zeit für besondere Pflege oder Untersuchungen.

Zeit. Auf der Agora gab es eine von den Ratsdienern gewartete Wasseruhr, und jeden Mittag blies dort ein Wächter das große Horn. In einigen Tempeln und den Häusern mancher Reichen mochte es ebenfalls solche Klepsydren geben, natürlich auch Sand- und Sonnenuhren. Aber für die gewöhnlichen Menschen genügten Sonnenauf- und -untergang, das Mittagshorn und die gefühlte Länge der zu verrichtenden Arbeiten. ›Wer muß es denn so genau wissen, außer bei Leichen?‹ sagte er sich. ›Wer lebt, befindet sich in der Zeit, und wirklich meßbar wird sie erst, wenn man sich außerhalb ihrer begibt. Oder ist das ein Denkbetrug?‹

Er folgte der Elefantengruppe nach Norden, um den Herrn der Festung aufzusuchen. Es gab nichts Wichtiges zu bereden, aber der Stratege Giskon und Bomilkar, die Wächter über die äußere und innere Sicherheit der Stadt, hatten sich daran gewöhnt, einander einmal alle zehn Tage aufzusuchen und Kenntnisse auszutauschen. Und Bomilkar wollte Giskon bitten, die mit Pferden befaßten Leute der Festung Ausschau nach einem riesigen Pferdeknecht mit einer Narbe halten zu lassen.

Giskon war jedoch nicht in seinen Räumen. Einer der Schreiber hob die Schultern, als Bomilkar nach ihm fragte.

»Er ist im Rat«, sagte er.

Bomilkar runzelte die Stirn. »Gibt es etwas, das ich wissen sollte?«

»Ich glaube nicht, Herr. Irgendeiner der hochmögenden Fürsten will eine Reise antreten und vorher sein Wissen ergänzen.«

»Wohin reist er?«

»Nach Rom.«

Bomilkar pfiff leise durch die Zähne. »Dann wird Giskon ihm genau sagen, was er dort zu verschweigen hat, nehme ich an.«

Der Schreiber grinste. »Können Ratsherren schweigen?«

»Weiß man's? Aber du, sei so gut und schreib einen Befehl an die Pferdeleute. Auf den Koppeln und in den Ställen.«

»Was soll ich ihnen befehlen?«

Bomilkar nannte ihm den Namen Agizul und gab eine Beschreibung. Auf dem Rückweg zur Wachstube überlegte er, ob es einen Anlaß für die Reise nach Rom geben mochte oder ob ein Ratsherr so nach Rom fuhr, wie er selbst eben alle zehn Tage Giskon aufsuchte. Dann dachte er daran, daß er in den vergangenen Tagen nicht dazu gekommen war, etwas für seinen Körper, die Muskeln und die Treffsicherheit zu tun. Unwillkürlich tastete er in seinem Nacken nach der kleinen Scheide mit dem Wurfmesser.

In der Wachstube fand er nur einen seiner Leute, der in der Tür wachte; alle anderen waren unterwegs. Bomilkar knurrte leise und setzte sich dann an die ungeliebte Schreibarbeit. Die Reinfassung des endgültigen Berichts über die Aufklärung des Mordes an einem numidischen Pferdehändler ritzte er in drei Tontafeln; die Schreiber des zuständigen Richters würden diese für die Aufbewahrung brennen und außerdem drei Abschriften auf Papyros fertigen. Der Mörder war gerichtet, und sein Handlanger Agizul ...

Bomilkar verwandte ein paar Gedanken auf den Mann. Er hatte Rache geschworen, aber das taten viele. Und er war geflohen. Nicht in die Heimat oder in die offenen Gefilde des Hinterlandes, sondern zurück zur Stadt. Oder in die nähere Umgebung. Er mochte Familie haben (aber vor der Verurteilung hatte sich niemand blicken lassen) oder Freunde, die ebenfalls mit Pferden zu tun hatten. Die Tiermärkte, die Umschlagplätze für Karawanen, die Pferdekoppeln der Festungstruppen, die Fernhändler, die Zünfte der Stauer und Beförderer. Bomilkar kritzelte eine Liste der Orte, an denen man Agizul suchen könnte.

Als er damit fertig war, setzte er sich an den anderen Tisch – jenen, auf dem Autolykos seine wirren Fetzen zu ordnen versucht hatte. Seufzend machte er sich daran, dort einen Überblick zu gewinnen.

Einige Zeit später erschien Autolykos. »Ordnungsliebender Herr Bomilkar«, sagte er mit einem schrägen Lächeln, »ich würde dich ja ablösen, aber mich peinigt der Hunger.«

»Ist das ein Grund, mich nicht abzulösen?«

»Wenn du dich mir anschließen magst, werde ich dir draußen vor dem Tor ein paar Gebäude zeigen und beim Essen berichten, was ich bisher herausbekommen habe.«

Der Strom dessen, was die fünfhunderttausend Menschen in der Stadt benötigten, floß zur Mittagszeit etwas spärlicher; zwar mußten sich Bomilkar und Autolykos durch den Engpaß des Tynes-Tors drängen, aber sobald sie die Strecke durch die dreifache Mauer mit den Brücken über drei Gräben hinter sich hatten, konnten sie sich in einer ihnen gemäßen Gangart bewegen, statt geschoben und geschwemmt zu werden.

Autolykos deutete auf ein Rudel beweglicher Stände und Karren an der Nordwestseite des Markts. »Wegen der Aussicht«, sagte er.

Sie fanden einen freien Stehtisch neben einem Karren, dessen Besitzer in Töpfen auf zwei kleinen Eisenherden rührte. Für einen Viertelschekel erhielten sie Brotfladen, dazu je zwei Näpfe mit dicker Fischsuppe und vermengtem Gemüse und Becher mit Wasser, in dem Obststückchen trieben.

»Nachdem ich gezahlt habe«, sagte Bomilkar, »sei so gut, und ergänze die Nahrung durch Wissen.«

Autolykos tunkte einen Brotfetzen in die Fischsuppe, wies damit nach Süden, sagte: »Das Haus mit dem roten Sonnensegel?« und steckte den getränkten Fetzen in den Mund.

Bomilkar beschattete seine Augen mit der linken Hand. Jenseits der Karren, Stände und Tiere, der Händler und Hökerer und ihrer Kunden lag die erste Häuserreihe des vor allem von Fischern, Arbeitern und einigen Fremden bewohnten Viertels am Ufer des Tynes-Sees. Das Haus, auf das Autolykos mehr oder minder gedeutet hatte, gehörte zu einigen höheren Gebäuden in der Mitte, drei oder vier Reihen vom Markt entfernt. Auf dem Dach über dem fünften Stock hatte jemand ein löchriges Tuch gespannt, das einmal rot gewesen war.

»Was ist damit?«

»Fünf Stockwerke. Unten ein kleiner Laden mit gebrauchten Töpfen, Metallgeräten aus siebter Hand, altem Leder und derlei. Darüber acht Wohnungen, zwei in jedem Geschoß.«

»Ist das ...«

»Es ist. Es gehörte dem elenden Paltibal, der sich nun im Jenseits um eine Wohnstätte bemühen darf. Vielleicht behandelt man ihn dort so, wie er seine Mieter behandelt hat.«

Während sie aßen und tranken, betrieben sie einen vollmundigen Austausch von Fragen und Antworten. Trotz etlicher Undeutlichkeiten wußte Bomilkar danach, daß Paltibal Punier aus der Stadt und einundfünfzig Jahre alt gewesen war. Neben diesem Haus hatte er noch zwei weitere mit Mietern und eines, das er mit seiner Familie bewohnte, in einem besseren Viertel.

»Ich habe nicht mit allen gesprochen, da drüben«, sagte Autolykos, »aber bisher ... Also, keiner hat etwas gesehen oder gehört, niemand ist es gewesen, und alle sagen, es geschieht ihm recht.«

»Die Familie sieht das vielleicht anders.«

»Möglich. Es sei denn, er wäre auch zu Hause eine Belastung des Erdbodens gewesen.«

»Hat keine Bedeutung.« Bomilkar leerte seinen Gemüsenapf und wischte sich den Mund. »Ermitteln müssen wir trotzdem. Woher stammt sein Geld? Reiche Familie?«

»Nein, eigentlich arme Leute, nach allem, was ich bisher gehört habe. Er hat hier früher für einen Fernhändler gearbeitet – Karawanen, Schiffe, du weißt schon –, und weil es im Römerkrieg viel zu befördern gab, haben alle gut verdient. Er auch. Im Söldnerkrieg sind ja die Vororte hier teilweise verwüstet worden; offenbar hatte er danach genug Geld und die nötige feine Nase, und als noch niemand wissen konnte, daß die Stadt alles überstehen würde, hat er hier Land und Trümmer billig gekauft und Mietshäuser gebaut.«

»Ich mag das alles nicht.«

»Was etwa?«

»All das.« Bomilkar legte einen Finger an die Nase. »Dieser Paltibal fällt sich tot, der wandernde Priester Teschu wird aufgeschlitzt, irgendein Namenloser wird überfahren ...«

»Habe ich gehört, ja; als du gerade losgegangen warst, zu Artemidoros. Die Männer, die ihn gefunden haben, konnten mir nicht viel über ihn sagen.«

»Kümmere du dich um Paltibal, ich werde nachher beim Tempel des Melqart vorbeigehen und schnuppern. Und wie kriegen wir heraus, wer der Überfahrene ist?«

Autolykos grinste. »Dich möchte ich im Tempel schnuppern sehen! Aber was den Unbekannten angeht, tja, keine Ahnung. Hat Artemidoros etwas gefunden?«

»Nichts, was uns weiterhilft. Und keiner hatte wichtige Dinge bei sich.«

»Armbänder? Schmuck? Aufzeichnungen?«

»Der Überfahrene; ein Lederarmband mit Knotenschnüren und Glasperlen. Und eine Art Palmwedel am *kitun,* aufgenäht.«

Autolykos spitzte den Mund. »Das Armband könnte jedem gehören; hilft vielleicht, seinen Namen zu ermitteln. Aber der Palmwedel ...«

Bomilkar wartete; als Autolykos nicht weitersprach, sagte er: »Was ist damit?«

»Mit dem Palmwedel? Nichts. Aber das erinnert mich an den Römerkrieg. Es hat immer ein paar besondere Truppen mit besonderen Namen gegeben. Du weißt schon – ›Die Munteren Römerblutsäufer‹, ›Die Unbesiegbaren‹, ›Die Unsterblichen‹, ›Hamilkars Maultiere‹, das Übliche. Ein paar von denen haben sich dann auch Abzeichen verschafft und sie, damit man bei den Leichen die nötige Ordnung herstellen kann, an ihre Kleider genäht.«

»Was für Abzeichen? Palmwedel, zum Beispiel?«

»Könnte sein. Palme und Pferd sind ja Zeichen der Stadt. Nein, ich weiß von keiner Gruppe mit Palmwedeln; ich erinnere mich aber an eine Truppe, die hatte einen Pferdekopf auf dem *kitun,* eine andere eine bestimmte Blume, einen Krummdolch, einen Kamelhökker, so etwas.«

»Hast du auch zu so etwas gehört?«

Autolykos grinste wieder. »Klar doch. Ein Spartaner, konnte gut malen und nähen, hat uns ein wuchtiges Gemächt gefertigt, zum Aufnähen, und wir waren ›Die Rammböcke‹. Nicht besonders einfallsreich, aber ... Und er ist am Eryx gefallen, hat sich in die Unterwelt gerammt.«

»Kannst du dich umhören? Es gibt doch bestimmt noch ein paar alte Krieger. Und schick einen auf den Markt, er soll fragen, ob jemand den Toten kennt. Um die Vierzig, Lederarmband, Palmwedel.«

»Mache ich. Und du ...« Autolykos tippte ihm auf die Brust. »Vergiß nicht Agizul.«

»Ich werde ihm unfromme Gedanken widmen.«

»Das ist förderlich. In diese Gedanken solltest du auch Aspasia einschließen.«

Bomilkar stutzte. Leise sagte er: »Die Götter sollen ihn in Hundekotze ertränken, wenn er ...«

»Ich weiß nicht, ob er so etwas tun würde.« Autolykos klackte mit der Zunge. »Aber man sollte damit rechnen. Wenn er dich nicht sofort kriegen kann, nimmt er vielleicht deine Frau.«

# 3. KAPITEL

Bis zum mittleren Nachmittag gelang es ihnen, die Papyrosfetzen, Ton- und Wachstafeln der vergangenen Tage auszuwerten und zu bearbeiten, so daß sie hoffen konnten, sich ab dem nächsten Tag wieder um die gewöhnlichen Dinge kümmern zu können. Nur wenige ungewöhnliche Vorfälle blieben übrig, die noch zu klären waren: für den Überfahrenen mußten sie einen Namen und mögliche Angehörige finden; der Mord an Paltibal; die Ermordung des Inders Teschu; die Suche nach einem Brandstifter (die Besatzung einer Wachstube südlich der Großen Straße hatte den Brand in einem Lagerschuppen gelöscht, Anzeichen von Brandstiftung gefunden und von Anwohnern einen Namen zugeflüstert bekommen); und es gab Hinweise auf eine neue Schmuggelstrecke aus den Steppen und Wüsten im Süden zur Küste.

Als die beiden anderen Stellvertreter – der Punier Mutumbal und der Numider Dyamir – erschienen, besprachen sie die Nachtdienste der nächsten Tage. Danach wies Bomilkar Dyamir an, sich bei Numidern und Garamanten wegen der Schmuggelgerüchte umzuhören; Mutumbal sollte sich mit den Hintergründen des Mordes an Paltibal befassen.

»Setzt die geeigneten Leute darauf an«, sagte Bomilkar. »Auch bei allem, was mit Pferden zu tun hat, auf die Suche nach Agizul. Aber das kennt ihr ja.« Er stand auf und ergriff den Bastkorb, in dem die Schriftrollen für den Rat steckten.

Autolykos erhob sich ebenfalls und gähnte. »Fünf Nächte, und diesen Tag drangehängt – ich werde mich jetzt in Decken wühlen und erst morgen früh an tote Krieger denken.«

»Decken? Sonst nichts?« Dyamir grinste. »Und du, Häuptling?«

Bomilkar ging zur Tür der Wachstube. »Ich werde jetzt heimgehen«, sagte er, »und dabei drei Umwege machen.«

Mutumbal blinzelte. »Den Korb abgeben, daß die Verweser des Wissens sich ergötzen? Und die beiden anderen Umwege?«

»Sehen, daß die Jungs im Karrenschuppen nicht an Langeweile eingehen. Und schauen, ob ich im Tempel des Melqart etwas über den toten Inder erfahren kann. Oder möchte einer von euch …?«

»Die blaßgelbe Göttin der Seelenruhe möge mich bewahren!« Dyamir hob die Hände, mit abgespreizten Fingern. »Mich mit Hannos Leuten balgen? Das überlassen wir doch gern dir.«

Autolykos kniff ein Auge zu. »Gegen Hannos bösen Blick können wir dich nicht schützen; kannst du dich selbst gegen Agizul wehren?«

Bomilkar nickte.

»Ah, ah«, sagte Dyamir. »Gegen einen Angriff? Vielleicht, obwohl der Junge ziemlich groß ist. Aber ein Pfeil aus dem Schatten zwischen den Häusern? Eine Lanze, aus dem Gestrüpp geschleudert?«

»Er will mich langsam umbringen, hat er gesagt.« Bomilkar hob die Schultern. »Die Jungs müssen eben besonders gründlich suchen.«

Autolykos und Mutumbal wechselten Blicke; dann sagte der Punier: »Sie werden auch ein wenig auf dich achtgeben, Häuptling. Und« – er machte eine Pause – »auf Aspasia.«

Siebentausend Schritte vom Tynes-Tor zum Hafen, vielleicht tausend weniger zur Agora ... Es war warm, aber nicht drückend; auf der Großen Straße drängten sich die Menschen und die Karren und etliche Zug- und Packtiere. Er wollte einen Teil der Strecke laufen, um nach all der seßhaften Arbeit der letzten Tage seinen Körper ein wenig zu fordern, aber mehr als schnelles Schreiten war nicht möglich, und selbst dieses mußte er immer wieder unterbrechen. ›Vielleicht besser so‹, dachte er; auf diese Weise konnte er schauen, beobachten, Menschen und Dinge wahrnehmen. Sehen, ob sich irgendwo ein riesiger Umriß oder Schatten zeigte, der möglicherweise Agizul hieß.

Er atmete kaum schneller, als er das Ratsgebäude erreichte, wo er einem Schreiber den Korb übergab. Aber dann atmete er ein wenig schneller, als er vor dem Melqart-Tempel stand. Und seine Nackenhaare richteten sich auf.

Denn am Tempel entstieg eben Hanno der Große einer Sänfte. Zwei mit Speeren bewaffnete Männer, ein Schreiber und sechs Träger waren bei ihm. Bomilkar knirschte leise mit den Zähnen und dachte an die Gespräche mit dem mächtigsten Mann von Qart Hadasht. Gespräche, die immer eher Gefechte gewesen waren.

Die bohrenden Schlangenaugen wie Obsidian, die hinter den Worten verborgenen Drohungen, die aufzuspüren und zu enträtseln Scharfsinn, ungeheure Aufmerksamkeit und Kraft erforderten ...

»Der Hüter der Ordnung«, sagte die schwere und zugleich scharfe Stimme des Führers der »Alten«. Täuschte Bomilkar sich, oder klang Hanno beinahe leutselig? Ein gutgelaunter Hanno – zuletzt hatte er ihn beinahe heiter gesehen, als Hanno schon wußte, was die Stadt noch nicht ahnte, daß Hamilkar, sein großer Gegner, in Iberien gefallen war. ›Wenn Hanno guter Laune ist‹, sagte sich Bomilkar, ›kann das für uns nur Finsternis bedeuten. Und damals hat er gesagt, er habe mich zweimal geduldet, ein drittes Mal werde es nicht geben.‹

»Rab Hanno«, sagte er mit einer angedeuteten Verneigung, »dein Tag sei angenehm – obwohl du mich erblickst.«

Hanno zupfte an dem Umhang aus schillernder Seide, der ihn wie ein Zelt umgab – ›wie eine Festung der Hoheit‹, dachte Bomilkar – und der wahrscheinlich mehr gekostet hatte, als alle Wächter der Stadt zusammen in drei Jahren verdienten. Er blickte über Bomilkar hinweg, zum Tempel, zum Himmel, zu etwas Wichtigerem. Dann nickte er den Bewaffneten zu und wandte sich zum Eingang des Tempels; über die Schulter sagte er: »Man sieht viel im Verlauf eines Tages.«

»Ameisen, Wolken und Wächter, nehme ich an.«

Hanno hob eine Braue. »Und dergleichen mehr.«

»Vergib dieser Ameise, wenn sie dich in deinen Tempel begleitet, Hoher Priester des Baal Melqart.«

»Willst du dich vor dem Eisernen Herrn demütigen?«

»Nein, auch nicht vor dem Seidenen.«

Hanno stieß eine Art Glucksen aus. »Du willst also nicht deine Frechheit opfern, sondern – was?«

»Ein indischer Priester, der hier zu Gast war, ist ermordet worden. Ich will schauen, ob er etwas hinterlassen hat und ob einer deiner Priesterkollegen vielleicht etwas Hilfreiches sagen kann.«

Der Schreiber war vorausgegangen und kam nun mit zwei Priestern zurück, die sich vor Hanno verneigten.

»Herr«, sagte der Ältere, »dein Haus ist bereitet; tritt in unsere Freude.«

Hanno hob eine Hand. »Ich danke euch, Brüder. Er hier« – mit dem Daumen der Linken wies er auf Bomilkar – »sucht Klärung des Hinscheidens von Teschu; helft ihm.«

Ohne ein weiteres Wort oder eine Gebärde ging Hanno mit dem älteren der beiden Priester weiter, in den Innenraum des Tempels. Bomilkar starrte hinter ihm her, verblüfft und ratlos. ›Wie immer, wenn es um Hanno geht‹, dachte er.

Hanno, der ihm abermals zu verstehen gegeben hatte, daß nichts in der Stadt ihm entging. Nicht einmal der Name eines indischen Pilgers, den man vor wenigen Stunden tot aufgefunden hatte.

»Folge mir, Herr der Wächter«, sagte der jüngere Priester. Er ging voran zu einem Nebengebäude, eher einem Flügel des großen Tempels, durch einen hohen Bogengang, in dem ihre Schritte hallten. Nach einem rechts abzweigenden gefliesten Gang kamen sie in einen kleinen Innenhof, an dem ein Dutzend kleiner Räume lag.

»Hier hat er zwei Nächte verbracht.« Der Priester schob einen leichten Vorhang beiseite.

Bomilkar trat in den Raum, der auch eine Gefängniszelle hätte sein können. Er maß vier mal drei Schritte. Licht kam nur vom Innenhof, durch den Vorhang und ein winziges Fensterloch in Brusthöhe neben der Tür. Eine Bastmatte, eine Wolldecke, ein Krug, eine Waschschüssel, ein Bottich mit verbreitertem Sitzrand, eine kleine Öllampe, auf dem Boden ein Holzteller mit Brotresten. Und ein Schemel, auf dem Teschus Beutel lag, daneben das Lederbändchen mit den beiden verbundenen Speichenkugeln.

»Du erlaubst?«

Der Priester nickte. Bomilkar kniete sich vor den Schemel und untersuchte den Beutel. Er enthielt Münzen; als Bomilkar sie zählte, stellte er fest, daß Teschu nur einen Viertelschekel von den fünfzig *shiqlu* ausgegeben hatte. Er nahm den Gegenstand auf, den der Inder am Hals getragen hatte, und war erstaunt, wie leicht die aus je neun gebogenen Eisenstäbchen bestehenden Kugeln waren.

»Sein Amulett«, sagte der Priester. »Schöne Arbeit, nicht wahr?«

Bomilkar stand auf und hielt die durchbrochene Doppelkugel hoch. »Weißt du mehr darüber?«

»Nur das, was er uns erzählt hat. Am ersten Abend haben wir gemeinsam gegessen und geredet.«

»Was hat er erzählt?«

»Das da ist, sagte er, ein ›Donnerkeil‹, Zeichen eines seiner Götter. Den Namen habe ich vergessen. Eigentlich gehört eine kleine Glocke dazu, aber die haben böse Menschen ihm gestohlen, und er hat gesagt, er wolle sich eine neue machen lassen, sobald er den geeigneten Kunstwerker gefunden hat.«

»Hat er sonst etwas gesagt, was uns helfen könnte, seinen Tod zu erhellen?«

Der Priester seufzte. »Er ist also wirklich tot? Ein Jammer. Es ist immer traurig, wenn ein Gerechter stirbt.«

»Wann hast du davon gehört?«

»Erst eben, als Rab Hanno es erwähnte.«

Bomilkar steckte das Amulett und den Geldbeutel ein. »Laß uns hinausgehen«, sagte er. »Und erzähl mir bitte, was du weißt.«

»Das ist nicht viel. Wir haben gegessen, er hat nach Vorgängen in der Stadt gefragt, einen Ort gesucht, an dem er unter einem Baum sein Lager aufschlagen, betteln und den Leuten von seiner Lehre berichten kann. Wir haben ein wenig über seine Reise gesprochen – das ist alles.«

»Hat er von seiner Lehre geredet?«

»Nein. Jedenfalls nicht viel.« Der Priester lächelte flüchtig. »Du weißt doch, wie solche Gespräche ablaufen. Man beginnt irgendwo und endet nirgends. Jemand stellt eine Frage, und nach der halben Antwort verzweigt sich der Pfad des Redens und Denkens.«

Bomilkar sah sich im Innenhof um. »Wer wohnt in den anderen Räumen?«

»Zur Zeit niemand; er war der einzige Gast.«

»Wann habt ihr ihn das letzte Mal gesehen?«

»Ich müßte die anderen fragen, aber ich glaube, gestern abend.«

Bomilkar seufzte leise. »Er kann heute früh hinausgegangen sein, ohne gesehen zu werden, nicht wahr? Und man könnte ihn auch entführt haben. Gezwungen, mitzugehen. Ohne daß jemand etwas bemerkt.« Er deutete auf den Durchgang, durch den sie gekommen waren. »Wenn nicht zufällig einer dort ist, kann jeder den Tempelbereich betreten oder verlassen.«

»Dies ist ein Tempel, kein Gefängnis. Aber ich will die anderen fragen.«

Die Gasse der Lastträger zweigte wenige hundert Schritte östlich des *tofet* von einer der Straßen ab, die zum Hafen führten. Der Karrenschuppen, den Bomilkars Leute dort betrieben, lag in einem Gewirr anderer Werkstätten, Lager und schäbiger Unterkünfte. So kurz vor Sonnenuntergang waren nur noch zwei Männer dort, der junge Punier Barako und Patroklos, ein Metöke, dessen Vorfahren aus Sparta stammten.

»Liegt etwas an, und wo sind die anderen?« sagte Bomilkar.

»Heimgegangen, um bei ihren Frauen über dich zu weinen.« Patroklos grinste ihn an, dann beugte er sich wieder über den Schraubstock und feilte. Auf dem Tisch neben ihm lag die Nabe eines Karrenrads; das Holz, dessen verjüngtes Ende er bearbeitete, war offenbar die letzte noch fehlende Speiche.

»Warum sollen sie über mich weinen?«

Barako lehnte sich an den Amboß, verschränkte die Arme und begann mit einem halblauten Singsang. Es war ein altes Lied; in der vollständigen Fassung bestand es aus etwa zweitausend Versen.

*Die Schiffe von Qart Hadasht,*
*die blutigen Blätter der Ruder,*
*Segel im Westen und sternestechender Mast*
*und bärtige Männer mit Augen wie ferne Wunden.*
*Sie bringen Räucherholz für die Tempel,*

*Schnitzwerk, Gewürze, Felle und Tücher,*
*Erze für all die Schwerter und Becher,*
*aber wer gibt ihnen Silber, den Lohn?*

»Aber wer gibt ihnen Silber?« sagte Patroklos, ein grinsendes Echo.

»Ei, hab ich euch vergessen, ihr armen Kleinen?«

Eigentlich gehörte der Karrenschuppen zu den Werkstätten für die Herstellung und Ausbesserung all dessen, was die Festung brauchte; was die Festung nicht benötigte, konnte frei verkauft und mit dem Sold verrechnet werden, den die Männer bezogen. Einfache Fußkämpfer erhielten einen Drittelschekel am Tag, also zehn *shiqlu* im Monat, Unterführer oder Leute, die neben dem Kampf ein weiteres Handwerk beherrschten, bekamen das Doppelte. Die Männer vom Karrenschuppen, alle von Bomilkar ausgesucht, taten jedoch noch einen besonderen Dienst, wie er: das Sammeln geheimer Kenntnisse und Nachrichten für den Strategen von Libyen und Iberien, Hasdrubal, Hamilkars Nachfolger als oberster Feldherr. Dafür erhielten sie einen weiteren Drittelschekel am Tag, und da es ein geheimer Dienst war, bekamen sie dieses Geld nicht aus dem Schatz der Festung, sondern unmittelbar von Bomilkar.

»Vor zwei Tagen wäre es fällig gewesen, Herr«, sagte Barako. »Du hast uns schmählich vernachlässigt. Wir leiden aber keinen Hunger und weinen nur sehr leise. Willst du einen Schluck Würzwein?« Er hielt Bomilkar einen Tonkrug hin, aus dem ein Strohhalm ragte.

»Danke, gern.« Bomilkar trank von dem nur noch lauwarmen Gemisch aus Wein, Wasser und Gewürzen. »Die Vielzahl der Dringlichkeiten wird mich verwirrt haben; morgen werdet ihr nicht mehr weinen müssen.« Er gab den Krug an Patroklos weiter. »Wer von euch ist am besten geeignet, der unermeßlichen Tigalit einen Besuch abzustatten?«

»Uh«, sagte Patroklos. Er legte die Feile weg und stemmte die Hände in die Hüften. »Die Fürstin der Unterwelt? Ich war lange nicht mehr im Labyrinth.«

»Ich noch nie«, sagte Barako. »Außer irgendwann einmal als Kind. Und bei dem Gefecht im vorigen Jahr, aber das war etwas anderes.«

»Fürwahr.« Bomilkar betrachtete das muntere Gesicht des jungen Mannes, den er im vergangenen Jahr von den gewöhnlichen Bütteln zum Karrenschuppen geholt hatte. »Du solltest es kennenlernen; man weiß nie, wozu es unnütz sein könnte.« Er lächelte. »Nimm ihn mit, Patroklos – morgen. Seid behutsam, wie es sich da gehört.«

Der alte Metöke nickte. »Was sollen wir der gewaltigen Herrin ausrichten?«

»Meine besten Wünsche; und fragt sie, ob sie etwas über das Sterben des Inders Teschu weiß. Seine Leiche wurde an einem kleinen Platz nicht weit vom Tor der Tränen gefunden. Jemand hat die Wächter gerufen. Macht das morgen, wenn die anderen wieder hier sind. Ich komme später vorbei – mit Silber und mit Fragen.«

Über die Große Straße ging er ein paar Blocks nach Westen, in den Sonnenuntergang, bis er nach links in die Straße der Stempelschneider einbiegen konnte. Dabei versuchte er, hinter den wie selbständig tanzenden Gedanken den grauen Schleier zu verschieben, den er beinahe zu sehen glaubte. Etwas, was er übersehen hatte, etwas Wichtiges, hockte dort und wartete darauf, gefunden zu werden, aber immer, wenn er glaubte, den Schleier lupfen oder zerreißen zu können, trampelte Hanno durch sein Denken und lenkte ihn ab. Ein hochmütiger Hanno, für den er nicht mehr als ein lästiger Käfer war – ein furchterregend leutseliger Hanno, der Hohe Priester, der seine Tempelbrüder anwies, Bomilkar zu helfen – helfen statt behindern ... Was bei allen Göttern mochte Rab Hanno der Große aushecken oder erfahren haben oder wissen?

Als er den Torbogen erreichte, der ins Innere des Häusergevierts führte, war er dem, was hinter dem Schleier lauerte, nicht näher. Im Hof, in dem es Gemeinschaftsbäder, Gärten, Ställe für kleine Tiere und zahlreiche Schuppen und Werkstätten gab, brannten ein paar Feuer, an denen sich wie fast jeden Abend Bewohner des Blocks trafen, um zu kochen, zu essen, zu trinken und zu plaudern. Er sah einige bekannte Gesichter; der Maler Amidi, ein Araber von der Weihrauchküste, winkte ihm zu. Bomilkar winkte zurück, deutete auf das Wohngebäude zur Linken, dann auf den Kochplatz. Amidi nickte, grinste und hob die Hand, wobei er mit Daumen und Zeigefinger einen Kreis formte.

Aspasias Wohnung lag im dritten Stock des fünfgeschossigen Gebäudes, Teil eines Blocks, der nach Norden an die Große Straße grenzte. Man hatte jeweils zwei große Häuser mit den Rücken aneinandergebaut; die Läden und Wohnungen des einen Teils schauten nach außen auf die Straße, die des anderen nach innen. Um den Innenraum des Gevierts liefen hölzerne Wandelgänge, zu denen sich die Wohnungen öffneten, und an jeder der vier Seiten stieg eine Treppe vom Hof bis hinauf zum Dach.

Bomilkar hatte eben einen Fuß auf die unterste Stufe gesetzt, als oben Aspasia den Kopf über das Geländer reckte und rief: »Bring bitte Feuer mit!«

Bomilkar machte kehrt, ging zur nächsten Feuerstelle und begrüßte einige Nachbarn. Aus einem Korb nahm er ein paar Strohhalme und einen Span, zündete ihn an und lief dann treppauf.

Aspasia kniete vor dem kleinen Eisenherd, den sie gereinigt und mit einem neuen Nest aus Holzkohle gefüllt hatte. An den Händen, auf dem Chiton und an der Nasenspitze prangte Asche.

»Du bist bezaubernd schmutzig«, sagte er. »Ausziehen und waschen? Ich habe zwei glimmende Späne dabei.«

Sie stand auf. »Zwei? Oh, oh. Einen ins Feuer, einen in die Halterung? Hilf mir mal.« Sie hob die rechte Schulter.

Bomilkar stopfte das Stroh zwischen die Holzkohlen, steckte den Span hinein, blies, bis die Flammen zu lekken begannen; dann küßte er Aspasia, die die schmutzigen Arme abspreizte, und zupfte am Chiton über der Schulter. »Wenn ich befreien soll, was da gefangen ist, müßtest du aber wenigstens den einen Arm anlegen«, sagte er.

»Müßte ich? Dann sollte ich wohl.«

Es war bereits Nacht, als sie sich zu den anderen am Kochfeuer gesellten. Amidi fragte, ob ein Erfolg erfolgt sei; dann berichtete er von der üppigen Einrichtung eines Hauses, in dem er eine Wand mit Helden und Ungeheuern bemalen sollte, und Aspasia erzählte von den ausgefallenen Wünschen einer reichen Punierin, die in ihre Werkstatt gekommen war, um einen Ring für ihre

Tochter anfertigen zu lassen. »Die wird wohl heiraten«, sagte sie. Dann lachte sie. »Und demnächst haben wir wohl auch eine Vermählung zu feiern.«

»Deine Tochter?«

Aspasia war fünfunddreißig, fünf Jahre älter als Bomilkar. Ihr Mann, ein hellenischer Silberschmied, war vor fünf Jahren plötzlich erkrankt und gestorben. Da sie schon vorher mitgearbeitet hatte und da es keine Schulden gab, konnte sie Werkstatt und Laden weiterführen, um sich und die beiden Kinder zu ernähren. Bomilkar hatte sie kurz nach seiner Versetzung aus Iberien kennengelernt; inzwischen war die Tochter achtzehn und lebte bei einer Familie hellenischer Metöken. Sie arbeitete dort im Haushalt und als Kindererzieherin, hatte aber vor kurzem ihrer Mutter mitgeteilt, sie wolle sich demnächst vermählen. Der sechzehnjährige Sohn zog als Treiber mit einem punischen Händler, dessen Karawanen zwischen Qart Hadasht und Ägypten unterwegs waren.

»Nein. Nicht Niobe, sondern Myron.«

»Ist er nicht ein bißchen zu jung?«

Sie lachte leise. »Eigentlich ja, aber da er Vater wird ...«

Später saßen sie etwas entfernt von den anderen und unterhielten sich halblaut. Aspasia erkundigte sich, ob es »nette neue Morde« gegeben habe, und Bomilkar berichtete. Schließlich sagte er:

»Aber etwas stimmt nicht. Es ist, als wäre da etwas hinter einem dünnen grauen Schleier. Eigentlich sollte ich es sehen, aber irgendwie ...« Er seufzte. »Ich frage mich dauernd, was Hanno gerade treibt, und das hindert mich offenbar daran, hinter den Schleier zu schauen.«

Aspasia legte eine Hand auf seinen Arm. »Für das Vergnügen, das mir dein glimmender Span beim Löschen bereitet hat, will ich dir sagen, was es ist.«

»Sprich, Gebieterin.«

»Das Amulett«, sagte sie.

Bomilkar schüttelte den Kopf. »Ich begreife nicht, was du meinst.«

»Wann legt man ein Amulett ab?«

»Ah.«

»Ist es das?«

Er nahm ihre rauhe, kräftige Hand und zog sie an die Lippen. »Das ist es – und jetzt frage ich mich, warum ich es nicht gleich gesehen habe.«

»So, wie du das Ding beschreibst, kann ich mir vorstellen, daß dieser Inder es nachts ablegt. Vielleicht. Immerhin ist es ja groß genug, und wenn man sich im Schlaf umdreht, mag man darauf nicht liegen. Aber nach dem Aufstehen hätte er es sich wieder angelegt. Und den Geldbeutel eingesteckt.«

Er nickte. »Er ist also nicht aufgestanden, um einen kleinen Morgengang zu machen. Sondern man hat ihn aus dem Tempel entführt.«

»Und zwar früh«, sagte Aspasia. »Nehme ich an. Ehe die anderen Priester aufgestanden und herumgegangen sind. Oder könnte einer von ihnen ...?«

»Ja und nein.« Bomilkar wackelte mit dem Kopf. »Möglich wäre es. Aber wer? Und wenn nicht einer von ihnen, wer dann? Wer wußte, daß Teschu im Tempel war?«

Sie lachte. »Du wirst also noch einmal in den Tempel gehen und Fragen stellen müssen. Wenn du Glück hast, ist dein Freund Hanno diesmal nicht dabei.«

»Es gibt noch etwas.«

»Was denn?«

Er seufzte. »Einer, dem ich zu langer Arbeit in den Steinbrüchen verholfen habe, ist geflohen und wahrscheinlich in die Stadt zurückgekommen. Er will mich langsam und gründlich umbringen, hat er gesagt.«

»Was willst du mir wirklich sagen?« Sie musterte ihn; im Flackerlicht von den Feuern und Fackeln war er nicht sicher, ob er in ihrem Blick Besorgnis oder Spott las.

Bomilkar beschrieb Agizul; dann sagte er: »Falls du ihn irgendwo siehst ... Sei vorsichtig, Liebste. Und wundere dich nicht, wenn in den nächsten Tagen mehr Wächter als sonst in deiner Nähe herumlungern.«

# 4. KAPITEL

Aspasia hatte eine, wie sie sagte, »unverantwortlich frühe« Verabredung mit einem Kunden, der »unverantwortlich viel Geld« für ein anzufertigendes Schmuckstück ausgeben wollte. Bomilkar begleitete sie zu ihrer Werkstatt und sah sich um, konnte aber keine narbigen Riesen entdecken. In der Garküche neben der Werkstatt kaufte er ein Sitzfrühstück für Aspasia und ein Gehfrühstück für sich – gerollte, mit Kräutern und Fleischbröckchen gefüllte Brotfladen und zwei Becher Kräutersud. Seinen Becher leerte er schnell; dann ging er kauend und schauend zum Karrenschuppen.

Patroklos und Barako waren noch nicht ins Labyrinth aufgebrochen; sie berieten sich eben mit den anderen über deren Erfahrungen in der Unterwelt und erfragten Namen von Leuten, mit denen man dort reden konnte, ohne das Messer griffbereit zu halten.

Bomilkar hörte schweigend zu und betrachtete die Männer, mit denen er seit Jahren arbeitete. Es gab zwei besondere Aufgaben, die Schmuggler und der Tempel, und er wußte noch nicht, wen er damit betrauen sollte.

Die Stadt lebte von den Abgaben auf Ein- und Ausfuhren, jeweils vier Hundertstel des Warenwerts. Allein in Sabrata, wo die meisten Karawanen aus Ägypten Zoll entrichten mußten, nahm Qart Hadasht zwei Talente Silber am Tag ein, siebentausendzweihundert Schekel. Eine neue Schmuggelstrecke, über die Steine, Tiere, Gewürze, Elefantenzähne und Getreide an die Küste gebracht wurden ... Eigentlich kein Fall für die Wächter der Stadt, da es sich um Vorgänge im Hinterland handelte; aber erst recht nichts für die Büttel und Feuerlöscher in den dortigen Orten.

›Zililsan‹, dachte er. Der Mann stammte aus dem Hinterland, war fünfundvierzig Jahre alt, hart, umsichtig und erfahren. Aber er konnte nicht allein losreiten. Bomilkar überlegte, wen er ihm mitgeben sollte, sagte sich dann aber, daß er die Unterführer, die Männer vom Karrenschuppen, in der Stadt brauchte. In der Stadt gab es noch eine ganze Reihe von Leuten, die auch mit dem Sammeln und Weitergeben von Nachrichten befaßt waren, aber taugten sie für die Berge und die Steppe? Lieber ein paar Männer aus dem Hinterland.

Als das Labyrinth der Unterwelt ausreichend beredet war, räusperte sich Bomilkar. »Zililsan, dein Ohr«, sagte er.

Der drahtige Libyer blickte ihn an. »Edler Herr?«

»Wir haben in den letzten Tagen mehrmals von der angeblichen neuen Schmuggelstrecke geredet.«

»Ich erinnere mich. Ungern.«

»Warum ungern?«

Zililsan runzelte die Stirn. »Einer wird sich kümmern müssen, und da du mich anredest ...«

Bomilkar lachte. »Such dir noch einen oder zwei Leute aus, von den Schweifenden. Aber seid vorsichtig – versucht, etwas zu erfahren, aber unternehmt nichts, hörst du? Wenn wir wissen, was tatsächlich vorgeht, wird das eine Sache für die Truppen, nicht für uns.«

»Wann soll ich aufbrechen?«

»Sobald du kannst.«

»Ich werde Geld brauchen.«

»Wenn wir hier fertig sind, begleitest du mich zur Sandbank; ich schulde euch sowieso den Lohn.«

Der Numider Duush klatschte in die Hände. »Wunderbar; der Häuptling erinnert sich an die Bedürfnisse seiner Kinder.«

Patroklos und Barako ins Labyrinth; Zililsan in die Steppe; Duush, ungefähr so alt wie der Libyer und ähnlich erfahren, sollte die Fäden im Karren zusammenhalten. Nymar? Der Mann aus dem Volk der Maken, an der Grenze zu Ägypten, war listig, ein treffsicherer Bogenschütze, aber für den Tempel nicht recht geeignet.

»Vavurro«, sagte Bomilkar. »Du wirst in den nächsten Tagen ein bißchen versickern.«

»Wohin willst du mich schicken? Auch in die Heimat, wie den da?« Das faltige Gesicht des Elymers verzog sich zu einer schrägen Grimasse: ein Spinnennetz für die Fliegen von Bomilkars Hintergedanken.

»Nein; wir haben nichts in Siziliens Bergen zu suchen. Du wirst um den Tempel des Melqart lungern, als armer alter Mann, der eine Arbeit sucht und die Tempelsklaven bittet, ihm dabei zu helfen.«

»Ei. Und was suche ich wirklich?«

»Kenntnisse, was sonst. Der Inder Teschu hat zwei Nächte im Tempel verbracht und ihn morgens ohne sein Geld und sein Amulett verlassen, um im Labyrinth zu sterben. Wer hat gewußt, daß er im Tempel ist? Wer hat mit ihm und den anderen Priestern gesprochen, gegessen, getrunken? Wer war da, als Teschu verschwand? Hat jemand etwas gesehen oder gehört?«

Vavurro grinste. »Die Priester deines guten Freundes Hanno geben wohl nicht eben freudig Auskunft, wie? Ich will sehen, was die Sklaven wissen.«

»Gut.« Bomilkar stieß sich von dem Amboß ab, an dem er gelehnt hatte. »Duush, du hast hier die Aufsicht. Ah, noch etwas. Agizul, ihr erinnert euch? Er ist wahrscheinlich wieder in der Stadt; ich nehme an, er sucht mich. Laßt die Leute nach ihm Ausschau halten; und sorgt dafür, daß Aspasia nicht in Gefahr gerät. Zililsan und Nymar, ihr kommt mit zur Bank. Die grünen Daimonen der Gedeihlichkeit mögen mit euch sein.«

Als sie die Große Straße erreichten, blickte Nymar beinahe auffällig nach rechts und links. »Agizul«, knurrte er.

»Feiner Besuch, auf den du wartest«, sagte Zililsan. Er schüttelte den Kopf. »Der nimmt es jederzeit mit dreien von uns auf. Sollen wir nicht noch ein paar Leute einen Kreis um dich tanzen lassen?«

»Das tun die Büttel schon.«

»Na ja.« Nymar spuckte aus. »Und du meinst, das reicht?«

»Wenn nicht, werde ich es als erster merken.« Bomilkar legte die Hand kurz an den Schwertgriff. »Nett, daß ihr euch um mich sorgt, aber ich habe schon ein paarmal mit großen Männern gekämpft.«

»Wir sorgen uns ja nur um dich, bis wir das Geld haben«, sagte Zililsan. »Danach? Bah.«

In der Sandbank ließ Bomilkar sich eine größere Menge Geld auszahlen, Lohn für die Männer und silberne Wegzehrung für Zililsan. Er händigte es den beiden aus. »Laßt euch nicht wieder von Mädchen überfallen, ehe ihr es verteilt habt«, sagte er. »Ich habe hier noch etwas zu erledigen. Wir sehen uns.«

Die beiden gingen zurück zum Schuppen. Bomilkar wies einen der Bankangestellten an, Bostar um »karge Zeit« zu bitten; der Mann kam bald zurück und sagte:

»Der Herr der Bank bittet dich zu sich. Du kennst den Weg?«

Bomilkar nickte und ging die Treppe hinauf. Bostar saß an seinem wie üblich mit Papyros und Tontafeln überladenen Tisch und lächelte flüchtig zur Begrüßung.

»Karge Zeit? Wie karg?«

Bomilkar legte Teschus Amulett, den Geldbeutel und den in Leder gewickelten Papyros mit den Bankziffern auf den Tisch. »Der Priester aus Indien hat sich auf die letzte Reise begeben«, sagte er, »und nun frage ich mich, ob man das und eine Nachricht zu seinen Leuten schicken kann.«

»Uh.« Bostar blies die Wangen auf. »Ist das eine ... amtliche Frage? Damit solltest du zum Rat gehen.«

»Nicht amtlich. Teschu war freundlich. Jemand hat ihn einen Gerechten genannt. Ich weiß nicht, was das ist« – Bomilkar lachte kurz –, »da es in Qart Hadasht nicht vorkommt, aber es bewegt mich zu der Bitte. Als, nun ja, beinahe Freund. Nicht amtlich.«

»Ich will es versuchen.«

»Das genügt mir, Herr der Bank.«

Bostar hob den Beutel und betrachtete das Amulett. »Das Geld können wir gutschreiben, wie du weißt. Und das hier? Ein Donnerkeil?«

»Ich bin erstaunt, daß du so etwas kennst.«

Bostar winkte ab. »Man lernt viel im Lauf der Zeit. Wie gesagt, wir werden es versuchen. Sollte je eine Nachricht zurückkommen, lasse ich es dich wissen.«

Bomilkar trabte den langen Weg zur Festungsmauer. In der Wachstube begrüßte Dyamir ihn mit einem ausgiebigen Gähnen. »Dein Morgen sei heiter, Häuptling«, sagte er.

»Wie deine Nacht?«

Dyamir lächelte. »Es ist nichts vorgefallen; ich konnte ungestört schlummern. Diese Art Nachtdienst darf es öfter geben.«

Bomilkar schüttelte sich. »Nichts vorgefallen? Das kann eigentlich nur heißen, daß in den kommenden Tagen und Nächten hastige Wanderdünen des Ungemachs über uns herziehen werden. Geh heim, schlaf weiter; ich übernehme.«

Tatsächlich lag nichts vor, die Schreibarbeiten waren bis auf weiteres erledigt, und Bomilkar überlegte ein paar Atemzüge lang, ob er sich noch einmal zum Tempel begeben sollte. Dann entschied er sich vorläufig dagegen, nahm das Wachstuchbündel mit Messern unter den Arm und übergab die Wachstube den beiden Posten.

»Wenn Autolykos mich sucht oder sonst etwas anliegt – ich bin in der Festung bei Giskon oder auf dem Übungsplatz der Bogenschützen.«

Aber Giskon war wieder nicht da. Bomilkar knurrte leise, als er über die Straße hinter der Großen Mauer nach Norden ging. Neben dem üblichen Austausch von Neuigkeiten hatte er ein besonderes Anliegen: Ihn plagte die Neugier hinsichtlich der Frage, welcher Ratsherr aus welchen Gründen nach Rom reisen sollte.

»Hilft nichts«, murmelte er, »abwarten.«

Vor zehn Jahren waren die Söldner, vor achtzig Jahren das Heer des Agathokles an der dreifachen Mauer gescheitert, und die Römer hatten vor fünfundzwanzig Jahren, als Konsul Regulus mit einem Heer in Libyen landete, nicht einmal versucht, die stärkste Festung der Oikumene anzugreifen. Viertausend Reiter, zwanzigtausend Fußkämpfer und bis zu zweihundert Kriegselefanten konnten darin untergebracht werden; einige von Bomilkars Wächtern lebten in der Festung, außerdem eine Schutztruppe von zur Zeit vielleicht zweitausend oder dreitausend Mann. Allerdings war der größte Teil von ihnen meistens im Hinterland, wo sie Karawanen schützten, Straßen bauten und weiter ausgebildet wurden.

Bomilkar war daher nicht überrascht, als er den kleinen Platz leer fand, auf dem sonst häufig Kämpfer mit Bogen oder Lanze ihre Treffsicherheit verbessern wollten oder mit stumpfen Schwertern gegeneinander antraten. Er wickelte seine Messer aus und warf zuerst aus zehn, später fünfzehn Schritten Abstand auf die Strohpuppe, die auch den Bogenschützen als Ziel diente.

Anfangs verfehlten viele Würfe das Ziel, oder die Messer trafen mit dem Griff statt mit der Spitze auf. Erst als es ihm gelang, nicht mehr an einzelne Bewegungen und ihre Abfolge zu denken, sondern Arm, Hand und Auge sich selbst zu überlassen, kam die alte Sicherheit zurück. Er hatte eben das kleine Messer aus der Scheide in seinem Nacken wieder in die Brust der Puppe geschleudert, als sich hinter ihm jemand räusperte.

»Guter Wurf – hast du erwogen, daß Hanno das Ziel sein könnte?«

Bomilkar drehte sich um und grinste Autolykos an, der mit verschränkten Armen dort stand. »Ausnahmsweise nicht. Warum? Hat er eine Botschaft an die Wächter losgelassen?«

»Hat er nicht, und das wird diesen Tag zweifellos edel und prachtvoll machen.« Autolykos kniff ein Auge zu und wechselte vom Punischen ins Hellenische. »Aber seltsame Wonnen hat euer Baal, möchte ich sagen.«

»Was ist geschehen?«

»Eine fette Punierin mit dem Namen ›Wonne des Baal‹ hat die Wachstube überfallen und zetert dort herum. Ich fürchte, sie wird davon erst ablassen, wenn sie dein Ohr mit ihren anmutigen Klängen überfüllt hat.« Er löste die Verschränkung der Arme und setzte auf Punisch hinzu: »Hepsibal, die Witwe des vom Dach geflogenen Paltibal.«

»Was will sie?«

»Schnelle Aufklärung. Sie will das Erbe antreten, aber Verwandte ihres Gatten behaupten, sie hätte ihn vom Dach gestoßen, und jetzt bemühen sie die Richter.«

Bomilkar sammelte seine Messer ein. »Zetert sie schon lange?«

»Seit ich dabei bin. Mindestens eine Stunde, und vorher auch schon ein bißchen.«

»Ich muß die Zeit vergessen haben.«

Autolykos bleckte die Zähne. »Verworfen hast du sie mit deinen Messern. Komm, erlöse uns von der Keifenden.«

»Warum schickst du sie nicht weg?«

»Sie will nur mit richtigen Menschen reden.« Autolykos verzog das Gesicht. »Punier, verstehst du? Und Mutumbal ist nicht da.«

Bomilkar schob das kleine Messer wieder in die Nakkenscheide und klemmte sich das Tuchbündel mit den übrigen unter den Arm. »Na los.« Nach ein paar Schritten sagte er: »Immer dieselbe Geschichte, oder?«

»Was meinst du?«

»Überall gibt es ›Uns‹ und ›Die da‹. ›Wir‹ sind Menschen, ›Die da‹ sind Barbaren, und man muß auf der anderen Seite des Meers gewesen sein, um zu wissen, daß ›Die da‹ drüben ›Wir‹ sind und wir ›Die da‹, die Barbaren.«

»Ei, welch tiefe Gedanken so früh.«

Als sie die Große Straße überquert hatten und die Wachstube erreichten, hielt Autolykos Bomilkar am Arm fest. »Lausche und genieße«, murmelte er.

Aus der Wachstube, wahrscheinlich aus dem vorderen Raum, war eine schrille Stimme zu hören. Der Wächter vor dem Eingang grinste Bomilkar an und steckte sich einen Finger ins rechte Ohr; der zweite Mann war wohl drinnen und litt Qualen, wie sich Bomilkar sagte.

»Wo bleibt denn nur dieser hellenische Sumpfschleicher könnte sich beeilen statt eine ehrbare Punierin und noch dazu Witwe aber so ist das in diesen würdelosen Zeiten aufräumen sollte man mit dem Pack und hier übrigens auch wer wischt den Staub weg wer zählt die toten Fliegen und dabei hat Paltibal sich um die Stadt verdient gemacht und Nachschub nach Sizilien und nach dem Söldnerkrieg das Viertel draußen aufgebaut und mit Ratsherren sind wir befreundet jawohl und nein ich will mich nicht setzen der Stuhl trägt mich nicht und meine armen vaterlosen Kinder was soll überhaupt aus uns und alldem werden wenn schon seine Familie und dann auch noch diese Büttel der Stadt alles nur Pack und Gesindel und keine Achtung früher wäre das alles anders hör auf zu grinsen du bist auch so ein Stück Geschmeiß woher kommst du aber das will ich überhaupt nicht wissen und außer Wasser habt ihr punischen Lehmköpfe nichts zu trinken hier für vornehme Gäste man sollte euch in Kameldung wikkeln und über kleinem Feuer drehen bis nein in Hundekotze ertränken oder an Muränen verfüttern bald kriege ich Hunger laß mich ach ich setz mich auf die Bank und soll ich am Ende gar weinen daß meine Tränen die schmierigen Füße dieses kampanischen Beutebüttels ...«

Sie brach ab, als Bomilkar die Wachstube betrat und sehr laut sagte: »Ehrwürdige Mutter, mußt du nie atmen? Ich berste vor Bewunderung ob deiner Lungenwucht.«

Er hatte sie sich alt, klein und kugelförmig vorgestellt. Tatsächlich mochte die Herrin der schrillen Stimme um die fünfundvierzig Jahre alt sein. Sie war durchaus füllig, aber fast so groß wie er, und die knapp sechs Fuß punischen Witwentums umhüllte eine Art Zelt: ein bodenlanger Umhang aus hellen Leinen- und dunklen Wollstreifen. Auch die Lippen waren füllig, fast wulstig. Auf der grauschwarzen Mähne thronte ein mit Spangen im Haar verankerter röhrenartiger Hut. In jedem Ohr prangten als Zeichen des Wohlstands vier Goldringe mit unterschiedlich bunten Steinen, und die dunklen, von schwarzen Rändern betonten Augen fraßen sich an Bomilkar fest.

»Bist du der Herr der Wächter?« Sie stemmte die Hände in die Hüften und warf den Kopf in den Nacken.

Er ging an ihr und der spitzigen Stimme vorbei, legte das Tuch mit den Messern auf die Bank an der Wand und bedeutete dem zweiten Wächter mit einer Handbewegung, daß er gehen solle. Oder gehen dürfe.

»Der bin ich. Was ist dein Begehr?«

»Ich bin Hepsibal, die Witwe des schnöde gemeuchelten Paltibal.«

»Bist du sicher?«

Sie riß die Augen noch weiter auf. »Sicher? Daß ich seine Witwe bin? Was ...«

Bomilkar hob eine Hand. »Daran habe ich keinen Zweifel. Ich meine, bist du sicher, daß er ermordet wurde?«

»Wie soll er sonst vom Dach gefallen sein? Meinst du, er wollte feststellen, ob er fliegen kann?«

Bomilkar grinste. »Das wäre eine Erklärung. Bisher haben wir keine, die uns befriedigt.«

»Die Stadt ist nicht da, euch zu befriedigen«, sagte Hepsibal. »Ihr seid da, die Stadt zu schützen. Paltibal ist tot, also habt ihr ihn nicht geschützt. So einfach ist das.«

»Vielleicht hat er sich selbst nicht geschützt.«

»Wie meinst du das?«

Bomilkar seufzte leise. »Da dies eine längere Unterredung zu werden scheint, möchtest du dich vielleicht setzen?« Er wies auf einen der Schemel vor dem Tisch. »Und darf ich dir einen Becher mit Wasser und Wein anbieten, dich zu erheitern, so wie du mich mit der Erquickung deiner Rede labst?«

Sie starrte ihn wortlos an; dann nickte sie und ließ sich auf einen Schemel sinken.

Er goß zwei Becher voll, reichte einen ihr, ging mit dem anderen um den Schreibtisch herum und setzte sich. »Du bist eine starke Frau«, sagte er dabei, »ich nehme also an, daß du klare Worte zu schätzen weißt.«

»Besser klare Worte als die Ausflüchte dieses Hellenen.« Sie blickte zum Eingang, in dem Autolykos erschienen war. Wahrscheinlich, sagte sich Bomilkar, hatte er abgewartet, bis in Lautstärke und Schrillheit der Stimme eine gewisse Minderung eingetreten war. Der Kampanier lehnte sich mit verschränkten Armen an die Wand und machte ein besonders ausdrucksloses Gesicht.

»Paltibal hat sich das Genick gebrochen«, sagte Bomilkar. »Der Arzt der Festung sagt, möglicherweise hat ihn zuvor jemand an den Oberarmen gepackt. Die Druckspuren sind aber geringfügig und könnten schon etwas älter sein.«

Hepsibal grunzte; dann sagte sie: »Ich weiß nicht, wo er sich herumgetrieben hat. Das müßt ihr klären; dazu seid ihr doch da. Was tut ihr überhaupt für all das Geld, das die Stadt euch bezahlt?«

»Wir lauschen anmutigen Reden und schenken verdünnten Wein aus. Manchmal gibt es einen Brand, den wir löschen müssen, oder ein Haus stürzt zusammen; dann haben wir Trümmer zu beseitigen und Überlebende zu suchen. Es gibt auch Unfälle, um die wir uns zu kümmern haben. Diebe, Räuber, Schmuggler, römische Spitzel, libysche Verschwörer, Seeleute mit allzu lokker sitzenden Messern, auf den Märkten Lastträger, die nicht nur Packen, sondern plötzlich auch Schwerter tragen, Schmutz, den jemand auf der Straße hinterläßt und den wir beseitigen müssen, ehe er die Augen edler Punier beschädigt. Ferner gibt es die Herren des Zwielichts, die längst die Macht in der Stadt übernommen hätten, wenn wir sie nicht daran hinderten. Wie du siehst, haben wir genug zu tun, und wie du hörst, kann auch ich lang und schnell und laut reden. Nun sag, was du zu sagen hast, und stiehl nicht die Zeit, die wir für wichtige Dinge verwenden sollen.«

Hepsibal nahm den Becher und trank einen Schluck. Als sie das Gefäß absetzte, lächelte sie. »Du hast ja doch heißes Punierblut, anders als dieser kampanische Schleimfisch«, sagte sie. »Ich will schnell wissen, wie mein Mann umgekommen ist. Seine Brüder und Neffen, die mich nie leiden konnten, erheben Anspruch auf das Erbe und sagen, ich hätte ihn vom Dach gestoßen – ich, eine schwache Frau!«

»Warum sagen sie das? Gibt es einen Grund?«

Hepsibal breitete die Arme aus. »Gründe gibt es immer. Wenn man lange zusammenlebt, türmen sich die Gründe dafür, ein Ende des Zustands zu suchen.«

Autolykos räusperte sich. »Mutumbal ...«, sagte er.

»Schweig, Schleimfisch«, sagte Hepsibal.

Bomilkar grinste. »Sprich – Beutebüttel.«

Autolykos stöhnte. »Mutumbal hat sich ein wenig umgehört«, sagte er. »Paltibal, heißt es, verbrachte seine Nächte hier, da und dort, aber selten unter jenem Dach, das die hehre Gemahlin hochhält. Die Herzlichkeit war gewichen, sagt man.«

Die Witwe schob die Unterlippe vor und blinzelte. »Sie war gewichen, das stimmt. Paltibal hat seine Pflichten erfüllt und für Melqart und die Stadt drei Kinder gezeugt. Mit mir. Wie viele sonst noch, weiß ich nicht. Nachdem das erledigt war, gab es keinen Grund mehr für Herzlichkeit.«

Bomilkar nickte. »Keinen Grund, fürwahr. Wie alt sind die Kinder? Söhne? Töchter?«

»Zwei Söhne, vierundzwanzig und zweiundzwanzig. eine Tochter von achtzehn. Alle gut vermählt.« Sie sagte es mit einem Unterton von Selbstgefälligkeit.

»Unterstützen sie dich, was das Erbe angeht?«

»Selbstverständlich; es ist ja ihres.«

Autolykos und Bomilkar wechselten einen Blick; der Kampanier hob die Schultern.

»Warum kümmern sie sich denn nicht darum?« sagte Bomilkar.

Hepsibal legte ihr Gesicht in traurige Falten. »Sie sind mit diesem und jenem beschäftigt. Und um einen Teil der Geschäfte habe ich mich sowieso immer gekümmert.«

»Dann wirst du uns zweifellos sagen können, woraus die Geschäfte bestehen. Und wen wir fragen sollten, um festzustellen, welche Feinde Paltibal den Tod gewünscht haben könnten.«

»Ha«, sagte sie. »Die halbe Stadt!« Nach kurzem Zögern setzte sie hinzu: »Wie bei jedem erfolgreichen Mann.«

Als Bomilkar nachfragte, nannte sie einige Namen. Bomilkar kritzelte sie auf einen Papyros; darunter schrieb er die Namen der Kinder und das, was Hepsibal über die Geschäfte berichtete: Mietshäuser, ein Landgut, Beteiligungen an Karawanen und Frachtschiffen, Sklaven.

»Wir werden uns bemühen, so schnell wie möglich alles aufzuklären«, sagte er schließlich. »Ah, eines noch – welcher Richter befaßt sich damit?«

Hepsibal stand auf. »Sie haben sich ausgerechnet an Itubal gewandt – man nennt ihn auch ›Itubal der Ungnädige‹. Ich darf mich also auf dich verlassen, Herr der Wächter?« Mit einem schrägen Lächeln und einem Blick zu Autolykos setzte sie hinzu: »Und auch auf dich, Schleimfisch?«

Als sie gegangen war, trat Autolykos vor Bomilkars Tisch, stützte sich mit geballten Fäusten darauf und sagte in klagendem Ton: »Wieso muß man sich eigentlich Schleimfisch nennen lassen?«

»Beutebüttel gefällt mir noch besser.« Bomilkar kaute auf dem Schreibhalm; dann steckte er ihn ins Tintentöpfchen.

»Wie viele Frauen waren das eben?« Autolykos blickte zur Türöffnung, dann wieder auf Bomilkar. »Drei? Vier?«

»Sie sollte Schauspielerin werden. Sie war mindestens vier verschiedene; ich habe aber keine Lust, zu zählen. Wir haben jetzt ein paar Fragen, oder?«

»Fragen, ja, und ein paar Auskünfte.«

»Setz dich endlich hin; willst du etwas trinken? Zuerst die Fragen.«

Autolykos suchte einen unbenutzten Becher, goß sich Wasser ein und zog einen Schemel vor den Schreibtisch. Als er sich gesetzt hatte, sagte er: »Erstens: die Geschäfte des Herrn Paltibal. Das wird schwierig, fürchte ich – seine Mieter, seine Mitarbeiter, andere Leute, die mit ihm im Wettstreit liegen.«

»Jemand könnte ihn vom Dach gestoßen haben, weil er ihn hinauswerfen oder zuviel Miete haben will? Ein Mitarbeiter, den er beleidigt hat oder nicht mehr beschäftigen will? Ein anderer Händler, der größere Anteile begehrt?«

Autolykos starrte in seinen Becher. »Dann die Familie. Wer hat sich an den Richter Itubal gewandt, und was sagen die Söhne?«

Bomilkar nickte. »Vergiß nicht die Tochter und ihren Mann; Habgier kennt kein Geschlecht.«

»Ei. Wen setzen wir darauf an?«

»Ich glaube, das ist etwas für den Schuppen. Was war das mit Auskünften?«

Autolykos deutete in die Ecke hinter Bomilkars rechter Schulter. »Der Markt. Da könnte ich dir etwas zeigen.«

»Geht es um den Überfahrenen?«

»Und die Umstände. Nicht ganz eindeutig.«

Bomilkar seufzte. »Der Inder und meine Nackenhaare. Paltibal und seine Witwe. Und auch noch ein zweideutig Überfahrener?«

»Laß uns die Becher leeren, unter uns Lehmköpfen und Schleimfischen. Danach ...«

Autolykos hatte den Trägern und Händlern auf dem Markt das Armband des Überfahrenen gezeigt und Fragen gestellt. Der Tote hieß Mennad und war aus dem Westen gekommen, angeblich im Römerkrieg als Söldner angeworben. Auch den Fahrer des Ochsenkarrens hatte der Kampanier gefunden und befragt, allerdings ohne bedeutende Ergebnisse.

»Er sagt, es wäre das gewöhnliche Gedränge gewesen; da fällt eben manchmal jemand.«

Bomilkar summte leise und betrachtete das Gemenge aus Karren, Trägern, Bauern, Händlern, Kunden und Tieren. Jemand rempelte ihn an und lief weiter, ohne sich umzudrehen. »Möglich. Aber du hast etwas von ›nicht eindeutig‹ gesagt.«

»Also, ein paar von den anderen Trägern sagen, jemand hätte diesen Mennad vor den Karren gestoßen. Unters rechte Vorderrad, gewissermaßen.«

»Und wer das war, weiß keiner?«

Autolykos hob die Schultern. »Da sind immer tausend Leute unterwegs. Ein kräftiger Mann, heißt es, aber niemand kann ihn beschreiben.«

»Hast du etwas wegen der Palme am *kitun* herausgekriegt?«

»Noch nicht. Unsere Jungs fragen sich durch alle Vortschänken, in denen alte Krieger hocken könnten. Vielleicht finden wir noch etwas.« Er deutete auf ein paar Lagerschuppen an der Nordwestecke des Marktgeländes. »Komm; ich will dich mit einem wichtigen Mann bekanntmachen.«

»Der Herr des Getreides?« sagte Bomilkar.

»Kennst du ihn?« Autolykos klang beinahe enttäuscht.

Bomilkar lachte. »Nein. Ich weiß nur, daß dort Getreide gelagert wird, also – wer soll da wichtig sein, wenn nicht ...?«

»Er heißt Kaukirino«, sagte Autolykos.

»Klingt nach Iberien.«

»Hier entlang.« Autolykos bog in eine verschmutzte enge Gasse zwischen den Holzschuppen. »Du kennst dich da ja aus, mit Iberern. Vielleicht hilft das; er ist nicht besonders ... entgegenkommend.«

Es war stickig zwischen den Schuppen. Bomilkar versuchte die Gerüche zu unterscheiden – Tierkot, Mist, Abfälle, Schweiß, dazwischen ein seltsamer Blumenhauch und, von allem anderen fast verdeckt und verborgen, Korn und Staub und Wasser. Er überlegte, wann er zum letzten Mal in dieses Labyrinth eingedrungen war, konnte sich aber nicht erinnern. ›Keine fünfhundert Schritte vom Tynes-Tor‹, dachte er, ›und so fern wie die andere Seite des Meers.‹

Aus einem Bretterschuppen nicht weit vor ihnen war eine grobe Stimme zu hören. Eine Stimme wie ein schwarzer, rissiger Hammer, mit der jemand auf einen anderen eindrosch. Wenn dieser andere ein Pfosten wäre, dachte Bomilkar, müßte er mit jedem Wort eine Fingerbreite tiefer in den Boden sinken. Er verstand nicht viel von dem, was der Mann da in einer iberischen Sprache brüllte; es ging offenbar um Getreide, eine verzögerte oder verschwundene Lieferung, eine Frau namens Tamalut, alles üppig durchsetzt von Beschimpfungen, die so bilderreich wirkten, daß Bomilkar bedauerte, so wenig zu verstehen.

Als sie den Schuppen erreichten, sahen sie zwei Männer, die einander gegenüberstanden; der Besitzer der ungeheuren Stimme holte gerade Luft, der andere hatte den Kopf halb in den Nacken gelegt und blickte beinahe hochmütig, jedenfalls keineswegs wie von der Wucht der Wörter zerschmettert.

»Wer von euch ist Kaukirino?« sagte Bomilkar. »Ist Kaukirino ein Gebrüll oder eine stille Klugheit?«

Der Mann, der eben Luft geholt hatte, wandte sich ihnen zu. Er war einen halben Kopf größer als Bomilkar, fast doppelt so breit und schien nur aus Muskeln zu bestehen. Er trug lediglich einen ledernen Schurz; die wuchernde Brustbehaarung war ebenso grau wie das Stoppelgefilde in seinem Gesicht. Bomilkar schätzte, daß er etwa fünfundvierzig Jahre alt war.

»Weder Gebrüll noch Stille«, sagte der Mann; die Stimme war ein wenig gedämpft, »sondern Punierfresser. Du schon wieder?«

Das galt offenbar Autolykos, der mit überaus sanfter Stimme sagte: »Ich schon wieder. Dies ist Bomilkar, der Herr der Wächter. Willst du Fragen beantworten oder sterben?« Er legte die Hand an den Schwertgriff.

Kaukirino grinste plötzlich; dabei hob er die riesigen Fäuste. »Ein Tag zum Prügeln. Kein guter Tag zum Sterben – aber welcher ist das schon?«

»Auch kein guter Tag zum Prügeln.« Bomilkar streifte den zweiten Mann mit einem Blick. »Wer bist du? Und wer von euch weiß etwas über Mennad den Lastträger?«

»Gargoris«, sagte der Mann. Er war fast so groß wie Kaukirino und sehnig. »Mennad? Was ist mit ihm, außer, daß er jetzt in der Unterwelt Lasten tragen muß?«

»Turdetaner?« sagte Bomilkar. »Und du, Kaukirino, aus dem Norden – Arevaker?«

»Du kennst dich aus, Herr der Nachtwächter.« Kaukirino spuckte aus. »Mennad hat Lasten geschleppt und Karren beladen. Jetzt ist er tot. Mehr weiß ich nicht.«

»Wer gehört noch zur Bruderschaft jener, die eine Palme am *kitun* tragen?«

Gargoris schien erstaunt oder verblüfft zu sein; er schüttelte den Kopf.

»Die Palmenjungs?« sagte Kaukirino. »Da gibt es ein paar, aber ich weiß nicht, was es bedeutet.«

»Ein Jammer.« Bomilkar wandte sich zum Gehen; halb über die Schulter sagte er: »Kennt einer von euch jemanden, der uns mehr über Mennad sagen könnte? Hatte er eine Frau? Familie?«

»Eine Frau«, sagte Kaukirino. »Irgendwo weiter draußen, an der Straße nach Tynes. Sie heißt, uh, Tafsut.«

»Tafsut – Frühling?«

Der riesige Iberer lachte. »Wenn es das heißt, sollte sie den Namen ablegen. Was heißt ›Herbst‹ auf Mauretanisch?«

»Ich weiß es nicht. Wenn euch noch etwas einfällt, laßt es uns wissen.«

# 5. KAPITEL

Am nächsten Morgen verbrachte Bomilkar einige Zeit im Tempel des Baal Melqart; als er ihn verließ, hatte er das Gefühl, daß einige der Priester mehr wußten, als sie sagten, und alle einiges gesagt hatten, was sie nicht meinten. Vielleicht, dachte er, würde Vavurro ihm abends mehr berichten können; vielleicht waren die Tempelsklaven weder so verschwiegen noch so verlogen wie die Priester.

Auf dem Weg zur Mauer hielt er Ausschau nach Riesen, aber vergeblich; dabei wandte er mehrere Gedanken im Kopf hin und her, bis sie begannen, verflochtene Stränge zu bilden. Einer war die Überlegung, die er und andere immer wieder anstellten, ob es nicht sinnvoll wäre, die Hauptwache weiter in die Stadt zu verlegen; wie immer kam ihm der Weg zur Festung sehr lang vor, und die Zeit, die er mit dem Hin- und Rückweg jeden Tag vergeudete, ließe sich zweifellos besser nutzen. Aber Qart Hadasht endete ja nicht an der Mauer; vor den Toren erstreckten sich die Märkte und Vorstädte fast so weit nach Westen wie die eigentliche Stadt innerhalb der Mauern nach Osten, und vieles von dem, was zu Unruhe oder Verbrechen führte, kam von außerhalb. Die andere Möglichkeit: näher an der Mauer eine andere Wohnung suchen. Aber Aspasias Werkstatt lag günstig, die meisten ihrer wohlhabenden Kunden lebten in der Stadtmitte. Und der Schuppen ... Karren für die Festung im Westen, Karren für die Versorgung der Flotte, im Kriegshafen, im Osten; das Sammeln von Nachrichten, die einerseits wie graue Vögel durch die Stadt flatterten, andererseits wie graue Rinnsale zum Hafen sickerten. Näher an der Mauer wohnen hieße, abends oder zu besonderen Anlässen den langen Weg zum Schuppen gehen und danach wieder in Richtung Mauer. Und den Schuppen verlegen?

Der andere Gedanke, der sich irgendwie mit dem ersten verzwirbelte, je länger Bomilkar marschierte, betraf die Fürstin des Zwielichts, die ungeheure weiße Tigalit und das, was Barako und Patroklos abends im Schuppen berichtet hatten. Wenig, aber es war wie ein kleines Gefäß, in dem mehr Fragen steckten, als es an Antworten enthielt. Die Herrin der Unterwelt hatte ihm ausrichten lassen, Teschus Leichnam sei von Männern, die nichts mit dem Labyrinth zu tun hatten, dort hinterlassen worden; sie wolle – »für Bomilkars schöne Augen, sagt ihm das« – versuchen, mehr in Erfahrung zu bringen. Wenn Tigalits Leute etwas gesehen hatten, fremde Männer, ohne etwas zu unternehmen, mußte es sich um seltsame Leute handeln. Gewöhnlich würde einer, der ins Labyrinth eindrang und dort ungewöhnliche Dinge tat, sofort daran gehindert. Was für Männer mochten es gewesen sein, die man nicht kannte und trotzdem nicht behinderte?

Er war ein wenig verdrossen, als er die Wachstube erreichte. Dort warteten zwei Nachrichten auf ihn. Mutumbal teilte ihm die erste mit.

»Du siehst aus wie der Winterhimmel«, sagte der Punier. »Unentschlossen, ob du dich mit dem Absondern von Kälte begnügen oder sie durch Wind und Regen verschärfen willst. Setz dich, Häuptling; vielleicht kann ich deine Laune aufbessern.«

Bomilkar ließ sich auf die Bank an der Wand zum hinteren Raum sinken. »Ich lausche«, sagte er, »wie du die Kälte des Winters zum Frühling wandeln willst.«

Mutumbal schob die Unterlippe vor. »Man kann es immerhin versuchen, auch wenn deine Stimme ... Nun ja. Heute früh kam ein Bote aus Tynes. Gestern hat es dort ein Handgemenge gegeben; zwei Verletzte. Zuständig war Agizul. Die Büttel wollten ihn festnehmen oder am besten gleich abstechen, aber er konnte entkommen.«

»Und das soll mich aufheitern?«

»Das nicht. Aber dies vielleicht: Einer der Verletzten war ein alter – tja, Freund? Gefährte? Man weiß es nicht. Sagen wir, er hat Agizul lange Zeit gekannt und mit ihm Geschäfte gemacht. Er ist an den Verletzungen gestorben.«

»Vermutlich kein Verlust; ich warte aber immer noch auf die Erheiterung.«

Mutumbal nickte. »Sie soll dir werden. Vor dem Sterben hat er noch etwas sagen können. Man hat ihn dazu angeregt. Er hat bestätigt, daß Agizul sich rächen will. Daß er es aber aufschieben muß, weil ihm die Mittel fehlen. Er ist nach Tynes gekommen, um alte Schulden einzutreiben; mit dem Geld will er nach Süden, in die Berge, um von anderen alten Schuldnern – ich mag sie nicht Freunde nennen – mehr Unterstützung zu erflehen. Händeringend und unter Tränen, vermutlich. Erst danach, wenn er sich erholt und ausgerüstet hat und ein paar Tage in der Stadt überleben kann, will er dich besuchen.«

Bomilkar kniff ein Auge zu. »Deine umwegige Rede …« Er schüttelte den Kopf. »Du glaubst doch selbst nicht, was du mir da erzählst.«

Mutumbal schwieg einen Atemzug lang. »Nicht ganz«, sagte er dann. »Immerhin ist der Bote echt; einer der Männer, die regelmäßig Nachrichten von einem Rat zum anderen bringen.«

»Prüf das nach.« Bomilkar stand auf und ging zum Tisch, auf dem eine versiegelte Papyrosrolle lag.

»Was meinst du denn, was ich angeordnet habe?« Mutumbal klang beinahe beleidigt. »Und das da kam ganz früh, für dich.«

Bomilkar musterte das Siegel und pfiff leise. »Vom Sufeten Ybarak? Was …«

»Einer von Hannos Leuten, oder?«

»Einer der wichtigen Männer der Alten.« Bomilkar zerbrach das Wachssiegel. »Aber trotzdem, nun ja, rechtschaffen, wie es heißt.« Er las. Dann ließ er das Schreiben sinken und stieß einen lästerlichen Fluch aus.

»Welche Worte der Liebe sendet der edle Herr?«

Bomilkar hielt ihm den Brief hin; Mutumbal nahm, las und schluckte.

»Einer der zuständigen Götter wird Durchfall haben«, sagte er schwach. »Und der schwappt jetzt in den Rat. Wozu …?«

Bomilkar setzte sich auf die Tischkante und las abermals; irgendwie hoffte er, der Inhalt werde sich beim zweiten Lesen ändern, aber es war kein Tag für Wunder.

»Der edle Ybarak weist mich an, morgen früh an

Bord eines Schiffs zu gehen, das die Herren Arish und Sakarbal, beide Angehörige der Fünf-Herren für Fremdlande, nach Rom bringen soll.« Er klopfte auf den Papyros und sah die anderen an.

Mutumbal zeigte keine Regung; er starrte schweigend zu Boden. Autolykos lehnte im Eingang und begann, den Rücken an der Mauerkante zu reiben. Dyamir, der neben Mutumbal auf der Bank saß, zog das rechte Bein hoch, faltete die Hände vor dem Unterschenkel und stützte das Kinn aufs Knie.

»Und möge Zeus die Gedärme der Pentarchen mit einem schleichenden Blitz versengen«, knurrte Autolykos auf Griechisch. Dann wechselte er zurück ins Punische. »Arish kennst du schon länger, nicht wahr?«

Bomilkar nickte nur. Neben den Geldern der Stadt und der Wahrung von Recht und Ordnung gehörten die Beziehungen zu anderen Mächten zu den Bereichen, für die jeweils eine fünfköpfige Gruppe von Ratsherren zuständig war. Er dachte an seine erste Begegnung mit Arish, damals zweiter Mann der Alten hinter Hanno; am Ende der langwierigen Auseinandersetzungen, die sich aus den Arbeiten zur Erhellung des Mordes an einem römischen Händler ergeben hatten, war Arish nicht mehr so mächtig gewesen, aber Sprecher der Fünf-Herren für Fremdlande geblieben. Bomilkar dachte an Himilko, Arishs Schreiber, der ihn gesucht hatte, allerdings wohl ohne besondere Dringlichkeit; ob das mit der Reise zusammenhing?

Dyamir seufzte. Als er sprach, ruckte sein Schädel auf und nieder, da die Kinnlade auf dem Knie ruhte und sich nicht abwärts bewegen konnte. »Ehe wir den Rest des Tages mit Flüchen und Mutmaßungen vergeuden ...«

»Wahr.« Bomilkar schloß die Augen und überlegte; dann öffnete er sie wieder und sah die anderen der Reihe nach an. »Wie immer«, sagte er halblaut. »Die hohen Herren werden verlangen, daß ein Punier die Wächter befiehlt. Das bist also du, Mutumbal; in allen wichtigen Dingen wirst du dich nach Autolykos richten, verstanden?«

Mutumbal nickte. »Wie immer, Häuptling.« Er zwinkerte dem alten Kampanier zu.

»Paltibal und seine entzückende Witwe Hepsibal.« Bomilkar berührte den Daumen der rechten Hand mit dem Zeigefinger der linken. »Der tote Inder« – Zeigefinger an Zeigefinger – »ist vorübergehend Sache der Jungs vom Schuppen, aber vergeßt ihn nicht. Drittens dieser tote Lastträger, Mennad; redet mit seiner Witwe und behaltet Kaukirino im Auge; etwas an diesem Iberer mißfällt mir.«

Autolykos grinste. »Die Größe und die Lautstärke?«

Bomilkar zählte noch einige weitere Angelegenheiten auf, um die seine Stellvertreter sich während seiner Abwesenheit kümmern sollten. Schließlich sagte er:

»Und vergeßt Agizul nicht – und Aspasia, ja? Ihr könnt euch jetzt ein bißchen beraten und überlegen, was ihr noch zu mir oder gegen mich sagen wollt, ehe ich verschwinde. Inzwischen will ich versuchen, Giskon und Artemidoros aufzutreiben.«

Der Arzt war nicht in seinen Räumen. Einer der Sklaven sagte, sein Herr habe sich noch einmal gründlich mit den Leichen befaßt und diese dann zur Bestattung freigegeben; Teschu befinde sich bei den zuständigen Leuten der Festung, Paltibal sei von den Sklaven seiner Witwe abgeholt worden, der tote Lastträger liege noch im Keller.

»Meine Leute werden sich darum kümmern«, sagte Bomilkar. »Hat dein Herr etwas zu Befunden gesagt?«

Der Sklave hob die Schultern. »Er hat etwas von Rauch gemurmelt, Herr; mehr weiß ich nicht. Er wird morgen wieder da sein.«

»Aber ich nicht. Sag ihm, er soll alles mit Autolykos besprechen; ich werde einige Zeit fort sein.«

Auf dem Weg zu den Schreibstuben der Festung dachte er über Rauch nach; außerdem überlegte er, ob dies sein fünfter oder sechster Versuch war, Giskon zu sprechen.

Diesmal war der Stratege anwesend. Als er Bomilkar sah, klatschte er in die Hände und wies seine Schreiber an, ohne ihn weiterzumachen. Bomilkar folgte ihm in den letzten Raum. Giskon schloß die Tür und deutete auf einen lederbespannten Scherensessel.

»Da dies, wie ich befürchte, ein längeres Gespräch wird«, sagte er, »laß uns mit der unwichtigsten Frage beginnen. Hast du Durst?«

Bomilkar nickte. »Ein Schluck, um den schlechten Geschmack schlechter Nachrichten hinunterzuspülen ...«

Giskon holte zwei Tonbecher, einen umwickelten Wasserkrug und einen kleineren Krug mit Wein. Während er eingoß, blickte Bomilkar sich um. ›Lange her‹, dachte er, ›daß ich in Giskons Schrein war.‹ Gewöhnlich besprachen sie sich in einem der anderen Räume, umgeben von Schreibern und Unterführern, oder in einer der nahen Schänken. Dieser letzte, hinterste der Räume des Herrn der Festung war meistens verschlossen. Hier bewahrte Giskon seine geheimen Schriftstücke auf – wenn er sie nicht gleich verbrannte. Das Kohlenbecken, das er dazu verwendete, war allerdings sauber und schien länger nicht benutzt worden zu sein. Anders als in den meisten übrigen Räumen gab es hier auch statt der gewöhnlichen beweglichen Läden für die Fensteröffnung einen in den Mauern verankerten Rahmen. Sollte jemand versuchen, zum zweiten Geschoß der inneren Mauer hochzuklettern, könnte er jedenfalls nicht durch die Öffnung steigen.

»Zur Sache.« Giskon seufzte, setzte sich hinter seinen übervollen Schreibtisch und hob den Becher. »Die Götter mögen dich auf der Reise mit ihrer Gunst geleiten.«

Bomilkar runzelte die Stirn. »Auf die Reise mag ich eigentlich nicht trinken, aber ...« Er hob seinen Becher, trank einen Schluck und sagte: »»Wem habe ich das zu verdanken?«

Giskon stellte den Becher ab und faltete die Hände auf dem Tisch. »Mir.«

»Was, bei allen kranken Daimonen der Zwischenwelt ...«

»Warte. Laß mich reden; danach werde ich schweigend deine Beschimpfungen erdulden.«

»Ich lausche.«

Giskon starrte auf seine gefalteten Hände, als könnte er mit den Augen daraus Wörter saugen. »Die Römer sind mürrisch«, sagte er.

Bomilkar gluckste. »Seit fünfzig Jahren oder länger; ist das wichtig?«

»Wir müssen jetzt von Hasdrubal reden.«

»Ah.«

Giskon blinzelte. »Denkst du dir gerade etwas?«

Hasdrubal, genannt der Schöne, bis zum Tod seiner ersten Frau Schwiegersohn von Hamilkar Barkas und dessen Nachfolger als Stratege von Libyen und Iberien ...

Im Vorjahr hatte Hasdrubal begonnen, an der iberischen Küste, in einer dafür vorzüglich geeigneten Bucht, eine neue Hauptstadt für die punischen Lande in Iberien zu bauen – Qart Hadasht in Iberien, von den Römern Carthago Nova genannt. Nicht weit nördlich davon lag das Vorgebirge, das älteren Abkommen zufolge von Rom als Nordgrenze des punischen Einflusses gebilligt worden war. Zu einer Zeit, als an der Bucht noch nicht die neue Hauptstadt lag, sondern die alte Stadt Mastia, Sitz des Fürsten Mandunis, des Königs der Kontestaner.

»Ich nehme an, die Römer murren wegen der neuen Hauptstadt und der alten Verträge«, sagte Bomilkar.

»Sie befürchten offenbar, daß Hasdrubal die vereinbarte alte Grenze nach Norden verschieben könnte. Nicht daß es sie etwas anginge.«

Bomilkar bleckte die Zähne. »Sie sehen das vermutlich anders. Und da sie sich noch nie an Grenzen gehalten haben, erwarten sie derlei Vertragstreue auch von anderen.«

Giskon hob die Schultern. »Wie auch immer – was in Ägypten, Makedonien oder bei den Seleukiden geschieht, bekümmert Rom nicht weiter; die sind weit weg und inzwischen doch nur noch Mächte zweiten Ranges. Wir sind die einzige andere Großmacht, Bomilkar, und wie wir uns um das kümmern müssen, was die Römer in unserer Nähe anstellen ...«

»Also, Hasdrubal rechnet damit, daß die Römer mit etwas rechnen?«

»Deshalb« – Giskon beugte sich ein wenig vor – »hat er den Rat ersucht, eine Gesandtschaft nach Rom zu schicken. Um dem Senat zu versichern, daß wir in Iberien nichts Böses tun wollen. Nur ein bißchen spielen.«

»Wie die Römer voriges Jahr in Illyrien?«

»So ähnlich.« Giskon grinste. »Da haben sie uns eine Gesandtschaft geschickt – du wirst dich erinnern. Jetzt sind wir dran.«

»Das sehe ich ein. Aber – warum ich?«

»Arish ist gerissen, aber er steckt unter Hannos Achsel. Als Sprecher der Fünf-Herren für Fremdlande wird er die Gesandtschaft leiten. Die Neuen müssen natürlich einen eigenen Mann mitschicken, und nach Lage der Dinge kommt dafür nur Sakarbal in Frage. Reich, erfahren, ehrwürdig und so weiter. Und er ist der zweite Mann hinter Arish.«

»Ich kenne ihn nicht«, sagte Bomilkar. »Nicht persönlich, meine ich. Nur den Namen.«

Giskon wühlte zwischen den Rollen auf dem Tisch, fand, was er suchte, und schob Bomilkar einen Papyros hin. »Da«, sagte er. »Lies. Den vorletzten Absatz.«

Bomilkar entrollte das Blatt. Oben trug es den Stempel von Hasdrubals Kanzlei, aber der Stratege hatte es selbst geschrieben, nicht von Schreibern anfertigen lassen. Der von Giskon genannte Absatz lautete:

»Arish muß wohl sein, aber wenn sie Sakarbal schikken – du weißt, er ist ein Trottel. Sieh zu, daß jemand mitfährt, der nicht nur die Außenseite, sondern auch die inwendige Beschaffenheit der Dinge kennt. Am liebsten wäre es mir, du könntest fahren, aber das werden Hannos Leute nicht zulassen. Nimm Bomilkar. Drück ihn durch, auch wenn Hanno zetert – nachdem er dich abgelehnt haben wird, kann er nicht den zweiten Vorschlag ebenfalls ablehnen. Und wenn Bomilkar zetert, sag ihm, ach was, zeig ihm diesen Brief.«

Er schob Giskon den Papyros wieder hin. »Ich zetere

trotzdem«, sagte er. »Ich will nicht – nicht jetzt. Es gibt einige Dinge ...«

»Es gibt immer einige Dinge.« Giskon klang müde. »Ich weiß, es geht um diesen Inder und Paltibal und Agizul. Alle nicht wichtig. Du siehst, ich habe mich umgehört. Zu deiner Beruhigung will ich dir versichern, daß ich ein paar Leute abstellen werde, die sich um deine Frau kümmern, falls Agizul auftaucht.«

»Was meint Hasdrubal? Sakarbal ein Trottel?«

»Ah, nein, er ist nicht dumm, aber ...« Giskon zögerte, dann sagte er: »Er ist überzeugt davon, daß alle Menschen sich verständig verhalten, wenn man ruhig mit ihnen redet. Das gilt, meint er, auch für die Römer.«

Bomilkar nickte. »Trottel, das sehe ich ein. Und er hat wahrscheinlich nie ein Schwert in der Hand gehalten, wie?«

»Er sagt, der Schreibhalm sei mächtiger als das Schwert.«

Bomilkar seufzte. »In der besten aller Welten mag das so sein. Aber da leben keine Römer.«

Giskon starrte an die Decke. »Wahrscheinlich auch keine Punier. Also?«

Bomilkar breitete die Arme aus. »Was soll ich denn sagen? Wenn der Rat es beschließt und Hasdrubal es will ... Aber was hat Hanno gesagt?«

»Zu dir? Nichts.« Giskon lächelte. »Er hat es abgelehnt, mich zu schicken, und als wir dich erwähnten, hatte er keine Einwände.«

»Das heißt, er will nicht, daß zwei hochrangige Neue, also du und Sakarbal, mitreisen und notfalls seinen Arish überstimmen. Der kleine Bomilkar kann das nicht, auf den wird keiner hören, und außerdem ist er ein paar Tage nicht in der Stadt – Bomilkar, meine ich, nicht Hanno.«

Giskon machte eine wischende Handbewegung. »Das mag so sein. Du weißt, was wir erwarten? Erhoffen?«

»Von mir oder von der Reise?«

Giskon schnaubte leise. »Von der Reise erwarten wir – nichts, außer Zeitgewinn. Du und ich, wir wissen, daß es früher oder später zu einem neuen Krieg mit den Römern kommt. Sie werden erst dann zufrieden sein, wenn es außer ihnen keine Macht mehr in der Oikumene gibt. Deshalb müssen wir vorbereitet sein, und dazu brauchen wir ein starkes Iberien.«

»Kann es sein«, sagte Bomilkar langsam, »daß wir – die Neuen, du, Hasdrubal –, daß wir dabei ausnahmsweise auf Hanno zählen können?«

»Wie meinst du das?«

»Die Alten wollen keine Öffnung zur Oikumene, sie wollen ihre fetten Landgüter betreiben und die Macht verwesen. Aber Hanno will bestimmt keinen Krieg. Also kann man doch davon ausgehen, daß Arish alles tun wird, um sie, ah, die Römer, ebenfalls von unserer Friedfertigkeit und Harmlosigkeit zu überzeugen, oder?«

Giskon schwieg ein paar Lidschläge lang; dann sagte er leise: »Die Alten wollen keinen Krieg, das stimmt; aber sie werden versuchen, in Rom eine Waffe gegen Hasdrubal zu schmieden. Um ihn, gestützt auf römische Drohungen, zu entmachten. Deshalb will ich dein Mißtrauen auf die Reise schicken.«

»Dann« – Bomilkar schnitt eine Fratze und stand auf – »kann ich nicht hierbleiben. Ohne mich reist mein Mißtrauen nicht. Sag mir nur noch eines, Giskon.«

»Und zwar?«

»Wie soll ich mein Mißtrauen anwenden?«

Giskon legte den Kopf in den Nacken und blickte die Nase entlang. »Gründlich, aber unauffällig.«

»Das meine ich nicht. Was ist mein Rang? In der Gesandtschaft. Ist es, wie ich vermute?«

Giskon grunzte. »Du hast keinen Rang. Wie du vermutet haben wirst, oder?«

»Ich habe es mir gedacht. Die edlen Herren verhandeln, und Bomilkar ist zuständig dafür, daß ihnen nichts geschieht. So etwa?«

»Du sagst es.«

»Wenn ich aber nur der Leibwächter bin, wie soll ich dann mein Mißtrauen in die Verhandlungen einbringen?«

Giskon stand auf; er kam um den Tisch herum und legte eine Hand auf Bomilkars Schulter. »Du wirst es versuchen müssen«, sagte er. »Sakarbal ist von Hasdrubal angewiesen, sich mit dir zu beraten, ehe er etwas billigt oder verwirft.«

# 6. KAPITEL

Er blieb einige Momente auf der Straße stehen, nachdem er die Festung verlassen hatte. Auf dem kleinen Platz schräg gegenüber, auf dem er gelegentlich seine Wurfmesser fliegen ließ, übten Bogenschützen. Bomilkar verfolgte die Flugbahnen der Pfeile und bemühte sich, seinen Ärger zu dämpfen.

›Leibwächter für Arish und Sakarbal‹, dachte er. ›Für einen Unbelehrbaren und einen Trottel, beide so hoch über mir, daß sie mich kaum wahrnehmen.‹

Er wandte sich von den Bogenschützen ab und ging langsam nach Süden, zurück zur Großen Straße, dem Tynes-Tor und der Wachstube. Dabei versuchte er, sich von seinem Ärger, der sich nicht dämpfen ließ, wenigstens abzulenken, indem er an Nebensächliches dachte. ›Womit bezahlt man in Rom? Ein Quadrigatus enthält zehn Asse, elf Quadrigati sind zehn *shiqlu*‹, dachte er. ›Ob die Sandbank römische Münzen hat? Was steht heute noch an? Und von Aspasia verabschieden – wann will sich Myron vermählen?‹

Jäh fiel ihm Hannos überraschende Umgänglichkeit am Tempel ein. ›Er muß schon gewußt haben, daß der aufmüpfige Herr der Wächter als bloßer Leibwächter die Stadt verlassen wird‹, sagte er sich. ›Reicht das für gute Laune?‹

Vor dem Eingang zu den Räumen von Artemidoros standen zwei Handkarren. Karren, wie sie die Leute vom Schuppen herstellten. Karren, wie sie die Büttel verwendeten, um dem Arzt Leichen zu bringen. Bomilkar knirschte mit den Zähnen und folgte dem Klang zeternder Stimmen ins Gebäude.

»Aber er ist nicht hier, sage ich euch doch, und ich kann nicht einfach so ...« Der Sklave brach ab, als er Bomilkar sah.

Vier Büttel standen im Flur; zu ihren Füßen lagen zwei längliche Bündel. Die sichtbaren Schichten der Stoffbahnen, mit denen die Toten umwickelt waren, wiesen dunkelrote Flecken auf.

»In den Keller«, sagte Bomilkar; mit dem Kinn wies er auf die Treppe, die ein paar Schritte weiter hinten vom Gang nach rechts führte. »Los, Männer, packt an.«

»Aber ...«, sagte der Sklave.

»Dein Herr wird sich morgen darum kümmern, und solange er nicht hier ist, werden sie im Keller aufbewahrt. Kein Wort mehr von dir, Sklave, sonst sorge ich dafür, daß Artemidoros dich billig an einen stinkenden Knabenschänder verkauft. – Was ist geschehen, und wer sind die da?«

Zwei der Büttel packten den ersten Toten und schleppten ihn zur Treppe; aus einem der hinteren Räume erschien ein zweiter Sklave mit einem Öllicht. Er deutete eine Verbeugung vor Bomilkar an und ging den Männern dann voraus.

Einer der beiden Büttel, die neben der zweiten Leiche standen, legte die rechte Hand kurz auf seine Brust.

»Ein Wirt aus der Gasse des Jaulens, Herr«, sagte er. »Und ein Stoffhändler vom kleinen Markt an der Tynes-Straße.«

Bomilkar bückte sich und las die ungelenken Zeichen, die jemand auf einen Papyrosfetzen gekritzelt hatte. Baalyaton. Der Fetzen war mit einer Nadel am blutgetränkten Tuch befestigt.

»Der hier ist welcher?«

»Baalyaton, der Stoffhändler. Der andere heißt Maharbal.«

Bomilkar nickte. »Sobald ihr hier fertig seid, kommt ihr zu mir und berichtet.« Er wandte sich an den widerspenstigen Sklaven. »Hast du noch Fragen? Nein? Gut; sieh zu, daß ich keine verblüffenden Antworten für dich finden muß. Und pack mit an.«

Vor der Wachstube stand wie immer ein Posten; Bomilkars Unterführer hatten offenbar keine wesentlichen Fragen mehr gehabt und waren gegangen, würden aber, wie der Wächter sagte, alsbald wiederkehren.

Er setzte sich an seinen Tisch und bereitete Papyros, Halme und Tinte vor. Bald darauf erschienen die vier Büttel, die die Leichen zu Artemidoros gebracht hatten. Bomilkar stellte Fragen, lauschte, kritzelte ein paar Namen und Stichworte, gab den Männern Anweisungen – Familien suchen, Zeugen befragen – und schickte sie dann fort.

Er begann mit der Zusammenfassung ihrer Berichte und hoffte, daß ihm dabei die nötigen weiterführenden Fragen einfallen und daß diese seinen römischen Ärger für einige Zeit verdrängen würden.

Der Stoffhändler Baalyaton wurde morgens von den übrigen Händlern auf dem kleinen Tuchmarkt vermißt.

Als er nicht kam, wurden ein paar Sklaven ausgeschickt, um ihn zu suchen. Sie fanden ihn in einem verstrüppten Graben neben der Straße nach Tynes, außerhalb der Vorstadt. Man hatte ihm die Kehle durchgeschnitten. Ein Sklave suchte Büttel, und die Büttel brachten die Leiche zur Festung.

Der Wirt Maharbal hatte unweit der Agora in der Gasse des Jaulens – wo die besten Hundemäster der Innenstadt ihre Gehege hatten – eine Garküche betrieben, die den mißlungenen (wie Bomilkar fand) Namen *Zwinger des Labens* trug. Einer seiner Sklaven sagte, morgens sei ein Mann mit Brandkugeln gekommen – Kameldung, vermengt mit Stroh und dann getrocknet –, für die Bratöfen, habe mit Maharbal gefeilscht, dann gestritten, den Wirt erstochen und sei unter Zurücklassung der Brandkugeln geflüchtet.

»Die Emsigkeit des Herrn fördert den Fleiß der Diener.« Dyamir stand in der Tür und grinste.

Bomilkar legte den Halm weg. »Vielleicht lähmt sie die Faulheit«, sagte er, »bis zur Bewußtlosigkeit. Hast du etwas erreicht?«

Dyamir schüttelte den Kopf. »Nur ein paar Wörter in ein paar Ohren geflüstert. Was tust du da? Anweisungen für die Knaben, daß sie deine Abwesenheit füllen?«

»Zwei neue Leichen.« Bomilkar klopfte auf die beschriebenen Blätter und berichtete. Dyamir goß sich Wasser in einen Becher, hockte sich auf die Bank und lauschte.

»Nett«, sagte er schließlich. »Und alles nur, damit wir uns nicht langweilen, während du die Römer beglückst.«

»Kümmert euch darum. Habt ihr euch ausgetauscht? Was noch zu bereden wäre, ehe ich verschwinde?«

»Ja. Nichts. Beziehungsweise nichts, was nicht immer zu bereden wäre.«

»Wo sind die anderen?«

Dyamir blickte zur Tür. »Müßten gleich auftauchen, um dich tränenreich zu verabschieden.«

Tatsächlich gab es nichts mehr zu klären. Als Bomilkar die Wachstube verließ, war er zumindest in dieser Hinsicht zufrieden. ›Zuverlässige Männer‹, sagte er sich, ›erleichtern es einem, den Unsinn der Ratsherren zu ertragen.‹

Auf dem Weg zum Karrenschuppen und zu Aspasia schaute er in zwei Wachstuben im Viertel der Gerber und im Viertel der Metöken; auch dort gab es keine bedeutenden Vorfälle zu bereden.

Als er Aspasias Werkstatt erreichte, lösten die Gerüche aus der Garküche nebenan – gebratener Fisch, Wein, frisches Brot – heftiges Magenknurren bei ihm aus. Es war mittlerer Nachmittag, und seit dem frühen Morgen hatte er nur ein paar Schluck Wasser und verdünnten Wein zu sich genommen. Er ging die paar Stufen zum Werkstatteingang hinunter und fand Aspasia über eine feine Silberkette gebeugt.

»Neu?« sagte er.

»Ei«, sagte sie. »Was verschafft mir dies frühe Vergnügen? Und nein, nicht neu, auch nicht meine Arbeit.« Sie hielt den Schmuck hoch und zeigte ihm einige verdrehte oder ganz gebrochene Glieder. »Ausbessern.«

»Sieht aus, als ob der Gemahl der Trägerin versucht hätte, sie damit zu erwürgen.«

Aspasia lächelte. »Nicht ganz. Sie hat sich nur undeutlich geäußert, aber es klang eher so, als hätte er es nach langer Abwesenheit arg eilig gehabt, die Hübsche aus allen Gewändern und sonstigem Zubehör zu schälen.«

»Und wer flickt die Gewänder?«

»Sie werden Sklaven haben.«

»Längere Abwesenheit«, sagte Bomilkar, »und aus Zubehör schälen ...«

»Abermals ei. Hast du was vor? Gleich hier in der Werkstatt? Und wieso Abwesenheit?«

»Rom.«

Sie legte die Kette auf den Arbeitstisch und starrte in seine Augen. »Rom? Wieso? Und wann?«

Er ließ sich auf einen Schemel sinken. »Morgen früh. Die Narren vom Rat ...«

Sie hörte schweigend zu, während er, ohne zu viele Einzelheiten zu erwähnen, von der Reise sprach. Als er fertig war, kicherte sie plötzlich.

»Grüß Titus – wenn du ihn siehst«, sagte sie. »Und wie lange wirst du fort sein? Einen Mond? Dann sollten wir gründlich Abschied nehmen.«

Er streichelte ihre rauhen, kräftigen Finger. »Sollten wir. Aber vorher muß ich noch in den Schuppen und zur Sandbank. Und etwas essen.«

Aspasia wies mit dem Kopf nach rechts, wo die Garküche lag. »Laß uns jetzt schnell etwas essen«, sagte sie. »Dann der Schuppen und die Bank; dann hol mich hier ab. Heute abend müssen wir fertig sein.«

»Wieso? Was steht an?«

»Amidi, Bagayash und ein paar andere wollen im Hof etwas feiern. Danach werden wir kaum imstande sein ... Du weißt ja, ihr Männer seid schwach, wenn ihr nichts zu essen kriegt, und unmittelbar danach auch.«

»Selbstverständlich«, sagte der Mitarbeiter der Sandbank, verfüge man über römische Münzen. Bomilkar ließ sich fünfundvierzig Quadrigati und fünfzig Asse geben, zu Lasten des Guthabens, aus dem das Sammeln von Nachrichten und die Bezahlung der Männer des Karrenschuppens bestritten wurden. Er stopfte den Beutel – Dreingabe der Bank – in seinen Chiton und ging zum Schuppen.

»Bist du schwanger?« sagte Duush, als Bomilkar den Arbeitshof betrat.

»Zwillinge, von der Wölfin zu säugen.« Bomilkar klopfte auf die Wölbung über dem Gürtel. »Wo sind die anderen?«

»Unterwegs.« Duush kniff die Augen zusammen. »Was ist mit der Wölfin?«

Bomilkar lehnte sich an den Amboß und sprach schnell und leise; Duush lauschte, nickte mehrmals und räusperte sich schließlich.

»Du wirst also einen Mond unterwegs sein?«

»Oder länger. Je nachdem, wie schnell die edlen Herren mit den Verhandlungen fertig werden. Und wie Wind und Wellen sind.«

»Deine zweite Reise dorthin, nicht wahr?«

»Ja und nein.«

»Vor drei Jahren«, sagte Duush, »hast du ...«

Bomilkar unterbrach ihn. »... die letzte Silberlieferung begleitet, das stimmt, aber die haben wir in Ostia an die Räuber übergeben.«

Duush grinste. »Dann wirst du jetzt zum ersten Mal die Räuberhöhle sehen.«

»Da wir gerade von Räubern reden – hat Vavurro schon etwas herausgekriegt?«

»Er ist noch damit beschäftigt, sich bei den Tempelsklaven einzuschmeicheln.«

»Bei Artemidoros liegen zwei neue Leichen«, sagte Bomilkar. »Ich nehme an, sie werden euch nicht behelligen; sieht aus wie gewöhnlicher Mord aus den gewöhnlichen Gründen, aber einer von euch sollte mal mit ihm reden, morgen oder übermorgen, zur Sicherheit.«

Duush nickte. »Sonst noch etwas? Kluge Anweisungen?«

»Nichts. Macht weiter, als wäre ich da.«

»Ich habe noch etwas.«

»Und zwar?«

»So, wie in letzter Zeit die Dinge laufen, könnten wir bald noch einen Neuen vertragen.«

»Warum?«

Duush hob die Schultern. »Ah, wir werden älter, und die Vorgänge hier werden immer wirrer.«

»Hast du jemanden im Auge?«

»Nein; du?«

Bomilkar überlegte; im Geiste sichtete er die innerhalb und außerhalb der Stadt für ihn arbeitenden Freien und Schweifenden. »Nein«, sagte er schließlich. »Keiner, dem ich so sehr vertrauen möchte, daß ich ihn hier in alles einweihen würde.«

Duush seufzte. »Ein Jammer, nicht wahr? Aber irgendwie nicht sehr überraschend.«

»Wie meinst du das?«

Der Numider lachte. »Wenn immer mehr Leute Dinge tun, die unser Mißtrauen verdienen, kann dabei die Menge von Leuten, die unser Vertrauen wert wären, nicht zunehmen, oder?«

Bomilkar klopfte ihm auf die Schulter. »Die Götter mögen dir deinen Scharfsinn erhalten. Grüß die anderen. Ah, noch etwas. Heute abend gibt es bei uns im Innenhof Braten, Wein und dumme Reden. Sollte jemand mitmachen wollen oder noch Fragen oder Mitteilungen haben …«

»Ich gebe es weiter.«

# 7. KAPITEL

Fast vierundzwanzig Jahre hatte der Große Römische Krieg gedauert. Vor dreizehn Jahren war er zu Ende gegangen; Qart Hadasht hatte alle Besitzungen auf Sizilien abtreten und dreitausendzweihundert Talente Silber binnen zehn Jahren zahlen müssen, dem Friedensvertrag zufolge. Vier Jahre später, als die Stadt nach dem Ende des blutigen Söldnerkriegs ausgeblutet war, hatte eine römische Gesandtschaft weitere eintausendzweihundert Talente und die Abtretung der anderen großen Inseln Sardinien und Korsika gefordert – oder Krieg, den Qart Hadasht nicht führen konnte. Die Punier hatten gezahlt; Hamilkar Barkas und die »Neuen« waren entschlossen, die Dinge so zu verändern, daß man sich nie wieder einer solchen Erpressung beugen müßte, und vor drei Jahren hatte Bomilkar die letzte und größte Lieferung von tausend Talenten Silber nach Ostia begleitet. Es war eine anstrengende Fahrt gewesen, mit drei Mordanschlägen, vier Frachtschiffen und zehn Kriegsruderern. Das Silber hätte von einem Lastschiff befördert werden können, aber man hatte es aufgeteilt, damit nicht alles verlorenging, wenn etwa ein Sturm einen Frachter versenken sollte. Es hatte Gerüchte über

Seeräuber gegeben, die einen großen Überfall planten, und angeblich waren Verräter an Bord ...

Damals hatte Bomilkar fast gar nicht geschlafen, bis sie endlich Ostia erreichten. Diesmal konnte er nach Herzensunlust schlafen, und fast sehnte er sich nach jener anderen Fahrt zurück, einer Reise ohne anmaßende Ratsherren und ihre ebenso anmaßenden Schreiber und Diener.

Fünf Penteren verließen Qart Hadasht, schnelle Kriegsschiffe mit einem Deck und fünf Männern an jedem Ruder: Söhne der Stadt, dazu ein paar Abteilungen libyscher Fußkämpfer. Der Wind war günstig; meistens konnten sie segeln, statt zu rudern, und Bomilkar würfelte mit den Soldaten und tauschte mit den Älteren und den Schiffsführern Erinnerungen aus, von denen der größte Teil zweifellos erfunden war.

Arish, Sprecher der Fünf-Herren für Fremdlande, hatte ihn mit einem Nicken und heruntergezogenen Mundwinkeln begrüßt; Sakarbal streifte ihn lediglich mit einem Blick und zog es vor, sich in hoheitsvolles Schweigen zu hüllen. Hasdrubal mochte ihm geschrieben und ihn angewiesen haben, sich mit Bomilkar zu beraten, aber Hasdrubal war in Iberien, Iberien war weit, und was hätte ein Ratsherr, Abkömmling einer edlen alten Familie und Vorfahr vermutlich zahlreicher Sprößlinge ähnlich edlen Ranges, mit einem bloßen Krieger und Büttelführer zu besprechen?

Überdies bestimmte die Art der Schiffe die Verteilung der Gäste. Unter den Erhöhungen an Bug und Heck der Penteren gab es kleine Räume, eher Verschläge; die größeren achtern waren eigentlich den Kapitänen vorbehalten, aber natürlich standen sie nun den Ratsherren zu. Was wiederum bedeutete, daß man keineswegs zusammen auf einem Schiff reisen wollte. Am Morgen des Aufbruchs hatte Bomilkar versucht, einige Worte mit Sakarbal zu wechseln; sein Hauptschreiber, ein älterer beleibter Mann namens Bodschamasch, trat ihm in den Weg.

»Du bist, äh, der Herr der Wächter, nicht wahr? Der edle Sakarbal mag jetzt nicht gestört werden.«

»Ich wollte ihn nicht stören, sondern mit ihm sprechen.«

»Das ist gleich.«

»Findest du? Hasdrubal und Giskon sehen das anders.«

Bodschamasch hob eine Braue. »Sie sind nicht hier.« Er wies mit dem Daumen hinter sich auf die Schiffe, die lange vor dem Eintreffen der Ratsherren aus dem Kriegshafen durch den Handelshafen nach draußen in die Bucht gebracht worden waren. Außerhalb der Seemauer, an der Ostseite der Befestigungen des Handelshafens, gab es einen aufgeschütteten Landeplatz mit Molen; dort hatte man sie an Pollern festgemacht.

»Der edle Arish und seine Schreiber gehen an Bord des ersten Schiffs, mein Herr und wir an Bord des zweiten. Du magst zwischen den drei übrigen wählen.«

Bomilkar wählte das fünfte, dessen Kapitän zufällig ebenfalls Bomilkar hieß. Er hatte keinen Grund, die Wahl zu bedauern; sobald er dem anderen Bomilkar klargemacht hatte, daß er ihm keineswegs die Unterkunft im Achterdeck zu nehmen gedachte, kamen sie gut miteinander aus. Der Mann war alt und erfahren, hatte im Römischen Krieg auf verschiedenen Schiffen gekämpft und konnte bei den langen Plaudereien seine

Erinnerungen und Erfindungen so klug vermischen, daß sie nicht sofort zu unterscheiden waren. Es gab darin Seeschlachten und Meeresungeheuer, Windwölfe und Wanderbäume, lachende Delphine, Meuchelsterne und die hastigen Schnecken des Orakels auf einer Insel vor der Küste Iberiens.

Es gab aber auch Erinnerungen an Waffenbrüder, den Taumel der Siegs und die Bitterkeit der Niederlage. Vor allem die Erbitterung ob vermeidbarer Niederlagen, selbstgezeugter Verluste. Vor der Westspitze Siziliens, die jahrhundertelang punisch gewesen war, berichtete er von seiner ersten großen Schlacht.

»Vielleicht die größte, weißt du, die es je auf dem Meer gegeben hat. Über siebenhundert große Kampfschiffe auf beiden Seiten, nicht weit östlich von hier. Die Römer waren gut, aber wir waren fast besser. Sie wollten durch unsere Reihen brechen, Frachtschiffe mit Kämpfern an die Küste nahe Qart Hadasht bringen. Wir haben sie zurückgeschlagen.« Er schwieg einen Moment; leise sagte er dann: »Ich höre noch die Schreie der Ruderer, von brechenden Hölzern zerquetscht, als ein Römer längsseits über die Ruder fuhr, und das Gurgeln des Wassers, das durch ein Loch in den Rumpf schießt. Nach der Schlacht haben wir uns zurückgezogen; der erste von vielen Fehlern. Die Römer sind nachts an uns vorbeigesegelt und haben ihr Heer an die Küste gebracht. Regulus, du weißt.«

Bomilkar nickte. »Ich weiß. Es hat ihnen aber nicht viel genützt.«

»Wir haben sie aufgerieben, das stimmt. Trotzdem, einer von vielen Fehlern. Achtundzwanzig Jahre her, ich war dreiundzwanzig und dachte, es dauert vielleicht noch ein Jahr oder höchstens zwei. Daraus wurden sechzehn, bis zum Ende, das nicht hätte sein müssen.«

»Es nützt nichts, gestrige Schlachten zu schlagen«, sagte Bomilkar.

Der Kapitän schnaubte. »Fürwahr, nutzlos, wer wüßte das besser als jeder alte Krieger. Aber ...« Er verstummte und blickte nach vorn. Sie fuhren als letzte; vor ihnen, nicht ganz nebeneinander, die beiden Schiffe mit den Ratsherren, rechts davon – zwischen ihnen und der Küste – eine Pentere, und die erste ein paar Längen vor den anderen.

»Aber?«

Der alte Mann stand auf, ging zur Bordwand, spuckte ins Meer, klopfte dem Rudergänger am Backbordsteuer auf die Schulter und setzte sich wieder auf die umgedrehte Kiste, Bomilkar gegenüber.

»Aber da vorn fährt der edle Arish, einer von Hannos Leuten, und ich bin froh, daß ich nicht ihn an Bord habe. Ich müßte ja höflich und zuvorkommend sein.«

»Was dir schwerfiele?«

»Sieben Jahre nach der großen Schlacht, und dazwischen gab es noch viele kleine, nicht zu reden von den Kämpfen an Land, also, sieben Jahre danach haben wir innerhalb weniger Monde die beiden römischen Flotten versenkt. Und Hanno, Hanno der Große, hat dafür gesorgt, daß es kein Geld mehr für die Flotte gab; er hatte ja dringend libysche Bauern zu bekämpfen, die im Hinterland am Ende gar seine Besitzungen geplündert hätten. Und als die Römer dann eine neue Flotte gebaut haben, war unsere nutzlos verstreut und verfallen. Deshalb will ich Arish, oder einen anderen von Hannos Männern, nicht gern an Bord haben.«

Reden, trinken, würfeln ... An einem anderen Nachmittag beschloß der Kapitän, man kenne sich nun lange genug, um die lästige Gleichheit der Namen zu ändern und darauf ein paar Becher unverdünnten Wein zu trinken. So wurde aus dem Kapitän, Rab Bomilkar, Rabo und aus dem Herrn der Wächter Bobo; beides ließ sich auch nach dem sechsten Becher noch mühelos aussprechen.

Als Bomilkar erwähnte, daß er mehrere Jahre unter Hamilkar in Iberien gekämpft habe, weinte der Kapitän; das war nach dem siebten Becher.

»Was trübt, o Rabo, deinen Sinn?«

»Die Erwähnung des größten aller Chanani.« Er wischte sich die Augen. »Aber was soll ich dir erzählen; du hast ihn sicher besser gekannt als ich.«

»Wann hast du ihn getroffen?«

»Immer, wenn im Krieg etwas an Land zu erledigen war. Nachschub – zu wenig, du weißt es ja – oder Nachrichten. Einmal, nach dem Krieg, hatte ich ihn an Bord, ein paar Tage lang; wir sind zu den Inseln der Schleuderer gefahren, wo er neue Kämpfer anwerben wollte. Du weißt wahrscheinlich, seine Frau kam von dort.«

Später sagte sich Bomilkar, daß es eine ereignislose, aber keineswegs langweilige Reise gewesen war. Er stellte sich vor, mit Sakarbal oder Arish (oder beiden) und den zugehörigen Schreibern tagelang an Bord eines Schiffs zu sein, und in Gedanken schüttelte er sich.

Einen halben Tag ehe sie Ostia erreichten, wurden sie von römischen Schiffen begrüßt und geleitet – oder bewacht. Es handelte sich um eine schwere alte Triere, drei Penteren und ein halbes Dutzend kleiner Küstensegler. Irgendein Austausch von Höflichkeiten fand zwischen der Triere und dem Schiff statt, auf dem Arish weilte. Dann wendete der alte Dreidecker, von den punischen Seeleuten beobachtet und mit Spott bedacht, und setzte sich an die Spitze des Verbands.

»Lausig«, sagte Rab Bomilkar. »Sie haben eines unserer Schiffe, das gestrandet war, nachgebaut, im Krieg, und weil sie erbärmliche Seeleute sind, haben sie diese scheußlichen Raben erfunden« – er wies auf die hochgeklappte Enterbrücke, die deutlich am Bug der Triere zu sehen war – »und die Seeschlacht zum Landkampf auf dem Wasser gemacht. Damit haben sie gesiegt, aber richtig segeln und wenden können sie immer noch nicht.«

Bomilkar sagte nichts dazu; seine seemännischen Kenntnisse waren allzu gering. Er schwieg auch, als der Kapitän und die beiden Steuerleute über Ostia spotteten, wo es eigentlich keinen richtigen Hafen gebe und alle größeren Schiffe auf der Reede ankern müßten. Es kümmerte ihn nicht, ob er vom Schiff auf einen Kai springen oder mit einem Beiboot an den Strand fahren mußte; inzwischen kümmerte ihn nur noch eines – seine Hoffnung, die sinnlose Reise möglichst bald zu beenden und heimzukehren. In der Stadt gab es Dinge, die seiner Aufmerksamkeit bedurften; dort war er imstande, etwas zu tun und sich für halbwegs nützlich zu halten. Er sah voraus, daß die edlen Ratsherren ihn keineswegs zu Rate ziehen würden, und für ihren Schutz würden zweifellos die Römer sorgen. ›Die sinnlose Romfahrt des nutzlosen Bomilkar‹, dachte er.

Sie mußten tatsächlich auf der Reede ankern. Ostia hatte eine Art Hafen, nämlich Kaianlagen in der Tibermündung, groß genug für Lastschiffe, aber zu klein für die Kriegsruderer. Von Arishs Pentere wurde ein Beiboot abgelassen, das an den Strand ruderte; dies geschah am mittleren Nachmittag. In der Abenddämmerung kam es zurück, und kurz bevor die Nacht alle Möglichkeiten, sich durch Zeichen zu verständigen, beendete, teilten Signale des kleinen Semaphoren der Pentere den anderen mit, daß man an Bord bleiben und warten müsse. Später erfuhren sie, daß der Hafenmeister und die Häupter der Stadt beschlossen hatten, es handle sich um den Besuch einer mehr oder minder feindlichen Gesandtschaft, die nicht innerhalb der Mauern Ostias weilen solle. Man werde einen Boten nach Rom schicken, und bis der Senat oder die Konsuln sich äußerten, hätten die Punier das Land nicht zu betreten.

Vier Tage des Wartens folgten, in denen sich Arish und Sakarbal ebenso wenig äußerten wie Senat und Volk. Am fünften Tag endlich kam die Anweisung, die Punier als Gäste zu behandeln und in die Stadt zu geleiten.

Am Morgen des sechsten Tages brachten Beiboote sie zum Strand, wo der von Rom ernannte Quästor – Herr der Stadt, des Hafens und der Festung – sie begrüßte. Auf dem Weg zur Landseite und zum Beginn der Via Ostiensis bemerkte Bomilkar, daß die Mauern, die den etwa zweihundertfünfzig mal dreihundert Schritte großen Kern umgaben, in besserem Zustand waren als drei Jahre zuvor. Und er bemerkte, daß außer ihm keiner auf die Umgebung achtete.

Arish und Sakarbal gingen neben dem Quästor und unterhielten sich mit ihm. Da es keinen Übersetzer gab, nahm Bomilkar an, daß die Gespräche auf Griechisch geführt wurden. Arish mochte sogar ein wenig Latein sprechen; bei Sakarbal bezweifelte er es, und ob ein Quästor sich die Mühe gemacht hatte, punisches Phönikisch zu lernen? Aber dann sagte er sich, daß der Mann wahrscheinlich im Großen Römischen Krieg, der für ihn der Punische Krieg gewesen war, gekämpft und dabei vielleicht das eine oder andere aufgeschnappt hatte.

Wo die Straße nach Rom begann, warteten vier von einem der Konsuln geschickte Liktoren. Bomilkar fragte sich, welcher der beiden zuständig sein mochte. In diesem Jahr waren erfahrene Männer jeweils zu ihrem zweiten Konsulat gekommen, Spurius Carvilius Maximus Ruga und Quintus Fabius Maximus Verrucosus. Der Patrizier Fabius hatte in seinem ersten Konsulat vor fünf Jahren einen Sieg über die Ligurer errungen und einen Triumph erhalten; nach allem, was Bomilkar wußte, war er hart, starr und ein erklärter Gegner jeder Art des freundlichen Umgangs mit Qart Hadasht. Der andere Konsul, Carvilius, vertrat die Plebejer, hatte in seinem ersten Konsulat vor sechs Jahren Feldzüge auf den beiden den Puniern abgepreßten Inseln Sardinien und Korsika geleitet und ebenfalls einen Triumph erhalten. Über ihn hieß es in den Nachrichten der Aufklärer, er sei umgänglich und nicht unbedingt ein Feind. ›Aber das heißt nicht viel‹, sagte sich Bomilkar, ›auch für ihn kommt zuerst Rom und dann lange Zeit gar nichts.‹

Die Liktoren trugen ihre Rutenbündel und die Toga mit Purpursaum. Nachdem sie die punischen Gesandten begrüßt hatten, legten sie allerdings die Bündel ab. Bomilkar kannte sich in den Feinheiten römischer Vorschriften nicht gut aus; vielleicht war dies eine Geste der Geringschätzung, vielleicht auch nur Bequemlichkeit. Den siebzehn Meilen langen Weg nach Rom würde man auf Wagen zurücklegen, und es wäre zumindest unbehaglich, dabei die ganze Zeit die Ruten zu tragen.

Da Bomilkar für die Sicherheit zuständig war, hatte er fünf libysche Fußkämpfer unter denen ausgesucht, die an Bord von Rab Bomilkars Schiff mitgekommen waren. Weitere fünf kamen von einer der anderen Penteren, ausgesucht angeblich von Arishs Schreiber Himilko, der Bomilkar zunickte, aber keine Anstalten machte, mit ihm nun endlich zu reden. Was auch immer er vor Tagen in der Wachstube gesucht haben mochte. Die Soldaten trugen statt der üblichen schweren Rüstung nur Zierpanzer aus Leder, leichte Helme und kurze Schwerter. Bomilkar verteilte sie auf die Karren, wo sie sich mit den Schreibern und Dienern der Edlen zusammendrängen mußten.

Für die Liktoren und die punischen Ratsherren gab es zwei leichte Reisewagen, von je vier geschmückten Pferden gezogen; die anderen hatten sich mit drei schlichten, ebenfalls vierspännigen Lastkarren zu begnügen.

Bomilkar kletterte auf den letzten Wagen. Zwei der Libyer rückten zusammen, so daß er sich neben sie setzen konnte. Rechts von ihm saß Himilko, ein schlanker Mann mit üppigen Locken.

»Sei gegrüßt, Herr der Wächter.«

»Du wolltest mich neulich sprechen, Himilko; sprich nun mit mir.«

»Ach, das war eine Frage zu dieser Reise; es hat sich erledigt. Wir sind ja angekommen.«

Sie hatten nie viel miteinander zu tun gehabt, deshalb erkundigte sich Bomilkar nach Himilkos Werdegang. Er war, wie er nach und nach erzählte, der vierte Sohn eines Gerichtsschreibers, sprach und schrieb Hellenisch und ein wenig Latein und beherrschte die Kunst, »in schöner Schrift zu lügen«.

»Nach viel Geld ist dies vermutlich die zweitbeste Möglichkeit, es zu etwas zu bringen«, sagte Bomilkar.

Himilko nickte. »Die weiteren gehen mir ab. Ich bin nicht kräftig genug für Schwert und Lanze und nicht rücksichtslos genug für den Handel.«

»Dann wird dir auch die viel größere Rücksichtslosigkeit fehlen, die man braucht, um in der Politik Erfolg zu haben.«

Himilko grinste ihn von der Seite an. »Höre ich da einen sprechen, der gelegentlich Ärger mit Leuten wie Arish oder gar Hanno hat?«

»Ach, wir wollen uns die Fahrt nicht durch trübe Geschichten verderben.«

Das Gerumpel des Wagens, der sich wie ein stößiger und dabei ungelenker Bock bewegte, schien Himilko einzuschläfern; irgendwann sackte sein Kopf gegen Bomilkars Schulter.

Es gab nicht viel zu sehen: flaches Land, Feldwege, die zu einzelnen Gehöften führten, Gräben zur Entwässerung der ursprünglich wohl sumpfigen Ebene, hin und wieder ein Blick auf Lastkähne, die den Tiber hinabglitten oder flußauf getreidelt wurden, und im Norden, weit jenseits des Flusses, eine im Dunst eher zu ahnende Hügelkette. Bomilkar dachte an die dichtbesiedelten Gebiete weiter landeinwärts, fragte sich, wo sein alter Freund-Feind Titus Laetilius sich wohl aufhielt, und schlief ebenfalls ein.

Er erwachte erst, als sie unter heftigem Rumpeln durch Vororte fuhren. Rechts lag die angeblich vor mehreren Jahrhunderten von Servius Tullius begonnene Stadtmauer, und bald verlief die Straße zwischen dieser und dem Tiber. Vor einem Tor – es war, wie er später hörte, die Porta Trigemina – hielten die Wagen an.

»Den Rest haben wir zu Fuß zu erledigen, wie?« sagte Himilko mit einem mürrischen Unterton. »Hoffentlich nicht weit.«

Sie schulterten ihre Reisebeutel und folgten den Liktoren in die eigentliche Stadt, aufs Forum Boarium, den alten Viehmarkt. Die Gruppe schritt schnell aus; die Menschen wichen vor den Rutenbündeln der Liktoren aus und gaben den Weg frei. Bomilkar bemühte sich, möglichst viele Einzelheiten aufzunehmen, hatte aber zugleich darauf zu achten, daß er nicht mit einem der Libyer oder mit Himilko zusammenprallte. Arishs Schreiber plapperte außerdem unausgesetzt, so daß Bomilkar kaum dazu kam, die Umgebung wirklich gründlich zu betrachten. Er sah dreigeschossige Häuser, deren obere Stockwerke einander über der Straße näherzukommen suchten, und mehrmals mußten sie jähen Güssen ausweichen, wenn oben jemand Gefäße mit meist übelriechenden Flüssigkeiten über der Straße leerte. Die Menschen, fand er, sahen aus wie überall; vielleicht waren sie insgesamt ein wenig hellhäutiger als in Qart Hadasht, aber abgesehen davon gab es ausgezehrte und füllige Gesichter, schäbige und prunkvolle Kleider, kräftige und schwächliche Gestalten. Die besseren Häuser waren aus Steinen, gewöhnliche aus Ziegeln und gebrechliche aus Holz und Lehm gebaut; dieses Gebäude mochte ein Tempel sein, jenes ein Lagerhaus, dazwischen ein paar Garküchen und kleine Läden. ›Sie mögen so mächtig sein wie wir‹, dachte er, ›und sie haben den Krieg gewonnen. Aber sie sind weder größer noch schöner als wir, und ganz gewiß sind sie ärmlicher.‹

Auf dem Forum unweit der Curia, in der sich der Senat versammelte, hielt ein Mann mit purpurbesetzter Toga und knöchelhohen roten Schuhen sie auf. Nicht er selbst natürlich, sondern seine Begleiter, die einen der Liktoren befragten und zu ihrem hohen Herrn führten. Der Senator schien Auskünfte über die Gruppe zu verlangen; der Liktor wies mehrmals auf die punischen Ratsherren.

Weiter, vorbei an der Curia, immer durch Gedränge und gewissermaßen umtanzt von neugierigen Blicken. Zwei Straßen später führte man sie zu einem Haus, das unten aus Stein, darüber aus Ziegeln und Balken bestand. In geläufigem Hellenisch wiesen Diener – oder Sklaven – die Gäste an, sich auf die Gemächer des oberen Stockwerks zu verteilen und danach zu einem Nachtmahl im großen Raum hinter dem Innenhof einzufinden.

Bomilkar suchte sich ein kleines Zimmer aus, das auf den Innenhof blickte; die karge Einrichtung bestand aus einem lederbespannten Rahmen mit Decken, einem Tisch samt Schemel, einem Sitzbottich und einem Wasserkrug. Er seufzte leise, erfrischte sich notdürftig und ging dann hinunter.

Nach und nach trafen auch die übrigen ein – bis auf Sakarbal, Arish und ihre wichtigsten Begleiter.

»Wo sind die hochmögenden Herren?« sagte Bomilkar, als er Himilko fand, der neben einem Wasserbekken stand und einen matten Fisch betrachtete.

»Gäste eines Senators.« Himilko hob die Schultern. »Für uns muß das hier reichen, und wenn ich mich nicht irre, ist es für römische Verhältnisse beinahe üppig.«

Einer der Diener trat in die Mitte des Hofs, klatschte in die Hände und wartete, bis alle schwiegen und sich ihm zugewandt hatten.

»Ich bin Aemilianus«, sagte er dann. »Ich war Sklave; mein Herr, Besitzer dieses Hauses, hat mich freigelassen, nun diene ich ihm als Hausmeister. Wenn ...«

Himilko räusperte sich und trat einen halben Schritt vor. »Trefflicher Hausmeister, vergib die Unterbrechung, aber ich glaube nicht, daß viele von uns dir folgen können.« Auf Punisch setzte er hinzu: »Wer von euch versteht Latein?« Als keiner sich meldete, sagte Himilko: »Hellenisch vielleicht?«

Bis auf zwei oder drei Libyer schienen alle die *koine* nicht unbedingt zu beherrschen, aber doch zu verstehen.

»Das macht nichts«, sagte Aemilianus. »Dann will ich in der Zunge der Athener zu euch sprechen; sie weicht von der *koine* ein wenig ab, aber es sollte genügen. Ihr seid die Gäste des Senats und des Volks. Wir werden euch nun ein bescheidenes Nachtmahl bieten; danach mögt ihr ruhen oder noch ein wenig durch die Straßen wandern. Nachts gibt es allerdings nicht viel zu sehen, wenn nicht jemand mit einer Fackel bei euch ist.«

»Weißt du, was mit den Gesandten vorgesehen ist?« sagte Bomilkar.

Der Hausmeister nickte. »Sie werden morgen vom Senat empfangen und ihre Anliegen vorbringen können.«

»Und wir?«

»Ihr könnt euch ausruhen oder, wie gesagt, die Stadt

betrachten, bei Tageslicht.« Er deutete eine Verneigung an. »Wenn ihr mir nun folgen mögt?«

»Du wirkst begeistert«, sagte Himilko leise, als sie nebeneinander zum Speiseraum gingen.

»Ich soll die Gesandten schützen.« Bomilkar runzelte die Stirn. »Sag mir, wie ich das tun kann, wenn sie woanders untergebracht sind und ich sie gar nicht sehe.«

»Ach, darum werden sich die Liktoren kümmern. Oder Leute der Ädilen; die sind hier für die Ordnung zuständig. Aber sag, ich hatte angenommen, du sprächest auch Latein.«

Bomilkar schüttelte den Kopf. »Zwei, drei Wörter, mehr nicht.«

Er hatte beschlossen, die erzwungene Nutzlosigkeit zu nutzen; dazu erschien es ihm sinnvoll, kein Latein zu verstehen. Während des Abendmahls – sie saßen auf kalten Steinbänken und aßen Brot, Früchte, ein wenig Fisch; dazu gab es Wasser und schlechten Wein – ging er von einem Tisch zum anderen und sprach mit den Libyern.

Nach dem Essen drängten die nutzlosen Kämpfer sich in seinem kleinen Schlafgemach. Damit niemand im Hof sie hörte, sprach Bomilkar leise und wies sie an, ihrerseits nur zu flüstern.

»Morgen«, sagte er, »werden wir durch die Stadt wandern und sehen, was es zu sehen gibt. Am besten bildet ihr drei Gruppen und geht jeweils zu dritt. Der Zehnte kommt mit mir.«

»Was hast du vor, Herr?« sagte einer der Männer.

»Leiser! Ihr wißt, daß die Römer unsere besten Freunde sind, nicht wahr?«

Leises Gekicher; einer hauchte: »Fürwahr.«

»Es mag sein, daß irgendwann demnächst, in ein paar Jahren, die Freundschaft richtig ausbricht und wieder so gut wird, wie sie zuletzt vor dreizehn Jahren war. Deshalb sollten wir möglichst viel wissen.«

»Die Mauern?« flüsterte einer; ein anderer schlug die Märkte vor, die Versorgung; ein dritter murmelte: »Wasser?«

»All das«, sagte Bomilkar. »Drei von euch leiten je eine Gruppe – wer?«

Die Männer wechselten Blicke, stießen einander an, schließlich hoben drei den Arm.

»Gut. Ihr sucht euch jeweils zwei andere aus. Du gehst nach Westen über den Fluß, so weit es möglich ist. Du« – zum zweiten – »nach Süden, und du nach Osten. Ich und der zehnte Mann betrachten die Mitte und den Norden. Wenn's geht, auch die Vororte. Achtet auf alles, was wichtig ist, aber seid unauffällig – und betrinkt euch nicht. Wenn wir wieder in Qart Hadasht sind, schulde ich euch ein großes Gelage.«

»Herr«, sagte einer, »was, wenn wir zwischendurch Hunger oder Durst haben? Keiner von uns hat Römergeld.«

Bomilkar zog seinen Beutel unter dem Chiton hervor. Er gab jedem der Männer drei Quadrigati. »Sie sind ungefähr je einen *shiqlu* wert«, sagte er, »und die Preise sind so ähnlich wie bei uns. Das Geld gehört euch; was ihr nicht ausgebt, tausche ich euch hinterher wieder um.«

Es dauerte nicht lange, bis die drei Dreiergruppen sich gebildet hatten und der zehnte Mann sich neben Bomilkar stellte.

»Morgen früh geht's los. Ich nehme an, wir werden ein üppiges Frühstück bekommen ...«

»So üppig wie das Nachtmahl.«

»Vermutlich. Danach ziehen wir los. Noch Fragen?«

»Eine, Herr.« Der zehnte Mann hielt eine der Silbermünzen hoch. »Warum heißen sie so?«

»Dreh ihn um«, sagte Bomilkar. »Auf der Rückseite ist ein Viergespann zu sehen; auf Latein heißt das *quadriga*. Deshalb.«

»Ich denke, du kannst kein Latein?« sagte einer der anderen.

»Nur zwei, drei Wörter.« Bomilkar zwinkerte.

»Ich auch«, sagte der Zehnte. »Vielleicht ergeben deine drei und meine drei zusammen ... hundert?«

»Wie heißt du?«

»Ailymes.«

»Geht schlafen, Freunde – und du, Ailymes, kannst ja zum Einschlafen Wörter zählen.«

# 8. KAPITEL

In der Nacht wachte Bomilkar von irgendeinem Geräusch aus dem Hof auf und konnte eine Weile nicht wieder einschlafen. Im Dunkeln tastete er sich zum Bottich, erleichterte sich und kroch zurück unter die Decken. Er überlegte, ob er lateinische Wörter zählen sollte; dann zählte er punische Flüche, mit denen er die beiden Ratsherren belegte, und schließlich überlegte er länger, ob es nicht doch eine unverfängliche Möglichkeit gäbe, sich mit einigen von Hasdrubals Nachrichtensammlern ins Benehmen zu setzen. Natürlich unterhielten die Römer Spitzel in Qart Hadasht, und natürlich gab es Leute in Rom, die für ihn und Hasdrubal arbeiteten. Er kannte nicht alle; immerhin fielen ihm drei Hellenen und ein Etrusker ein. Er sagte sich, daß die Römer wahrscheinlich wußten, wer Kenntnisse für den bösen Feind sammelte, so daß ein Versuch, sie zu treffen, niemanden in Gefahr bringen würde. Andererseits könnte es sein, daß sie den einen oder anderen doch nicht kannten.

›Unsinnig; laß das‹, sagte er sich. ›Im Zweifel richtest du Schaden an.‹ Dann fragte er sich, ob er nicht mit dem Versuch, die Stadt mit seinen Gruppen zu erforschen, ebenfalls Schaden anrichtete. Oder ob es wenigstens Nutzen bringen konnte. Wahrscheinlich, dachte er, würden sie nichts sehen, was nicht längst durch die anderen, die Sammler, bekannt war. Bestenfalls könnten sie etwas finden, was Bekanntes ergänzte. Und vor allem waren die zehn Libyer beschäftigt – mit etwas, das sie für wichtig hielten, und das würde sie hoffentlich daran hindern, Dummheiten zu begehen oder sich von irgendwem ausfragen zu lassen.

Beim Frühstück – warmes Bier, altes Brot und unfrische Früchte – tauchte plötzlich einer der Schreiber von Arish auf und bat Bomilkar um ein Wort.

»Banno ist mein Name«, sagte er, als sie im Atrium eine Säule gefunden hatten, die sie zum Speiseraum hin abschirmte. »Arish wünscht dich zu sprechen.«

»Welch seltsamer Einfall.«

Banno grinste, wurde aber gleich wieder ernst. »Er ist im Haus des Konsuls, der uns die Liktoren geschickt hat.«

»Wer ist es?«

»Fabius.«

»Ah. Und der andere?«

»Ist im Norden, bei den Legionen; sie sind dabei, den Krieg gegen die Illyrer zu beenden. Der letztjährige Konsul Fulvius Centumalus wird für seinen Sieg einen Triumph bekommen, aber die Festsetzung der Friedensbedingungen übernimmt Carvilius.«

»Ein merkwürdiger Umstand«, sagte Bomilkar langsam. »Die Ratsherren wollen nicht mit mir reden, ihre Schreiber behandeln mich, als wäre ich ein Stück Elefantenscheiße, das im Brackwasser treibt und sich aufzulösen beginnt, keiner teilt uns mit, was wir tun sollen – und plötzlich will Arish mich sprechen?«

Banno nickte. »Und zwar schnell, ehe der Senat ihn und Sakarbal empfängt. Er befiehlt nicht, er bittet dich zu sich.«

»Dann will ich ihn nicht warten lassen. Zwei Atemzüge, bitte, ehe ich dich begleite.«

Bomilkar lief zurück in den Speiseraum, zwinkerte den Libyern zu, die ihn erwartungsvoll anschauten, und wies Ailymes an, auf ihn zu warten. »Die anderen sollen wie besprochen losgehen«, sagte er leise, »ich bin bald zurück.«

Vor der Tür warteten zwei Männer – Diener, Sklaven oder Beauftragte des Konsuls. Sie geleiteten Banno und Bomilkar zum Haus des Quintus Fabius Maximus, der sich, wie Bomilkar annahm, wohl schon auf dem Weg in den Senat befand.

Arish empfing ihn in einem Raum neben dem Atrium des Hauses. Er saß auf einer Steinbank, aber anders als im Haus, in dem Bomilkar und die anderen Unwichtigen untergebracht waren, gab es hier Kissen und Decken.

»Danke, Banno, du kannst gehen«, sagte Arish. Er musterte Bomilkar mit schmalen Augen. »Setz dich, Herr der Wächter.«

Bomilkar ließ sich ihm gegenüber nieder. »Dein Morgen sei leicht, Rab Arish.«

Der Ratsherr winkte ab. »Lassen wir das; gleich zur Sache.«

»Ich dachte mir wohl, daß du mich nicht hast kommen lassen, um Freundlichkeiten auszutauschen.«

Arish hüstelte. »Laß uns dies gleich klären«, sagte er halblaut. »Ich weiß, daß du nicht zu den Bewunderern Hannos gehörst ...«

»Oh, aber da irrst du. Ich bewundere ihn sehr. Ohne Zweifel ist er ein großer und listenreicher Mann.«

Arishs Mundwinkel zuckten kaum merklich. »Wie wahr. Sagen wir es anders. Ich weiß, daß du Hasdrubal und seine Neuen mehr schätzt als uns Alte. Ich weiß aber auch, daß deine Vorlieben und Abneigungen dich nicht daran hindern, gute Arbeit zu leisten.«

»Dafür werde ich bezahlt.«

Arish beugte sich vor. »Du tust es nicht nur für Geld. Du willst, daß Qart Hadasht keinen Schaden nimmt. Hin und wieder mögen wir unterschiedlicher Meinung sein hinsichtlich dessen, was ein Schaden wäre, aber ...« Er sprach nicht weiter, hob nur die Schultern.

»Dann laß mich fragen, Herr, warum der Rat mich zu eurem Schutz mitgeschickt hat und ihr euch nicht von mir schützen lassen wollt.«

Arish winkte ihn näher zu sich, beugte sich vor und sagte sehr leise: »Damit du dich umschauen kannst.« Laut setzte er hinzu: »Um unseren Schutz kümmern sich die Männer des Konsuls; wir sind hier nicht in Gefahr.«

Bomilkar brauchte ein paar Atemzüge, bis er die Überraschung bewältigt hatte. »Ich bin beruhigt, das zu hören«, sagte er dann. »Welchen Auftrag magst du mir erteilen, den ich freudig zu erfüllen gedenke?«

Arish hob eine Braue. »Freudig? Nun ja. Leih mir noch einmal dein Ohr.« Als Bomilkar sich vorbeugte, flüsterte der Fünf-Herr für Fremdlande: »Ich nehme an, die Wände lauschen, deshalb. Sakarbal ist wichtig, ehrwürdig und, nun ja, ein wenig einfältig. Er gehört zu den Neuen, aber er ist der Meinung, die Lenkung der Dinge gebühre nicht Hasdrubal, sondern einem ... Würdigeren, Älteren, verstehst du? Er könnte im Senat unklug sprechen. Du weißt, ich bin kein Freund Hasdrubals und der Barkiden, aber mein Anliegen ist nicht die Frage, wer bei den Neuen befiehlt; meine Sorge gilt allein der Stadt.«

»Ich höre es mit Freude und achte dich dafür«, sagte Bomilkar leise. »Wir stehen also gewissermaßen nebeneinander, nicht gegenüber?«

»So ist es. Ich werde im Senat sagen, daß alles, was Hasdrubal in Iberien unternimmt, im Auftrag der Stadt geschieht und nur dem Ziel dient, Qart Hadasht zu stützen. Stützen, verstehst du, nicht stärken.«

»Die lautere Wahrheit – nach allem, was ich weiß.«

Arish wiegte den Kopf. »Ich bin mir nicht sicher«, murmelte er, »ob wir das gleiche Wissen haben.«

»Herr, wie sollte ich mehr wissen als der Rat? Oder gar der edle Fünf-Herr für Fremdlande?«

»Nun ja.« Arish schwieg ein paar Momente, dann sagte er: »Was ist mit dieser neuen Hauptstadt? Mastia, eh, Qart Hadasht in Iberien?«

»Die alte Hauptstadt der Kontestaner, die im Römischen Krieg für uns gekämpft haben. Was soll mit ihr sein?«

»Wird sie nicht so sehr ausgebaut, daß sie zu einer Bedrohung werden kann?«

Bomilkar schüttelte den Kopf. »Sie wird ausgebaut, so daß ihre Bewohner vor Angriffen und Überfällen geschützt sind. Wen sollte man denn von Mastia aus bedrohen?«

Arish erhob sich; sein Mund wirkte schmal, wie zusammengepreßt. »Nun gut, Bomilkar; ich danke für deine Worte. Ich hoffe, sie waren ehrlich. Und ich hoffe, daß du mir nichts verschwiegen hast, was ich im Senat wissen müßte.«

»Wie könnte ich es wagen, dem Fünf-Herrn für Fremdlande etwas zu verschweigen?« Bomilkar stand ebenfalls auf.

»In der Tat, wie könntest du?« Arish nickte. »Nun denn, gehab dich wohl. Ah, dies noch – was wirst du heute unternehmen?«

»Nichts, Herr. Ein wenig in der Stadt herumwandern und hoffen, daß sich im Senat nichts ereignet, was dir oder dem edlen Sakarbal mißfällt.«

»Wir werden versuchen, dafür zu sorgen.« Arish machte eine Handbewegung, als wollte er eine Fliege verscheuchen. »Wir sehen uns morgen.«

»Morgen? Zu welchem Anlaß?«

»Wenn nichts vorfällt, reisen wir morgen ab.«

Bomilkar deutete eine Verneigung an und wandte sich zum Ausgang. Wie herbeigewünscht, tauchte einer der Männer auf, die ihn und Banno geleitet hatten.

Bomilkar folgte ihm. Vor dem Portal wollte er sich nach rechts wenden, zurück zu der Straße, über die sie gekommen waren, aber der Diener zupfte ihn am Ärmel, legte den Finger auf den Mund und deutete mit dem Kopf nach links.

Bomilkar zögerte einen Moment. Dann flüsterte er auf Griechisch: »Was willst du von mir?«

»Konsul«, hauchte der Mann.

Während er ihm folgte, fragte sich Bomilkar, ob er dem Diener glauben konnte. Arish und Sakarbal waren im Haus des Konsuls untergebracht, sie waren Gäste des Quintus Fabius Maximus. Welchen Grund konnte es geben, daß dieser ihn so heimlich zu sich bringen ließ? Oder war es eine Falle, von wem, warum? Er legte die Hand an den Griff des kurzen Schwerts und bereitete sich darauf vor, einen Überfall abzuwehren. Aber nichts geschah; sie gingen in eine Nebenstraße und von dort in den Garten des Hauses. Der Weg führte zwischen quadratischen Gemüsebeeten – offenbar war Fabius sparsam oder mißtraute den Märkten – zu einem halboffenen Werkzeugschuppen, dann an diesem vorbei um eine weitere Ecke des Hauses zu einer schmalen Hintertür. Der Diener öffnete sie, ging hinein und winkte.

Bomilkar folgte ihm ins Haus, in einen kleinen Raum mit Regalen voller Rollen und Tafeln. Neben einem von Papyros und Schreibzeug überladenen Tisch saß ein Mann in einem Scherensessel. Er hatte die Beine ausgestreckt; die nackten Füße verschwanden fast in einem üppigen Schaffell, das auf den Tonfliesen des Bodens lag. Er schien seine Hände betrachtet zu haben, die auf der langen, schmucklosen Wolltunika lagen. Nun blickte er auf, nickte dem Diener zu und deutete auf einen weiteren Scherenstuhl.

»Aus den Berichten von, uh, Laetilius Mucro weiß ich, daß du unsere Sprache beherrschst«, sagte er auf Latein. »Also kein Grund, das Gegenteil vorzugeben.«

Bomilkar ließ sich auf den Stuhl sinken. »Ave. Ich nehme an, ich spreche mit Fabius, dem Konsul.«

»Du sprichst mit Fabius, dem Senator.«

»Vergib mir, ich hatte vergessen, daß du die militärische Befehlsgewalt ablegen mußt, wenn du den heiligen Bezirk betrittst. Das Pomerium, nicht wahr?«

Fabius hob eine Braue. »Du weißt offenbar einiges. Gibt es außer dem offensichtlichen Grund noch einen weiteren, deine Sprachkenntnisse vor Römern und auch vor deinen Ratsherren zu verbergen?«

Fabius mußte um die Fünfzig sein. Bis auf einen dünnen Kranz grauer Haare war der Schädel kahl. Das Gesicht war kantig, mit tiefen Kerben um Mund und Nase und einem Netz von Falten um die grauen Augen. Die Falten schienen nicht durch unmäßiges Lachen entstanden zu sein. ›Das Gesicht eines ebenso grimmigen wie gerissenen Bauern‹, dachte Bomilkar. ›Sieh dich vor.‹

»Ich weiß nicht, welcher Grund für dich offensichtlich ist«, sagte er.

Fabius seufzte. »Laß uns keine Spiele spielen. Sakarbal ist einer von denen, die ihr die Neuen nennt; Arish gehört zu Hannos Alten. Er ist euer Pentarch für auswärtige Beziehungen und, den Berichten zufolge, ein kluger Mann. Über Sakarbal heißt es, er sei ebenso anmaßend wie ahnungslos. Einwände?«

»Es steht mir nicht zu, Urteile über die edlen Männer des Rats meiner Stadt zu fällen.«

»Recht so. Euer Stratege von Iberien, Hasdrubal, ist der Leiter der Neuen. Er hat Spitzel in Rom, wie du weißt, da du sein Mann in Karthago bist, und seine geheimen Gesandten sprechen mit den Galliern, die im Norden Italiens leben und uns nicht mögen. Wolltest du etwas sagen?«

Bomilkar grinste. »Edler Konsul«, sagte er, »wenn ich dir widerspräche, würdest du mir nicht glauben, und wenn ich dir recht gäbe, verriete ich meine Stadt.«

»Aus den Berichten weiß ich« – Fabius verzog keine Miene –, »daß du gute Arbeit leistest. Gute Arbeit weiß ich auch bei einem Feind zu schätzen. Ich bilde mir nicht ein, dich aushorchen zu können; ich hoffe auf ein offenes Wort unter guten Feinden.«

»Du ehrst mich über Gebühr. Wie könnte ich, der kleine Büttel, mir anmaßen, dem Konsul und Senator Fabius ein guter Feind zu sein, gewissermaßen auf gleicher Höhe?«

»Keinerlei Anmaßung, Bomilkar. Sakarbal und Arish werden gleich mit den Senatoren sprechen, und ich werde zuhören. Wenn sie wüßten, daß du bei mir bist, könnte es dir schaden; für mich hat es keine Bedeutung. Ich habe dich kommen lassen, weil ich von einem guten Feind klügere Reden erhoffe als von den beiden. Sakarbal glaubt, alle Menschen seien gut, und er wird sagen, was für Hasdrubal, Karthago und ihn selbst gut ist. Arish weiß, daß alle Staaten eigennützig sind, weder gut noch schlecht, und er wird sagen, was ihm für sich, Karthago und Hanno dienlich erscheint. Zugleich wird er versuchen, Hasdrubal zu schaden, ohne Rom zu nützen.«

Der Römer sprach nicht weiter. Bomilkar stöhnte innerlich. ›Ein Gespräch wie die mit Hanno‹, dachte er, ›warum muß immer ich diese Zweikämpfe ausfechten?‹ Dann räusperte er sich und sagte:

»Wenn bei den Söhnen der Wölfin die Dinge ebenso wären, würdet ihr dann anders sprechen?«

Fabius starrte ihn einen Moment schweigend an. »Hasdrubal«, sagte er plötzlich.

»Der Stratege von Iberien und Libyen?«

»Unter guten Feinden – was sind seine Absichten?«

Bomilkar runzelte die Stirn. »In Qart Hadasht? In Iberien?«

»Gegen Rom.«

»Ah.«

Fabius wartete ab; möglicherweise war das Zucken seines linken Mundwinkels des Konsuls Art, zu lächeln.

»Ich weiß es nicht«, sagte Bomilkar.

»Etwas mehr als nichts wirst du wohl wissen.«

»Hasdrubal wird zweifellos versuchen, Iberien und Libyen zu stärken.«

»Zu welchem Zweck?«

Bomilkar lachte. »Offen gesagt: Damit wir, wenn Rom den nächsten Vertrag bricht, nicht wehrlos sind.«

»Über unseren Umgang mit Verträgen gibt es verschiedene Meinungen.« Fabius klang weder erregt noch erbost.

»Das mag so sein.«

»Hasdrubal könnte auch einen Angriff beschließen.«

»Auf Rom?«

Fabius nickte.

»Ausgeschlossen«, sagte Bomilkar.

»Inwiefern?«

»Qart Hadasht will leben und Geschäfte machen. Niemand will einen zweiten Römischen Krieg. Ganz gleich, wer diesen gewinnt – nach einem weiteren Blutbad wie im vorigen Krieg wären beide Mächte nicht mehr, was sie heute sind.«

»Trotzdem – Hasdrubal könnte es für sinnvoll halten, oder für die am wenigsten schlechte aller Möglichkeiten.«

»Der Rat müßte zustimmen.«

»Würde Hasdrubal dem Rat gehorchen?«

Bomilkar kaute einen Moment auf der Unterlippe. »Vielleicht hätten er und Hamilkar nach dem vorigen Krieg ihre Gegner in der Stadt umbringen und die Macht übernehmen sollen. Ich weiß es nicht; es steht mir nicht zu, darüber zu richten. Sie haben es nicht getan, auch nicht im Krieg gegen die Söldner.« Er beugte sich vor. Mit Nachdruck sagte er: »Würdest denn du, Konsul Quintus Fabius Maximus Verrucosus, Legionen in die Stadt Rom führen und die Kehle jener Senatoren schlitzen, die dir nicht zustimmen?«

»Kein Konsul würde das tun.«

»Weil ihr Teil einer Geschichte, einer Überlieferung, eines Gesetzes seid?«

»Weil es undenkbar ist – selbst wenn wir beide es nun denken.«

»So auch in Qart Hadasht«, sagte Bomilkar. »Hamilkar hat nicht nach der Macht gegriffen, weil er Teil dieses Geflechts aus Überlieferung, Sitte und Gesetz war. Hasdrubal ist es auch.«

Fabius faltete die Hände vor dem Gesicht und legte die Zeigefinger an die Nasenflügel. »Wenn er denn beschlösse, Rom anzugreifen, würde der Rat nicht zustimmen? Bist du dir sicher?«

»Nicht einmal die Neuen würden zustimmen, und Hannos Leute erst recht nicht.«

Fabius klatschte in die Hände; der Diener erschien in der Tür.

»Ein befriedigendes Gespräch unter Feinden«, sagte der Konsul. »Ich wünsche dir einen angenehmen Tag in Rom, und nach deiner Heimkehr eine erfolgreiche Klärung dieser Morde.«

Bomilkar stand auf, neigte knapp den Kopf vor Fabius und folgte dem Diener wieder in den Garten. Neben dem Werkzeugschuppen blieb der Mann stehen.

»Mein Herr hat mich angewiesen, dir etwas zu zeigen.«

»Was denn?«

»Dies hier.« Der Diener ging in den Schuppen, schob eine Art Bretterwand beiseite und deutete auf einen Tisch.

Bomilkar beugte sich über die Gegenstände, die auf dem Tisch lagen. Es waren zerbrochene Lanzenspitzen, zerbrochene Schwerter, zerhauene Helme, allesamt rostig und staubbedeckt. »Was ist damit?«

»Er hat im Krieg gekämpft, in den letzten Jahren am Berg Eryx. Im Haus gibt es andere Trophäen, Waffen und Gegenstände, die ihn an jene Tage erinnern.«

»Und warum hebt er all diese häßlichen Trümmerstücke auf?«

»Er hat sie aufgehoben«, sagte der Diener, »um nicht zu vergessen, daß auch römische Waffen brechen können. Nun hat er beschlossen, sie einschmelzen zu lassen.«

»Um nicht mehr daran zu denken?«

»Nein; um bessere römische Waffen daraus machen zu lassen.«

»Nun ja – viel ist das hier nicht.«

Der Diener nickte. »Das stimmt; es ist aber nur ein Teil. Er hat eine große Sammlung alter Waffen angeordnet.«

# 9. KAPITEL

Auf dem Rückweg zum Gästehaus zerbrach sich Bomilkar den Kopf über das, was Fabius gesagt und gefragt, und vor allem über das, was er damit bezweckt hatte, kam aber zu keinem sinnvollen Schluß. Außer dem, daß der Konsul offenbar sogar über gewöhnliche Morde in Qart Hadasht Bescheid wußte. Woher? Natürlich hatten die Römer Spitzel, aber wie hätten sie Nachrichten übermitteln können, die gewissermaßen die Schiffe der Gesandten überholt hätten? Gab es unter den mitgereisten Puniern Verräter? Aber dann sagte er sich, daß die ersten der Morde, die ihn beschäftigten, schon länger zurücklagen; daß Fabius nicht von der Anzahl der zu klärenden Fälle gesprochen hatte und möglicherweise nur von den älteren wußte; und daß er vielleicht gar nicht von den Morden gesprochen hatte, die Bomilkar nach der Rückkehr würde zu klären haben, sondern einfach vom Alltag des Herrn der Wächter, der sich fast immer mit irgendeinem Mordfall befassen mußte.

Ailymes war nicht der einzige, der im Innenhof saß und wartete; auch Himilko und zwei weitere Schreiber schienen nicht von den Ratsherren angefordert worden zu sein.

»Wie wollt ihr den Tag verbringen?« sagte Bomilkar, als er zu ihnen trat.

»In gelassener Nutzlosigkeit.« Himilko schaute zu ihm auf und blinzelte in die Sonne. »Und du?«

»Ailymes und ich haben eine Verabredung mit einigen der anderen Libyer«, sagte Bomilkar. »Wir werden bald zurück sein und dann versuchen, dir bei der Zerstreuung zu helfen.«

Himilko verzog den Mund. »Kann ich euch vielleicht begleiten?«

»Später.« Bomilkar winkte Ailymes zu sich. »Später, Herr der Schreibhalme. Ah, eine Frage, da du dich mit römischen Gepflogenheiten auskennst. Wenn du einen bestimmten Römer suchtest, wo würdest du hoffen können, ihn zu finden?«

»Weißt du, wo er wohnt?«

»Nein.«

»Wo er arbeitet vielleicht?«

»Auch das weiß ich nicht.«

»Dann ist es schwierig. Römische Bürger gehören einer *tribus* an, einem Stamm; ich nehme an, das sind alte Sippenverbände, auch wenn längst keine Verwandtschaft mehr besteht. Diese Stämme sind wichtig fürs Wählen, für den Waffendienst und einiges andere; da müßte man jemanden finden können. Aber wenn man nicht weiß ...« Er hob die Schultern.

Bomilkar nickte. »Danke; ich habe es befürchtet. Nun denn; bis später.«

Als sie einige hundert Schritte gegangen waren, sagte Ailymes: »Willst du wirklich bald zurück zum Gästehaus?«

»Nein; ich wollte nur nicht, daß Himilko uns begleitet.«

»Edle Abneigung?«

»Edles Mißtrauen. Er wird alles, was er sieht und hört, den Ratsherren weitergeben.«

Ailymes machte klickende Geräusche mit der Zunge; es klang teils wie mißlungenes Schnalzen, teils wie Vorbereitung zum Ausspucken. »Und ich?«

»Dir mißtraue ich auch.« Bomilkar lachte kurz. »Mir ebenfalls. Und alldem hier.« Er machte eine Armbewegung, die die Stadt und möglicherweise den Erdkreis einschloß.

»So ähnlich hat mein Vater sich geäußert«, sagte Ailymes. »Er meinte aber vor allem die Punier.«

»Er hatte wahrscheinlich recht. Woher kommst du?«

Während sie redeten, gingen sie zunächst ein wenig nach Süden, dann nach Westen, bis sie wieder das Forum Boarium erreichten, wo sie am Vortag die Stadt betreten hatten. Dort kosteten sie vom Wasser der älteren der beiden großen Wasserleitungen, die vor über achtzig Jahren ein Mann namens Appius Claudius hatte bauen lassen. Danach überquerten sie das eigentliche Forum des römischen Volks, betrachteten abermals die Curia und andere wichtige Gebäude, umrundeten den Hügel namens Capitolium, der die bedeutendsten Tempel trug, und gingen schließlich durch das nordöstlich davon gelegene Tor hinaus aufs Marsfeld.

Zwischendurch erzählte Ailymes vom Leben als dritter Sohn eines Pächters, eines libyschen Bauern, der fast vier Zehntel seiner Erträge an den punischen Grundherrn abzugeben hatte. Die älteren Brüder halfen dem Vater, er dagegen hatte es vorgezogen, den Pflug, der kaum die anderen ernähren konnte, gegen ein punisches Schwert einzutauschen.

»Wie alt bist du?«

»Achtzehn und ein bißchen.«

»Dein erster Einsatz?«

Ailymes lachte. »Einsatz? Ein kleiner Ausflug, durch die Hauptstadt der Feinde wandern? Einen Einsatz hatte ich mir anders vorgestellt.«

»Das ist aber immer so«, sagte Bomilkar. »Nicht die Wanderung durch Rom, meine ich, sondern die Einsätze. Üben, marschieren, eine Straße bauen, eine neue kleine Festung, und alle hundert Tage ein Kampf – vielleicht.«

»Ist es in Iberien anders?«

»Manchmal. Und wenn es sehr anders ist, wünscht man sich die langweiligen Tage zurück.«

»Und wie ist das Leben als Büttel? Nicht zu reden von dem als Herr der Wächter der Stadt?«

Bomilkar berichtete vom Alltag, von besonderen Fällen, vom Geplänkel mit Richtern und Rat; dabei achtete er auf die Umgebung, auf die Leute, die Gebäude. Dann schwiegen sie eine längere Zeit, und er dachte über Arish und Fabius nach, und daneben fragte er sich, wo Laetilius sich aufhalten mochte und was er eigentlich tat.

Als könnte er Gedanken lesen, fragte Ailymes plötzlich: »Dieser Römer, den du suchst – wer ist das? Wenn ich fragen darf, Herr?«

»Das ist eine lange Geschichte.«

»Haben wir denn nicht genügend Zeit für lange Geschichten?«

Bomilkar lachte und klopfte dem Libyer auf die Schulter. »Das stimmt. Aber so lang ist sie gar nicht, wenn man sich kurz faßt. Vor zwei Jahren wurde ein römischer Händler in der Nähe von Qart Hadasht ermordet, und weil er möglicherweise etwas gewußt haben könnte, was den Senat betrifft und die Beziehungen zwischen den Mächten, haben die Römer einen Mann geschickt, der sich um die Hintergründe kümmern sollte. Wir haben einander geholfen und behindert ...«

»Weil er zugleich euch, ah, uns schaden und Rom nützen wollte?«

»Genau deshalb. Wir sind damals zusammen in Iberien gewesen, wo die Geschichte begonnen hatte. Und vor einem Jahr – ah, warst du da schon bei der Truppe?«

»Nein; ich bin erst vor einem halben Jahr gekommen.«

»Nun denn; jedenfalls, voriges Jahr kam eine römische Gesandtschaft genau an dem Tag, als auch die Nachricht vom Tod Hamilkars aus Iberien eintraf. Und weil dieser Römer unsere Sprache spricht, hatten sie ihn zur Begleitung der Gesandten mitgeschickt. Damals gab es eine sehr verwickelte Geschichte; sie betraf einen heiligen Gegenstand.«

»Wenn es um das Schwert geht, davon habe ich gehört«, sagte Ailymes.

»Gut; dann brauchen wir davon nicht zu reden. Die römischen Gesandten haben ihm wohl befohlen, sich um die Sache zu kümmern, die natürlich auch für Rom wichtig hätte werden können. Also haben wir wieder zusammen ermittelt und einander sowohl geholfen als auch behindert.«

»Und du meinst, er könnte dir jetzt hier helfen, während du ihn in Rom behindern möchtest?«

Bomilkar schüttelte den Kopf. »Es gibt nichts zu helfen oder zu behindern; ich hätte ihn nur gern wiedergesehen. Für einen Römer ist er ganz ... erträglich.«

Auf dem Marsfeld betrachteten sie eine Weile die Tempel, vor allem den der Bellona. Das Marsfeld lag außerhalb des heiligen Rom, außerhalb des Pomeriums, das weder gesalbte Herrscher noch Kriegergruppen überschreiten durften und an dem selbst das *imperium* eines Konsuls endete. Bomilkar hatte eigentlich damit gerechnet, daß sie alle, die Gesandten und die Begleiter, außerhalb des Pomeriums untergebracht und daß die Ratsherren von einer Senatsabordnung im Bellona-Tempel empfangen werden würden, als Botschafter einer verfeindeten Macht.

Vor der Säule, der *columna bellica,* die zum Tempel gehörte, blieb Bomilkar stehen und suchte in den Verzierungen vergeblich nach einer Aussage.

»Was ist an der Säule und diesem Tempel so wichtig?« sagte Ailymes. »Du betrachtest alles, als wäre es dir heilig.«

»Mir nicht.« Bomilkar versuchte, dem Libyer seine Überlegungen zu erklären, ohne allzusehr in die Einzelheiten zu gehen. Schließlich sagte er: »Ich glaube, in Rom geschieht alles, was halbwegs wichtig ist, als heilige Handlung. Es gibt sogar eine Priestergruppe, die *fetiales,* deren Sprecher den Krieg zu erklären hat. Früher mußte er einen Speer ins Land der jeweiligen Feinde werfen; heute sind die Feinde weiter weg, und deshalb haben sie irgendwo hier einen kleinen Kreis gezogen. Das Innere des Kreises gilt als Feindesland, und wenn Rom uns irgendwann den nächsten Krieg erklärt, ist es dann eben punisches Gebiet, und der Oberste der *fetiales* wird einen Speer hineinstecken.«

»Hast du diesen Kreis gesucht?«

»Nicht gründlich.«

»Was würde geschehen, wenn ich zufällig, ah, zum Beispiel auf diesen Kreis mein Wasser abgeschlagen hätte?«

Bomilkar lachte. »Keine Ahnung. Wahrscheinlich würden sie dich kreuzigen. Oder du müßtest so lange Wasser abschlagen, bis genug davon da wäre, um dich darin zu ertränken.«

An der hölzernen Brücke nördlich des Marsfelds boten Flußfischer und Bauern aus der Umgebung ihre Erzeugnisse an. Während Bomilkar für beide Obst und gebratenen Fisch kaufte – der Tiber war hier noch nicht durch die Abwässer Roms verseucht –, fand Ailymes eine ruhige Stelle zwischen zwei Büschen am Flußufer, wo sie sitzen und ungestört essen konnten.

Sie waren eben damit fertig, als sich hinter ihnen Schritte näherten. Bomilkar blickte auf, sah das Glitzern einer Klinge, dann einen Knüppel; dann nichts mehr.

Als er zum ersten Mal erwachte, schmerzte sein Kopf entsetzlich, und er verlor bald wieder das Bewußtsein. Beim zweiten Mal erinnerte er sich an die Schmerzen und daran, daß er das Strudeln von Wasser gehört hatte. Diesmal spürte er das Rumpeln eines Karrens, und die Schmerzen waren zu einem dumpfen Druck geworden.

Er öffnete die Augen. Das Licht war nicht zu grell; ›früher Morgen‹, sagte er sich, ›oder später Nachmittag.‹ Er versuchte die Hände zu bewegen, aber sie waren gefesselt, vor dem Bauch. Auch die Füße hatte man ihm zusammengebunden. Er wandte den Kopf ein wenig nach links und sah Körbe und Säcke, dahinter die Wand des Karrens. Er drehte sich nach rechts und blickte in die Augen von Ailymes.

»Lebst du, Herr?« flüsterte der Libyer.

»Wenn man das so nennen kann. Wo sind wir?«

»Auf einem Karren, der nach Norden fährt.«

»Wie lange ...?«

»Erst ein paar Stunden. Es ist bald Abend.«

»Weißt du mehr?«

Ailymes knurrte leise; dann sagte er: »Mein Latein ist fehlerhaft, Herr; aus den Fetzen, die ich verstanden habe, schließe ich, daß wir als Sklaven verkauft werden sollen.«

Bomilkar schloß die Augen und versuchte, sich an das wenige zu erinnern, was er von den Gebieten im Norden Roms wußte. Etrurien? Aber das begann nicht so weit südlich, man würde mehr als eine halbe Tagesreise mit dem Karren brauchen. Sie mußten eigentlich noch auf römischem Gebiet sein. Nicht daß es viel ausmachte; die Etrusker waren Roms brave Bundesgenossen. Wenn er sich nicht irrte, nannte man alles, was nördlich des Tiber lag, Etrurien; tatsächlich galt es aber als *ager romanus* bis weit nördlich von Veii, und ob sie überhaupt nach Veii fuhren?

Ein bärtiges Gesicht tauchte über der Wagenkante auf. »Ah«, sagte der Mann, »aufgewacht? Gut; bald rasten wir.«

»Bist du der Häuptling der Räuber?«

»Kein Räuber.« Der Mann grinste. »Ehrbarer Händler. Warum fragst du?«

»Wir gehören zur punischen Gesandtschaft, die mit dem Senat verhandelt.«

»Und?«

»Gesandte sind unantastbar.«

»Hab ich schon mal gehört, ja; vielleicht kannst du dich über die Frage mit dem Grundherrn unterhalten, an den wir dich verkaufen. Rechtloser Ausländer ist rechtloser Ausländer, und ob du wirklich zur Gesandtschaft gehörst? Pah.«

Das Gesicht verschwand wieder. Ailymes ächzte leise.

»Habe ich das richtig verstanden?« sagte er.

»Rechtlose Ausländer.«

»Dann habe ich es verstanden.«

»Es müßte doch ...« Bomilkar verstummte. ›Es müßte ...‹, sagte er sich, ›aber was und wie?‹

»Vielleicht bei einer Rast«, murmelte Ailymes.

»Sie werden uns bewachen, aber versuchen müssen wir es auf jeden Fall.«

»Wieviel ist so ein Sklave hier wert?«

»Wahrscheinlich soviel wie bei uns – ungefähr. Eine Mine? Anderthalb? Sechzig bis hundert Quadrigati? Ich weiß es nicht. Laß mich nachdenken – und vielleicht fällt dir ja auch etwas ein.«

Natürlich war es sinnlos, sich in dieser Lage Gedanken über eine mögliche Flucht zu machen. Sie lagen gefesselt auf einem Karren, und spätere Möglichkeiten, etwa bei einer nächtlichen Rast, würden von der Art der Fesselung, der Anzahl der Wächter, der Beschaffenheit der Umgebung und anderen Dingen abhängen. Bomilkar wollte auch gar nicht so sehr über seine Lage nachdenken, sondern über das, was zu ihr geführt hatte. Und das, was vorher geschehen war.

Er hielt es für unwahrscheinlich, daß sie zufällig Opfer zufällig schweifender Sklavenfänger geworden waren. Aber wer hatte wissen können, daß sie am Tiberufer sitzen und essen würden? Hatte man sie beobachtet? Wer? Oder, anders gefragt, wer könnte einen Auftrag erteilt haben? Römer? Kaum; vor allem, wozu?

Der einzige Römer, mit dem er gesprochen hatte, war der Konsul. Quintus Fabius Maximus war zweifellos ein herber Mann, ebenso sicher ein Gegner von Qart Hadasht; Bomilkar sagte sich, daß Fabius wahrscheinlich zu allem fähig, aber zu schäbigen Schlichen nicht geneigt sei. Und vor allem: Was hätte Fabius, was hätte Rom vom Verschwinden eines unwichtigen Puniers? Wozu eine schwierige Lage, heikle Verhandlungen mit einem politisch vollkommen sinnlosen Menschenraub belasten?

Eine andere, ähnlich unwahrscheinliche Möglichkeit: Vielleicht hatte Fabius Gegner in Rom, die seine Amtsführung durch einen solchen Anschlag behindern wollten. Aber abgesehen davon, daß ihm die nötigen Kenntnisse fehlten, um darüber auch nur nachzudenken, hielt Bomilkar diesen Ansatz doch für abwegig.

›Der Kampf um die Macht im Westen der Oikumene ist wie Tauziehen am Strand‹, dachte er, ›nur mit höchstem Einsatz. Wenn es nach den Römern geht, stirbt der Verlierer, und bei uns wissen das einige nicht. Oder wollen es nicht wissen. Bei den Römern gibt es bestimmt Meinungsverschiedenheiten, aber wenn es gegen uns geht, ziehen alle zusammen. Bei uns wird das Tau aufgeriffelt; an einem Strang ziehen Hanno und seine Leute, auch Arish, am anderen Hasdrubal und die Neuen. Ich bin mir ja nicht einmal sicher, ob nicht Sakarbal einen eigenen Strang zum Zupfen hat. Und ob nicht hinter ihm noch andere stehen.‹

Dann wurde ihm plötzlich klar, daß es genau das war, was Fabius von ihm hatte wissen wollen. Vielleicht war es für die Römer unverständlich, daß im Lager des Gegners die Meinungsverschiedenheiten so wichtig genommen wurden. Fabius hatte gefragt, und Bomilkar hatte bestätigt. ›Dumm‹, dachte er, ›aber kein Verlust. Er hat es ohnehin geahnt, und die Spitzel werden es den Römern tausendmal gesagt haben. Nur – ich hätte begreifen müssen, worauf seine Fragen zielen.‹

Aber wenn die Versklavung kein Zufall war und auch nicht römischen Anliegen diente, konnte der Auftraggeber nur ein Punier sein. Aber wer? Arish?

Er versuchte sich an alle Einzelheiten des Gesprächs mit dem Fünf-Herrn zu erinnern. Arish hatte am Schluß gefragt, was Bomilkar tagsüber zu tun gedenke – reichte das aus für den Verdacht, daß er den Auftrag erteilt hatte? Und offenbar hatte Arish von ihm Auskünfte über Hasdrubals wirkliche Absichten in Iberien erhofft und nicht erhalten. War er deshalb erzürnt? Ausreichend verärgert, um ihn zu beseitigen?

Er – oder sein Herr und Meister Hanno?

Je länger er darüber grübelte, desto unwahrscheinlicher erschien ihm alles. Wenn Hanno, in Qart Hadasht nahezu allmächtig, aus welchem Grund auch immer beschlossen hätte, sich des lästigen Herrn der Büttel endgültig zu entledigen, wozu dann der Aufwand in Rom statt eines Messers im Zwielicht irgendwo in den Gassen seiner Stadt? Gleiches galt für Arish.

Und Sakarbal? Daß der Vertreter der Neuen mit ihm nicht ein einziges Wort hatte wechseln mögen, konnte nur bedeuten, daß Bomilkar ihm als unendlich unbedeutend und bestenfalls lästig erschien. Eine Mücke, eine Ameise, und wer heckt eine mittlere Verschwörung aus, um sich von einer Mücke zu befreien?

Hätte man – ganz gleich, wer – ihn nicht besser umbringen lassen? Aber dann sagte er sich, daß das zu schwierigen Verwicklungen führen müßte. ›Ein Punier entführt? Die Römer werden es höflich bedauern und versprechen, Nachforschungen anzustellen. Ein Punier, der – wie nebensächlich auch immer – zu einer Gesandtschaft gehört, in Rom ermordet? Das wäre nicht mit Höflichkeiten beizulegen.‹

Dann lachte er lautlos, irgendwann später, kurz bevor der Karren für die Nacht angehalten wurde. ›Keiner hat es veranlaßt‹, dachte er, ›keiner ist zuständig, also kann ich nicht entführt worden sein. Ich träume das alles nur und werde hoffentlich bald erwachen.‹

## 10. KAPITEL

Man gab ihnen keine Möglichkeit, sich abzusondern oder auch nur einen unbeobachteten Schritt zu tun. Die Händler hatten genug bewaffnete Knechte und zuverlässige Sklaven, um ihre neue Ware zu bewachen. Neben Bomilkar und Ailymes hatten sie noch drei junge Frauen dabei, Töchter von Sklaven aus Capua. Die Frauen – ›Mädchen‹, dachte Bomilkar; sie konnten kaum älter als fünfzehn sein – machten den Eindruck, als hätten sie sich mit ihrem Los abgefunden. ›Wahrscheinlich sind sie in Sklaverei aufgewachsen und kennen nichts anderes‹, sagte er sich. Sie wurden nicht einmal gefesselt.

Mit ihm und Ailymes verfuhr man gründlicher. Am ersten Abend rastete der Händlerzug auf einer Waldlichtung unweit der Straße. Man ließ die beiden vom Karren steigen, zwischen Bäumen ihre Notdurft verrichten und fesselte sie dann wieder aneinander, so daß sie je eine Hand bewegen konnten, um zu essen und zu trinken.

Bomilkar versuchte abermals, mit dem Anführer der Händler zu reden. Der Mann kratzte sich den Bart und spuckte ins Feuer; dann sagte er:

»Hör zu, Punier. Es gibt ein Gestern und ein Morgen. Dein Gestern ist vorbei; vielleicht warst du reich oder berühmt oder wichtig, ich weiß es nicht und will es nicht wissen. Dein Heute ist das, was du hier siehst, und dein Morgen wird der bestimmen, der dich kauft. Hast du das verstanden?«

»Habe ich. Wie wäre es mit einem guten Geschäft?«

»Wie meinst du das?«

»In Rom und in Qart ... Karthago gibt es Leute, die für unsere Freiheit viel mehr zahlen würden als jeder Grundherr in Etrurien.«

»Das mag so sein, aber wir sind hier, Rom ist weit, Karthago ist jenseits des Meeres, und wer sagt mir, daß nicht jemand in Rom statt mit gutem Silber mit geschliffenem Eisen zahlt?«

»Dafür kann ich sorgen.«

»Du kannst gar nichts. Eure Waffen und Beutel habe ich, also kannst du nicht einmal zahlen. Du kannst essen und schweigen und marschieren.«

Da sie nicht mehr ohnmächtig waren, hatten sie am nächsten Tag zu laufen, wie die anderen, und sie blieben aneinandergefesselt. Als Bomilkar noch einmal mit dem Händler zu reden versuchte, gab dieser einem der Knechte einen Wink, und der Mann schlug Bomilkar nieder. Es war kein grober Hieb, ausgeführt ohne jede sichtbare Gemütsregung, aber er war gut gezielt und schmerzhaft, und er hinterließ keine sichtbaren Spuren, die den Wert der Ware vermindert hätten.

Gehen, rasten, essen, trinken ... Immer weiter nach Norden, aber außer ein paar Dörfern schien es keine Orte zu geben. Entweder waren sie auf einem Weg abseits aller wichtigen Städte – aber wer legte solche Wege an? –, oder sie umgingen alle Menschenansammlungen.

Am dritten Tag mußten sie bereits weit nördlich des ungesehenen Veii sein, als der Anführer der Händler sie zu einer ungewöhnlichen Zeit und auffällig schnell über einen Ackerweg in den Wald trieb.

Er beriet sich kurz mit den anderen Händlern, dann winkte er den Knechten und deutete auf Bomilkar und Ailymes. »Knebelt die beiden«, sagte er, »und bringt sie hinter die Bäume da.«

Weit hinter ihnen waren Reiter aufgetaucht. Bomilkar wußte nicht, welcher Zufall den Händler sich hatte umdrehen lassen, und er sah auch keine Möglichkeit, sich von den Knechten und dem Knebel zu befreien. Ailymes rollte mit den Augen und entspannte sich dann so, daß er gefallen wäre, wenn ein Knecht ihn nicht festgehalten hätte.

Bald waren Hufschläge zu hören, dann Männerstimmen. Jemand sagte etwas von Nachweisen, daß es sich bei den Frauen um rechtmäßigen Besitz handle; ein anderer Mann befahl, man solle den Spuren zu den Bäumen folgen. Bomilkar mochte nicht glauben, daß ihm die Stimme wirklich bekannt war. ›Das kann nicht sein‹, dachte er.

Der Kopf eines Pferdes schob sich in sein Sichtfeld, dann der des Reiters. Der Mann pfiff durch die Zähne, als er die beiden Knechte mit den Gefangenen sah. Er richtete seine Lanze auf die Gruppe, und ohne den Kopf zu wenden, rief er: »Hier sind noch ein paar, Herr.«

Ein weiterer Reiter erschien, schob den Helm in den Nacken und grinste breit.

»Bindet sie los«, sagte Titus Laetilius. »Du bist vom rechten Pfad abgekommen, punischer Lehmkopf.«

Diesmal gingen die Händler aneinandergefesselt; Laetilius und die fünf Bewaffneten brachten den ganzen Zug zum nächsten Ort, Nepete, und übergaben sie an die dortigen Amtleute. Ailymes und Bomilkar blieben am Stadtrand in einer Schänke für Reisende. Es gab dort kleine Zimmer, einen niedrigen, stickigen Schankraum und vor der Tür ein paar rohe Tische und Bänke in einer Art Laube. Da Laetilius dem Wirt ein paar Münzen zugeworfen und gesagt hatte, er werde bald wiederkommen, konnten die beiden, denen die Entführer ja alles Geld und die Waffen genommen hatten, sich erfrischen und etwas zu essen bestellen.

Sie ließen sich an einem der Tische in der Laube nieder; der Wirt brachte ihnen Wasser, Wein, Brot und Näpfe mit Bohnen und gebratenen Fäden: geschabtes Hammelfleisch. Dann befestigte er eine stinkende, spukkende Fackel in einer Halterung an der Hauswand und wünschte »nützliche Füllung«.

Kurz nach Sonnenuntergang kam Laetilius mit seiner kleinen Truppe und zwei Handpferden zu ihnen. Zwei Sklaven kümmerten sich um die Tiere. Die Römer verlangten ebenfalls zu essen und brachten ihre Waffen und Decken in die Zimmer. Laetilius kam als einer der letzten zurück; er setzte sich Bomilkar gegenüber, neben Ailymes, und legte ein Bündel auf die Bank.

»Was geschieht mit den anderen?« sagte Bomilkar auf Hellenisch, als endlich alle saßen und tranken.

»Die Knechte sind frei«, sagte Laetilius, »sie hatten die Befehle ihrer Herren auszuführen. Die Sklaven fallen an den Staat – die Stadt in diesem Fall; die Händler werden nach Rom gebracht und abgeurteilt.« Er hob die Schultern. »Der Anführer stirbt wahrscheinlich; er hat sich an dem Mitglied einer ausländischen Gesandtschaft vergriffen.« Dann lächelte er. »Wiewohl ich die vorübergehende Heiligkeit deiner Person eher zweifelhaft finde.«

Nach der Befreiung, auf dem Weg zur Stadt, hatte Bomilkar von Laetilius die wesentlichen Dinge erfahren. Im Lauf des Jahres würde Laetilius dreißig werden und damit das Mindestalter für die niedrigsten Ämter der Laufbahn erreichen. Er war allerdings noch unentschlossen, ob er dies wirklich anstreben wollte. Bis dahin arbeitete er als eine Art »bewaffneter Schreiber« des für Rechts- und andere Händel zwischen Bürgern und Fremden zuständigen *praetor peregrinus*. Das Verschwinden eines Puniers, der zwar nicht geheiligter Gesandter, aber als Begleiter der Gesandten ebenfalls unantastbar war, fiel nicht unbedingt in seine Zuständigkeit; man hatte ihn jedoch mit der Suche beauftragt, weil er Bomilkar kannte.

»Ich habe überlegt, wie ich dich finden könnte«, sagte Bomilkar. »In Rom, meine ich, aber da ich nicht weiß, wo du wohnst und bis vorhin nicht wußte, wo du arbeitest ...«

»Ich war in einem Kaff an der Via Appia, im Süden, und bin erst abends wieder in die Stadt gekommen. An dem Abend, als ihr beide verschwunden seid.«

»Wie habt ihr uns eigentlich gefunden?« sagte Ailymes.

»Morgens, als eure Gesandten abreisen wollten und ihr nicht zu finden wart, hat man den Ausländerprätor hinzugezogen, und als der den Namen Bomilkar hörte, hat er mich kommen lassen. Ich habe die anderen Libyer gefragt; die haben gesagt, du wolltest nach Norden.

Einer der Fischhändler an der Brücke hat sich an euch erinnert, und der Rest war ein bißchen denken und fragen und rechnen.«

Ailymes schnalzte leise. »Man hätte sich verrechnen können. Ich jedenfalls danke dir für gutes Rechnen.«

Bomilkar hob seinen Becher, kniff ein Auge zu und trank. »Ich fühle mich in deiner Schuld, Römer.«

»Kannst du damit leben?«

»Ich will's versuchen. Ich habe aber noch ein paar Fragen – ah, und ehe ich's vergesse: Aspasia läßt Grüße übermitteln.«

Laetilius lächelte und neigte den Kopf. »Ich danke und will mir etwas einfallen lassen, sie zu erwidern. Was für Fragen?«

»Du hast gesagt, unsere Gesandten hätten abreisen wollen. Haben sie das getan?«

Der Römer nickte. »Arish – er hat mich übrigens eines halben Lächelns gewürdigt; ich nehme an, das ist für ihn ziemlich herzlich, oder?«

»Man könnte es überschwengliche Wiedersehensfreude nennen.«

Ailymes lehnte sich an die Hauswand und gluckste. »Ihr kennt euch wirklich schon länger. Ich will aber nicht stören; soll ich ...« Mit dem Kinn wies er auf einen Nebentisch.

»Ach was«, sagte Laetilius. »Bleib ruhig; du bist auch nicht schlimmer als der da, und wenn ich schon einen Punier ertrage, wird mich ein Libyer nicht zermürben.«

Bomilkar räusperte sich. »Wenn ihr fertig seid mit schmusen, könntest du versuchen, dich an Arish zu erinnern.«

»Arish wollte ein paar Tage warten.« Laetilius beugte sich vor und sprach leiser. »Du mußt einen prächtigen Eindruck beim Konsul hinterlassen haben, Junge; Fabius hat gesagt, wenn es darum gehe, auf einen guten Feind zu warten, wolle er den beiden Ratsherren durchaus noch ein paar Tage die Gastlichkeit seines Hauses gewähren.«

»Ich bin gerührt. Aber dem Beginn deiner Ausführungen entnehme ich, daß sie dann doch nicht gewartet haben, wie?«

»Sakarbal wollte nicht. Ich glaube, sie haben ein wenig miteinander gezetert. Schließlich hat Arish beschlossen, daß eines eurer Schiffe fünf Tage auf dich warten soll, und Fabius hat dem Quästor von Ostia befohlen, das wartende Schiff mit allem Nötigen zu versorgen.«

»Fünf Tage?« Bomilkar grinste. »Vorgestern sind sie nach Ostia abgereist, nehme ich an, und am folgenden Morgen ausgelaufen; also wäre gestern der erste der fünf Tage gewesen. Zu Pferd sind wir morgen abend, also am Ende des dritten, in Rom. Was soll ich dort so lange anstellen?«

»Du mußt die Zeit ja nicht erschöpfen. Was war die zweite Frage?«

»Ich möchte, wenn das möglich ist, morgen mit dem bärtigen Händler sprechen, ehe wir nach Rom reiten.«

Laetilius machte ein trauriges Gesicht. »Ah, wie kann man nur so vergeßlich sein.« Er langte neben sich und legte das Bündel auf den Tisch. »Zwei punische Kurzschwerter aus dem Besitz des Händlers; ich nehme an, es sind eure.« Er hob eines hoch und betrachtete es beinahe versonnen. »Gut geschliffen, kein Rost – ist es je benutzt worden?«

»Vor allem gegen Römer.« Bomilkar streckte die Hand aus und nahm die Waffe an sich, Ailymes die andere.

»Und dies hier.« Laetilius hob zwei Beutel. »Eure? Das habe ich mir gedacht. Ihr solltet nachzählen, ob etwas fehlt.«

Ein Beutel enthielt drei, der andere dreizehn Quadrigati und vierundvierzig Asse.

Bomilkar schob den mit den drei Münzen Ailymes hin. »Ich glaube, das stimmt so. Ich will aber trotzdem mit ihm reden.«

Laetilius schloß die Augen. »Wir haben ihn gründlich befragt«, sagte er. »Ich glaube nicht, daß du mehr aus ihm herausholen kannst. Ein Hellene, der behauptet, Kassandros zu heißen, hat ihm fünfzig Quadrigati dafür gegeben, daß er euch mitnimmt. Er hat ihn beschrieben.« Laetilius öffnete die Augen wieder und sah Bomilkar an. »Ich kenne ihn. Er gehört zu denen, die alles machen, was das Gesetz nicht vorsieht. Ich hatte schon mehrfach das zweifelhafte Vergnügen mit ihm.«

»Hat er so viel Geld?«

»Nein. Er muß das für jemanden erledigt haben. Wenn wir in Rom sind, werden wir ihn besuchen. Willst du immer noch mit dem Händler reden?«

»Lieber mit Kassandros.«

»Und danach?«

»Das kommt darauf an, was er zu sagen hat. Und wieviel Zeit bleibt, bis das Schiff Ostia verläßt.«

»Bist du in Eile? Hast du dringende Fälle in Karchedon zu klären?«

Bomilkar zögerte einen Moment. »Mehrere«, sagte er dann, »aber nicht so dringend, daß ich das Schiff vor Ablauf des fünften Tages erreichen muß. Warum?«

»Für junge Familien ist das Leben in der Stadt teuer.« Laetilius rümpfte die Nase. »Teuer, laut und ungesund. Wir wohnen außerhalb, nicht ganz auf dem Land, aber immerhin ... Es gibt genug Platz für zwei Gäste, wenn ihr mögt.« Er grinste. »Und die Gemahlin wird Wert darauf legen, endlich einen gewissen punischen Lehmkopf zu sehen, über den sie einiges hat hören müssen.«

Die anderen ritten weiter nach Rom. Zu den Aufträgen, die Laetilius ihnen erteilte, gehörte die Anweisung, einen Boten nach Ostia zu schicken und dem karthagischen Kapitän ausrichten zu lassen, da Bomilkar aufgetaucht sei, solle er auf jeden Fall warten. Natürlich war auch der Konsul zu benachrichtigen, ebenso der Ausländerprätor; und man solle unauffällig feststellen, wo sich Kassandros befinde.

Laetilius, Bomilkar und Ailymes bogen in einen Feldweg ab. Das Haus, hatte Laetilius gesagt, liege in einem Seitental am Nordufer des Tiber, ungefähr gegenüber von Fidenae. Auf der letzten Anhöhe zügelten sie ihre Pferde für einige Augenblicke. Im Westen stand die Sonne noch etwa halbhoch über dem Horizont. Wie eine goldene Schlange wand sich der Tiber hin zur Stadt der sieben Hügel, über der eine Dunstglocke aus Rauch und den Absonderungen der Hunderttausende zu hokken schien.

»Man könnte beinahe vergessen, daß dort die bösen Feinde sitzen und der Tiber weiter unterhalb eine Kloake ist«, sagte Bomilkar.

»Was ist das?« Ailymes wies nach Südwesten, wo es in einer Delle zwischen den Tiberhügeln silbrig schimmerte.

»Da mündet der Anio.« Laetilius grinste. »Er versorgt eure bösen Feinde mit Trinkwasser. Kommt weiter; da vorn geht's ins Tal.«

»Habt ihr ein ganzes Tal für euch allein?« sagte Bomilkar.

»Wir Römer teilen alles miteinander – Feinde und Täler. Da wohnen auch einige Bauern mit ihren Familien und Tieren.«

»Und du? Bist du auch Bauer, wenn du keine Feinde rettest und nicht in der Stadt umherziehst?«

Laetilius lachte. »Ein Onkel, kinderlos gestorben, hat hier als Bauer gelebt. Wir bewohnen das Haus, und die edle Gemahlin hegt einen Küchengarten; den Rest des Landes haben wir verpachtet. Aber ihr werdet es gleich sehen.«

Der Weg streifte einen mit Weinstöcken bepflanzten sanften Hang und verlief dann im Tal zwischen Feldern. Bomilkar zählte an die drei Dutzend Bauernhäuser und sah dunkelbraune Rinder auf Weiden jenseits eines kleinen Bachs. Es gab auch Schweine, Hühner und jene Gänse, von denen man in Qart Hadasht sagte, sie hätten vor Jahren die Römer zur Unzeit geweckt, als Gallier dabei waren, die schlafende Stadt einzunehmen.

Das Haus, zu dem Laetilius sie führte, lag etwas abseits des Rudels der anderen und verfügte über einen hochgemauerten Brunnen in einem umzäunten Garten. Vor der Tür spielten drei Kinder. Als sie den Vater sahen, sprangen sie auf und liefen ihm entgegen, zögerten dann jedoch und blieben stehen.

»Woher wissen sie, daß wir die bösen Feinde sind?« sagte Bomilkar.

Laetilius schnalzte. »Sie sind gut erzogen. Römische Zurückhaltung, weißt du.«

»Woher soll ich punischer Lehmkopf das wissen?«

Laetilius glitt vom Pferd und kniete mit ausgebreiteten Armen nieder; nun trauten sich die Kinder, den heimkehrenden Vater zu begrüßen. Dabei schauten sie jedoch über seine Schultern – ein kleiner Kopf rechts, zwei Köpfchen links – auf die Fremden.

Ailymes und Bomilkar ließen sich ebenfalls von den Pferden gleiten. Der Libyer hielt Laetilius' Tier am Zügel fest und blickte mit einem breiten Lächeln auf die Umarmungen; Bomilkar fühlte sich plötzlich bemüßigt, in sein Inneres zu horchen. Aber der ihm von vielen Männern genannte stechende Wunsch, selbst Kinder zu haben und in die Arme zu nehmen, stellte sich auch diesmal nicht ein. Offenbar hatten die Götter ihm den Wunsch versagt, dachte er, oder sie würden ihn später, zu spät wahrscheinlich, damit überraschen.

»Kommt, ihr Kleinen«, sagte Laetilius. »Ich will euch zwei Feinde Roms, aber Freunde eures Vaters vorstellen.«

»Kann das sein?« sagte das Mädchen; die beiden etwas kleineren Jungen – Zwillinge – schwiegen.

»Da es mir so gefällt, kann es sein, auch wenn es nicht leicht zu verstehen ist. Das ist Laetilia, aber sie heißt lieber Aurelia, wie ihre Mutter; und das sind Titus und Aulus. Bomilkar, ein Punier, und Ailymes, ein Libyer.«

»Das ist nicht möglich«, sagte Laetilia Aurelia. »Punier, das sind riesige Menschenfresser, und Libyer sind schwarz. Ich glaube, du schwindelst, Vater.«

Ailymes schien genug verstanden zu haben; jedenfalls lachte er. Bomilkar nahm den Zügel seines Pferds in den Mund und macht »grrr«; dabei zwinkerte er den Kindern zu.

»Wer hat euch das denn erzählt?« sagte Laetilius.

»Die Nachbarn. Die anderen Kinder.«

Das Mädchen mochte, wie Bomilkar schätzte, sechs Jahre alt sein, die Zwillinge vier. Einer der Jungen sagte halblaut unter Laetilius' Achsel hindurch:

»Stimmt gar nicht. Punier sind böse Zwerge, und Libyer sind arme Bauern. Und wir befreien sie von den Zwergen.«

»Na schön.« Laetilius stand auf und strich den Zwillingen über die Köpfe. »Wie ihr seht, habe ich euch einen bösen Zwerg mitgebracht, der auch ein riesiger Menschenfresser ist und sich verkleidet hat, und einen armen schwarzen Bauern. Sie haben mir aber versprochen, euch nichts zu tun. Wo ist eure Mutter?«

»Hier.« In der Tür erschien eine schlanke, beinahe zierliche Frau mit feinen Gesichtszügen. Sie trug zwar eine lange, schlichte Tunika mit Flecken von der Haus- und Gartenarbeit, sah aber überhaupt nicht so aus, wie sich Bomilkar die *römische Bäuerin* vorgestellt hatte. Mit einem halben Lächeln neigte sie den Kopf vor den Gästen. »Willkommen, ihr edlen Zwerge und Bauern. Und auch du, Herr meines Herzens.«

Laetilius küßte sie, nahm ihre Hand und sagte: »Der da ist Ailymes, ein libyscher Krieger im Dienste Karthagos. Und der andere, der den Zügel frißt, ist ein Punier, der sich verlaufen hat, damit du ihn endlich kennenlernst. Bomilkar, Herr der Nachtwächter von Karthago.«

»Habt ihr Hunger?« Sie wies ins Haus. »Tretet ein; wir wollen sehen, was für Weitgereiste getan werden kann.«

Bomilkar nahm den Zügel aus dem Mund und deutete eine Verneigung an. »Herrin der Gastlichkeit – vielleicht sollten wir zuerst die Pferde versorgen und uns nach dem langen Ritt ein wenig die Beine vertreten. Und vielleicht möchtest du mit Laetilius nach längerer Abwesenheit dies und jenes ungestört bereden.«

Sie blickte Laetilius an, auf dessen Gesicht Bomilkar ein flüchtiges Grinsen zu sehen glaubte.

»Zwischen zwei längeren Abwesenheiten wäre es nicht unerfreulich«, sagte der Römer.

Bomilkar nickte und beugte ein Knie vor den Kindern, die ihn mit großen Augen musterten. »Laetilia Aurelia, Titus, Aulus – möchtet ihr uns zeigen, wohin die Pferde gehören? Und vielleicht könnt ihr uns dabei mehr von den Nachbarn erzählen, die so wenig über Punier und Libyer wissen.«

Sie zögerten. Laetilius ließ seine Frau los und gab den Kindern einen kleinen Schubs. »Geht nur«, sagte er. »Sie werden euch nichts tun, sonst schlachte und brate ich sie.«

Ailymes räusperte sich. »Ihr Pferde sitzen?« Er streckte eine Hand aus. »Kleine Schwester zu mir?«

Laetilia kaute einen Moment auf der Unterlippe; dann gab sie sich einen sichtbaren Ruck und ging zu dem Libyer, der sie mit Schwung auf sein Pferd hob.

Nun trauten sich auch die beiden Jungen. Bomilkar half ihnen auf sein Pferd und das von Laetilius. Während im Tal die Schatten länger wurden, führten er und Ailymes nach den Anweisungen der Kinder die Pferde über Wege und Weiden. Sie erfuhren – Bomilkar mußte für den Libyer gelegentlich übersetzen – alle möglichen Einzelheiten über die Familien, die hier lebten, die Arbeit, die Tiere, einzelne Büsche und größere Steine, in denen garstige Zwerge (»vielleicht sind sie ja mit dir verwandt, Punier?«) und lichte, luftige Nymphen hausten. Schließlich sah Bomilkar aus der Ferne Laetilius vor die Tür treten und einen Arm heben.

Natürlich gehörten die Pferde auf eine kleine Weide in der Nähe des Hauses; bis sie versorgt waren, war es fast dunkel. Als sich alle um den Tisch niederließen, berührte Laetilius Bomilkar kurz an der Schulter und murmelte: »Danke, mein Feind.« Aurelia zwinkerte ihm zu und lächelte. Nach dem Essen – es gab gebratenen Fisch, eingelegten Lauch, Brot, Früchte, Wasser und Wein – kümmerte sich Laetilius um die Kinder; Ailymes und Bomilkar halfen beim Abräumen und Spülen.

»Wohlerzogene Feinde sind mir willkommene Gäste«, sagte Aurelia, als alles erledigt war.

»Dein Mann hat uns gerettet«, sagte Bomilkar, »was ist dagegen ein wenig Hausarbeit?«

»Leider ist mein Hellenisch dürftig und mein Punisch wie die Sonne bei Nacht: Überfluß an Mangel. Kannst du uns einigermaßen folgen, Ailymes?«

Der Libyer hob die Schultern. »Etwas verstehen, viel raten. Hauptsache lächeln.«

»Er war einige Tage fort«, sagte sie mit einem Blick zum Schlafgemach der Kinder. »Jetzt muß er ihnen erzählen, was er inzwischen getan hat; es kann ein bisschen dauern.«

»Hauptsache lügen.« Ailymes lachte.

»Nennen wir es erfinden«, sagte Bomilkar. »Vorhin hat er von einer bevorstehenden langen Abwesenheit gesprochen; also muß er vorarbeiten. Weißt du, worum es geht?«

Sie setzten sich wieder an den Tisch. Aurelia füllte die drei Öllämpchen auf und goß mehr Wein und weniger Wasser ein. »Ich weiß es nicht. Er ist oft tagelang in der Stadt; wahrscheinlich hat er dort demnächst einiges mehr zu tun als bisher.«

»Ich freue mich, dich endlich zu sehen«, sagte Bomilkar. »Er hat so gründlich von dir geschwiegen, daß ich nicht wußte, ob es dich überhaupt gibt und ob du vielleicht drei Augen und Schlangenhaare hast.«

»Bist du jetzt beruhigt?«

Er nickte. »Ich weiß ihn in guten und hübschen Händen.«

Aurelia spreizte die Finger auf dem Tisch und betrachtete sie. »Gut? Mag sein. Hübsch? Nun ja, eher rauh.« Sie blickte auf und lächelte. »Wie die von Aspasia – nach dem, was Titus erzählt hat.«

»Wenn das Leben keine Spuren hinterließe, wüßte man ja gar nicht, daß man gelebt hat.«

»Was hat euch denn dazu gebracht, euch von Titus retten zu lassen?«

In den Gesprächen beim Essen hatten sie die Vorgänge nur flüchtig erwähnt. Bomilkar erzählte und war eben zum Ende gelangt, als Laetilius sich ihm gegenüber neben Aurelia setzte; dann sagte der Punier:

»Mich bewegt eine doppelte Frage, ihr edlen Gastgeber. Was tut ihr hier auf dem Land, außerhalb von Rom, ohne Felder zu bebauen und ohne Diener oder Sklaven?«

Aurelia hob die Hände. »Ich glaube, er fragt, weil die so rauh sind.«

Laetilius leerte seinen Becher und füllte nach. »Der erste Teil der Antwort ist einfach. Ich sagte ja schon, das hier hat einem Onkel gehört, dem Bruder meiner Mutter. Die Luft hier ist besser als in Rom, es gibt weniger Menschen, weniger Schmutz, weniger Verbrechen. Ein guter Ort, um den Kindern beim Aufwachsen zuzusehen. Ich muß nicht jeden Tag in Rom sein; aber wenn ich bei Sonnenaufgang aufbreche und schnell reite, bin ich in einer Stunde auf dem Marsfeld.«

»Und wenn du länger in Rom sein mußt, hast du dort wahrscheinlich irgendwo ein karges Bett stehen. Das ist der erste Teil der Antwort«, sagte Bomilkar. »Und der zweite?«

»Ich bin mir nicht sicher, ob ich weiß, was du mit dem zweiten Teil meinst.«

Ailymes gluckste, sagte aber nichts.

»Römische Soldaten dürfen nicht heiraten«, sagte Bomilkar. »Und eure Dienstzeit dauert wie lange? Zehn Jahre?«

Laetilius schüttelte den Kopf; er blickte leicht erstaunt. »Das hättest du mich doch alles längst fragen können. Drüben, in Libyen.«

»Da konnte ich mir nicht sicher sein, ob du nicht mit erlesenen Lügen antworten würdest.«

»Das könnte ich hier auch.«

»Aurelia würde dich verachten, wenn du es tätest.«

Sie lachte laut auf. »Würde ich das? Vielleicht; aber jedenfalls würden seine Lügen mein Gesicht entstellen, und das könntest du sehen.«

Laetilius klang halb mürrisch, halb verblüfft, als er sagte: »Kluge Frau – und gerissener Punier. Aber es stimmt, oder fast. Ich habe mich mit vierzehn zu den Waffen begeben, und da ich damals so groß war wie heute, haben sie mich genommen. Ich konnte lesen, schreiben und rechnen, deshalb wurde ich nach der ersten Ausbildung gleich in den Stab geholt. Die letzten beiden Jahre haben sie mich ... anders verwendet, in Rom, in einem besonderen Dienst, dem ich irgendwie nicht mehr ganz angehöre, aber ganz verlassen habe ich ihn auch nicht.«

»Das Sammeln und Bewerten von Nachrichten?« Bomilkar grinste. »Im Ausland ermitteln, wenn ein nicht völlig harmloser römischer Händler umgebracht wird? Senatoren begleiten, wenn sie Qart Hadasht besuchen?«

»Und punische Gegenspieler aus den Klauen von Sklavenhändlern befreien.« Laetilius grinste ebenfalls. »Ja, so ähnlich. Als der eigentliche Dienst endete, haben wir schnell die Ehe geschlossen.« Er legte den Arm um Aurelias Schulter. »Vier Monde danach wurde Laetilia geboren. Und was den Rest deiner Fragen angeht – ich werde wohl nicht versuchen, den *cursus honorum* zu begehen. Ich bin kein Ritter, habe nicht genug Geld; wie du weißt, müssen alle, die gewählt werden wollen, viel in die Republik stecken. Das Geld reicht aber aus, um hier in besserer Luft zu leben und die Kinder zu erziehen.«

»Das bei euch eigentlich Frau?« sagte Ailymes.

»Was meinst du? Daß die Frauen die Kinder erziehen? Das stimmt; in Karthago doch auch, nicht wahr?«

Bomilkar nickte.

»Er hilft mit«, sagte Aurelia. »Damit gute Römer aus ihnen werden.« Ihr Lächeln war zweideutig.

»Gute Römer?« Bomilkar hob die Brauen. »Was ist das, ein guter Römer? So einer wie der da?« Er nickte zu Laetilius hin.

»Einer, der für das Vaterland streitet? Ja. Aber auch einer, der eigene Gedanken denkt.« Aurelia wandte sich

Laetilius zu. »Manchmal ungern, nicht wahr, Herr des Hauses?«

»Ungern eigene Gedanken denken?« Laetilius blinzelte.

»Ungern dann«, sagte Bomilkar, »wenn die eigenen Gedanken zu Schlüssen führen, die nicht die der Senatoren sind, nehme ich an.« Er seufzte. »Solche Leute gibt es auch in Qart Hadasht.«

»Senatoren? Oder Leute mit eigenen Gedanken?«

»Beides, Aurelia. Gelegentlich habe ich mich dabei ertappt, daß ich mit einem bestimmten Römer besser habe arbeiten können als mit gewissen Ratsherren.«

Laetilius nickte kaum sichtbar. »Mit einem gewissen Römer ließ sich auch besser trinken und reisen als mit, sagen wir, Hanno?«

»Oder, sagen wir, Fabius?« Bomilkar verzog den Mund. »Du mit den rauhen Händen, Herrin des Hauses, Erzieherin der Kinder, was meinst du? Sollten wir vielleicht die Führung der Staaten denen übertragen, die rauhe Hände, aber kein großes Vermögen und keine mächtigen Familien haben?«

Nach kurzem Schweigen sagte Laetilius: »Laß uns von etwas anderem reden. Es kann sein, daß ich eine Reise antreten muß.«

Bomilkar kniff ein Auge zu. »Wohin?«

»Der Prätor – und auch der Senat – wird wissen wollen, wie es kommt, daß Männer, die zur karthagischen Gesandtschaft gehören, in Rom niedergeschlagen und entführt werden.«

»Ah.«

»Du meinst ...«, sagte Aurelia.

»Ich verspreche dir, Holde mit den rauhen Händen, daß ich auf ihn aufpassen werde. Wenn es dazu kommt.«

Bomilkar musterte Laetilius, als wollte er in dessen Gesicht lesen, was zwischen dem kargen Licht der Öllampen und den zuckenden Schatten verborgen lag.

»Ich glaube nicht, daß dieser Kassandros einen römischen Auftrag ausgeführt hat.« Laetilius nahm eine von Aurelias Händen und zog sie an die Lippen. »Deshalb werde ich wohl wieder viele Nächte außerhalb deines Betts verbringen müssen. Wenn es ein karthagischer Auftrag war, müssen wir wissen, weshalb er erteilt, weshalb er in Rom ausgeführt wurde.«

»Bist du dir sicher, daß es kein römischer Auftrag war?«

»Bomilkar, mein guter Feind – ist Laetilius in Karthago wichtig genug, ihn umzubringen? Ist Bomilkar hier wichtig genug, ihn zu entführen?«

Vor dem Einschlafen verbrachte Bomilkar noch eine Weile mit diesem und ähnlichen Gedanken. Nichts wollte sich zusammenfügen, nichts ergab Sinn, weder Sakarbals Verhalten noch Arishs Fragen – abgesehen von dem offensichtlichen Versuch des Aushorchens –, noch die Entführung.

## 11. KAPITEL

Bald nach Sonnenaufgang verließen sie das Tal. Aurelia und die Kinder waren im Haus geblieben, um den Abschied nicht in die Länge zu ziehen. Laetilius schwieg und blickte nach vorn; Bomilkar und Ailymes ritten ein Stück hinter ihm und unterhielten sich leise, um den Römer nicht zu stören.

»Man könnte sein Schweigen verbissen nennen«, murmelte Ailymes.

»Wehmütig, glaube ich, wäre treffender. Ein Abschied von einer prächtigen Frau und wohlgeratenen Kindern, dazu die Aussicht, mit einem punischen Giftzwerg und einem unfreien Libyer zuviel Zeit zu verbringen, all das mag sogar einen Römer melancholisch stimmen.«

»Warum reiten wir eigentlich so früh?«

»Damit wir in der Stadt einige Leute antreffen, ehe sie sich in ihrem Tagwerk verflüchtigen«, sagte Bomilkar.

»Tun Römer so etwas?«

»Ich fürchte, sie tun alles, was auch richtige Menschen tun. Notfalls erschlagen sie sogar Mitreisende, wenn diese unausgesetzt plappern.«

Einer der Männer, die Laetilius bei der Befreiung der Entführten begleitet hatten, wartete wie vereinbart am Bellona-Tempel; bei ihm waren zwei weitere Bewaffnete.

»Der Bote nach Ostia ist gestern abend noch geritten«, sagte er. »Der Prätor stimmt deinen Überlegungen zu, Laetilius, und wünscht eine erfolgreiche Reise.«

»Heißt das ...?« sagte Bomilkar.

Laetilius nickte. »Heißt es. Und weiter? Was ist mit Kassandros?«

»Deshalb bin ich nicht allein hier. Er hat die halbe Nacht mit anderem Abschaum gewürfelt und gezecht, in der bekannten Schänke.«

»Diese Hütte am Hang, über dem Ager Vaticanus?«

Der Mann grinste. »Wo nur Unkraut, Schurken und schlechter Wein gedeihen, ja.«

»Sind die anderen in der Nähe?«

»Zwei Wächter. Und ein Sklave für Botendienste, aber der hat sich bisher nicht gemeldet.«

Laetilius wandte sich an Bomilkar und Ailymes. »Das könnte herb werden. Wollt ihr in der Stadt warten?«

»Wir kommen mit«, sagte Bomilkar. Ailymes nickte.

»Hast du deine fliegenden Messer dabei?«

»Die sind in Qart Hadasht. Ich wollte Rom nicht erschrecken.«

Laetilius schnalzte und trieb sein Pferd an. »Ein Jammer. Bei so einer Keilerei in der Schänke ... Kommt.«

Sie ritten zum Nordrand des Marsfelds, überquerten den Tiber über die Holzbrücke und folgten dann eine längere Strecke dem rechten Flußufer.

Irgendwann sagte Laetilius: »Wenn alles so ist, wie es zu sein scheint, hütet ihr zwei den Hinterausgang; meine Leute und ich gehen rein.«

»Ich würde lieber ...«

Laetilius unterbrach ihn. »Bomilkar, das ist eine römische Arbeit in einer römischen Schänke; entweder so oder gar nicht.«

»Na schön, wenn du es sagst. Aber ich will mit ihm reden.«

»Wenn wir alle überleben, kannst du dich gründlich und lange mit ihm unterhalten. Es wird sicher ein angenehmes Plaudern.«

»Wie sieht Kassandros aus? Damit wir ihn nicht mit einer Schankdirne verwechseln.«

»Etwas größer als ich«, sagte Laetilius. »Schwarzes Haar bis zur Schulter, Augenbrauen wie Stachelraupen. Guter Kämpfer, beidhändig. Schlank, aber stark.«

»Klingt wie gut tanzen«, sagte Ailymes.

»Laß ihn lieber allein tanzen.«

Wo der flache Ager Vaticanus in den Hang des Ianiculum überging, lagen einige undeutlich unterteilte Gärten. In einem struppigen, halbverwilderten Weinfeld auf halbem Hang stand eine niedrige, vielleicht zehn mal zehn Schritte große Holzhütte.

Laetilius hob die Hand. »Warten«, sagte er.

Aus einer Strauchgruppe tauchte ein Mann auf; geduckt lief er zwischen den Weinstöcken entlang und kam näher.

»Wie sieht das auf der anderen Seite aus?« Bomilkar kniff die Augen zusammen und versuchte, neben den Pfosten und Pferdetrögen andere Einzelheiten zu erkennen, etwa Fenster oder Türöffnungen.

»Das ist die Rückseite, an der ihr warten dürft«, sagte Laetilius. »Vorn gibt es etwas mehr Platz für Karren und Tiere, ein vorspringendes Dach, unter dem sich gut in den Abend hinein trinken läßt, und einen Brunnen.«

Die letzten zehn oder zwölf Schritte legte der Näherkommende aufgerichtet zurück. Falls am Haus jemand Ausschau hielt, konnte er die Köpfe der Reiter auf dem Weg sehen, aber der Bewuchs schirmte den Wächter nun ab.

»Ave«, sagte er, als er vor Laetilius' Pferd stand. »Sie sind drin, und es wundert mich, daß man ihr Schnarchen nicht bis hierher hört.«

»Wie viele sind es?«

»Außer dem Wirt und seinen Leuten? Kassandros und fünf andere.«

»Bekannte?«

Der Mann nickte und nannte zwei Namen. »Die drei anderen habe ich schon gesehen, weiß aber nicht, wie sie heißen.«

»Die üblichen Verdächtigen«, knurrte Laetilius. Er sah sich um. »Die Pferde ...«

»Laßt sie am besten hier unten. Ein Wiehern, ein lauter Hufschlag, und alles ist munter.«

Ailymes stieg ab, wickelte die Zügel seines Pferds um einen Zweig und sagte: »Herr, was heißt Seil auf Latein?«

»Funis«, sagte Bomilkar. »Warum?«

Laetilius hatte Frage und Antwort gehört. Auf Punisch sagte er: »Was willst du mit einem Seil?«

»Gefangene fesseln, oder so.«

Einer der drei Römer, die am Bellona-Tempel gewartet hatten, zupfte an sich herum, löste ein Seil, das er unter dem Umhang um seinen Leib gewickelt hatte, und warf es dem Libyer zu.

Ailymes grinste, hob es hoch und sagte: »Gratias tibi ago.«

Der Römer grinste zurück und nickte.

Als sie die Pferde angebunden hatten, gab Laetilius seinen Leuten kurze Anweisungen; dann zwinkerte er Bomilkar und Ailymes zu. »Ihr geht da lang« – er deutete nach rechts, dorthin, wo der geduckte Wächter entlanggelaufen war – »und seht zu, daß Kassandros nicht entwischt. Falls er uns drinnen entgeht.«

»Mars und Fortuna seien mit euch«, sagte Bomilkar.

Der Mann, der bisher die Schänke beobachtet hatte, schloß sich Laetilius an. Die Römer hatten einen längeren Weg zurückzulegen, um ungesehen den Vordereingang erreichen zu können. Bomilkar und Ailymes näherten sich vorsichtig der kleinen Fläche zwischen Pfosten und Trögen. Aus der Nähe konnten sie kleine, hoch angebrachte Fensteröffnungen ausmachen, durch die zweifellos niemand würde kriechen und fliehen können. Die Hintertür war erst zu sehen, als sie die Fläche davor fast erreicht hatten. Wenn es Türangeln gab, lagen sie entweder innen oder waren unter Efeu verborgen; lediglich eine dünne senkrechte Linie, wo das Türblatt endete, zeigte, daß die verwitterte, von Moos und Efeu bewachsene Rückwand nicht unzugänglich war.

Ailymes schlang einen Knoten in eines der Seilenden.

»Was hast du vor?« flüsterte Bomilkar.

»Etwas, das beim Stolpern hilft.« Der Libyer kroch zu einem nah am Haus stehenden Pfosten, kniete davor, legte das Seil knapp unter Kniehöhe um das Holz, machte eine Gleitschlinge, zog sie zu und kroch zurück, bis er einen Pfosten weiter links erreicht hatte. Bomilkar sah die Mundbewegungen, die vermutlich einen lautlosen Fluch bedeuteten – das Seil war zu kurz, um es am zweiten Pfosten zu befestigen. Ailymes kroch wieder ein Stück vor, legte das Schwert neben sich und wikkelte das Seilende um sein linkes Handgelenk.

Warten. Bomilkar hatte das Schwert auf die Kante eines leeren Trogs gelegt, hinter dem er kauerte, und sein Messer steckte griffbereit in einer Ritze.

Plötzlich hörten sie Holz bersten, dann Gebrüll, einen Schmerzensschrei, das schrille Jaulen einer Frau, Gepolter. ›Wahrscheinlich‹, sagte sich Bomilkar, ›haben Laetilius und seine Leute die Vordertür nicht lautlos öffnen können, haben sie aufgebrochen und sind hineingestürmt.‹

Die Hintertür flog auf, ein Mann kam herausgerannt, stolperte über das Seil und schlug lang hin. Ailymes ließ das Seil los und langte nach dem Schwert. Der Gestürzte rappelte sich auf; zugleich erschien Kassandros in der Türöffnung, ließ hinter sich etwas fallen, offenbar eine leichte Bank, über die ein nachdrängender Mann von Laetilius stürzte, und wandte sich dann nach rechts, wo Ailymes noch nicht ganz auf die Füße gekommen war.

Kassandros trug nur einen Leibschurz. Bomilkar sah die kräftigen Muskeln und das Glitzern der Sonne auf der Klinge; der erste Mann, inzwischen wieder auf den Beinen, hielt ebenfalls ein langes Messer oder kurzes Schwert und griff ihn an. Bomilkar tauchte unter dem hoch angesetzten Stich weg, stieß dem Angreifer das Schwert in den Bauch, ließ es fallen und riß das Messer aus der Spalte im Trog.

Kassandros trat nach Ailymes' Schwerthand. Die

Waffe des Libyers flog nach hinten, klirrte gegen einen anderen Trog. Mit der Linken packte Kassandros Ailymes' Haar und hob die Rechte zum Stoß mit dem Kurzschwert. Bomilkar schleuderte sein Messer. Es schien einen Moment in der Luft zu stehen, dann zu liegen, dann bohrte es sich seitlich in Kassandros' Hals. Er führte den Stoß gegen Ailymes noch aus, aber nicht mehr gezielt und nur noch mit verminderter Kraft. Aus der Halsader spritzte schon das Blut; der rote Springquell übersprühte den Libyer, über dem Kassandros langsam zusammensackte.

»Du hättest ihn mich töten lassen sollen, Herr.« Ailymes nestelte an seinem Verband. »Dann hättest du ihn fangen und befragen können.«

»Wenn du weiter solchen Unsinn redest, hole ich das eigenhändig nach. Los, rauf mit dir.« Bomilkar half Ailymes auf den Karren; dann schwang er sich aufs Pferd. »Wollen wir?«

Laetilius nickte und hob den Arm. Der von zwei Pferden gezogene Karren rumpelte über das Pflaster der Via Ostiensis. Sie hofften, bis zum Abend den Strand zu erreichen, vor dem immer noch eine punische Pentere ankern sollte. Die beiden Männer aus der Truppe des Ausländerprätors, die mit Ailymes auf der Ladefläche des Karrens hockten, würden die Pferde zurückbringen.

Kassandros hatte nichts mehr sagen können, die drei überlebenden Zechgenossen behaupteten, nichts zu wissen. Man werde sie, hatte Laetilius gesagt, gründlich befragen, aber wahrscheinlich wußten sie wirklich nichts. Einer hatte gesagt, Kassandros habe nur von einem kleinen Auftrag gesprochen, der ihm viel Geld eingebracht habe, ohne aber Einzelheiten zu nennen. Und da sie alle an derlei gewöhnt seien, hätten sie nicht weiter gefragt.

Bomilkar hielt es für glaubhaft. Aber selbst wenn er gezweifelt hätte – das Schiff wartete, und ganz gleich, ob die Männer unter der Folter Lügen erfanden, damit sie endete, oder neue Wahrheiten äußerten, er konnte und wollte nicht länger in Rom bleiben.

Ailymes' Wunde war schmerzhaft, aber ungefährlich. Als Kassandros den Stoß ausführte, hatte ihn bereits ein großer Teil seiner Kraft verlassen. Die Klingenspitze hätte, wie der Stoß angesetzt war, entweder am Schlüsselbein vorbei von oben ins Herz dringen oder sich zwischen die Halswirbel des Libyers bohren sollen; statt dessen hatte die Schneide des Schwerts ihm eine blutige Furche in den Rücken gegraben. Er konnte nicht reiten, aber das Rumpeln des kaum gefederten Karrens mußte ihm arge Schmerzen bereiten.

»Fühlst du dich leicht?« sagte Bomilkar, als sie die enge Vorstadt verlassen hatten und er sein Pferd neben den Karren lenken konnte.

Ailymes zeigte die Zähne. »Wie ein Vogel, der den Pfeil, der ihn getroffen hat, durch die Luft schleppt.«

»Wo ich geboren bin, in Uttuq, sagt man, der Vogel, der durch die Luft humpelt, ist auch nicht besser dran als der Wurm, der unter der Scheißekruste entlangfliegt. Falls dich das tröstet.«

Ailymes grinste mühsam. »Erbaulich, Herr – aber wie heißt dein Geburtsort?«

»Die ganz Alten sagen Uttuq, das ist der alte phönikische Name. Die ...«

»... Römer sagen Utica«, rief Laetilius über die Schulter zurück, »wenn ich nicht irre.«

»Die Chanani sagen heute Ityke, wie die Hellenen. Auf ein Wort oder zwei, Römer.«

Laetilius ritt langsamer, Bomilkar ebenfalls, bis beide nebeneinander hinter dem Karren waren.

»Zwei gewichtige Worte?«

»Vielleicht. Was genau willst du, sollst du, bei uns herausfinden?«

Laetilius gluckste. »Ob Aspasia geneigt ist, mir im Tausch gegen Aurelias Grüße ein Lächeln zu schenken.«

»Das wäre ein Handel, kein Geschenk. Ich glaube nicht, daß Rom sich so große Gedanken über die Gründe macht, die dazu geführt haben, daß ein gewisser unwichtiger Bomilkar niedergeschlagen und entführt wurde.«

Laetilius nickte; mit schlechtgespielter Verdrossenheit sagte er: »Vielleicht schicken sie mich ja auch nur los, damit ich meine Zeit vergeude, indem ich herausfinde, daß der Anschlag eigentlich Ailymes galt.«

»Wenn du willst, daß ich lache, dann solltest du mich kitzeln.«

»Unbequem, so von einem Pferd zum nächsten.«

Bomilkar zügelte sein Tier und bedeutete Laetilius, dies ebenfalls zu tun. Als sie außer Hörweite der Männer auf dem Karren waren, sagte er: »Unter uns, Titus.«

»Ups«, sagte der Römer. »Das ist nicht die Anrede unter guten Feinden.«

»Ich weiß. Arish, Fünf-Herr für das Ausland, zieht an einem Strang mit Hanno; Sakarbal zieht an einem anderen, vielleicht mit Hasdrubal. Ich ziehe an dem, der in Hasdrubals Hand endet, weiß aber nicht, ob es der ist, an dem Sakarbal zupft.«

Laetilius betrachtete ihn von der Seite, mit halbgeschlossenen Augen. »Und?«

»Ehe Fabius mich zu sich kommen ließ, hat Arish versucht, mich auszuhorchen, was genau Hasdrubals Pläne sind. Danach hat Fabius das gleiche getan – als ob er sich vergewissern wollte, daß die Punier wirklich uneins sind. Ich mag es nicht recht glauben.«

»Warum nicht?«

Bomilkar seufzte. »Die punische Uneinigkeit ist uns so vertraut wie die Tatsache, daß die Sonne im Osten aufgeht und im Westen sinkt.«

»Vielleicht erhofft sich Fabius von dir Aufschlüsse darüber, wo die Sonne sich aufhält, wenn über uns Nacht ist.«

»Das wissen wir doch längst. Auf der anderen Seite der Kugel, die die Welt ist.«

Laetilius wiegte den Kopf. »Laß uns weiterreiten – nicht zu schnell, nicht zu nah am Karren, aber weiter. Ich weiß, Bomilkar, in Alexandria gibt es einen Gelehrten, der sogar den Umfang der Kugel berechnet hat, etwa fünfundzwanzigtausend römische Meilen.«

Bomilkar ächzte laut. »Phönikische und punische Seefahrer sind an der Küste Libyens so weit nach Süden gesegelt, daß sie eines Tages die Mittagssonne im Norden gesehen habe. Ich weiß, daß ihr das wißt; ich weiß auch, daß der Gelehrte in Alexandria Eratosthenes heißt, und vor allem weiß ich, daß du jetzt über Erdmessung mit mir redest, um von meinen Mutmaßungen abzulenken.«

Laetilius lächelte flüchtig. »Mutmaßungen? Welche Mutmaßungen?«

»Daß Fabius nicht glaubt, daß wir wirklich so uneinig sind. Und daß du herausfinden sollst, was es damit auf sich hat.«

»Unfeind, du irrst«, sagte Laetilius; er klang ein wenig erheitert. »Dafür haben wir andere Leute. Wie du weißt. Du kannst mir wahrscheinlich sogar ihre Namen nennen. Jedenfalls die meisten, nicht wahr?«

»Erzähl mir nicht, es geht nur um diese Entführung.«

»Es geht um die Entführung. Auch.«

»Ah. Und worum noch?«

Laetilius schwieg einen Moment, dann trieb er sein Pferd wieder an. »Laß uns zum Karren aufschließen.«

»Du willst nicht darüber reden, nicht wahr?«

Laetilius streckte Hand aus und legte sie auf Bomilkars Unterarm. »Freund Punier«, sagte er, und dabei klang er ganz ernst, »bei Aspasias Händen und Aurelias Augen und dem Leben meiner Kinder: Was ich tun soll, ist nicht gegen dich gerichtet, und ehe ich Karthago verlasse, wirst du es erfahren. Von mir.«

Bomilkar kaute auf der Unterlippe, dann sagte er leise: »Damit muß ich mich wohl vorerst begnügen. Ist es gegen meine Stadt gerichtet?«

»Meinst du Utica oder Karthago?«

»Qart Hadasht, du schwarzes Schwein.«

Laetilius lachte. »Abermals beim Leben meiner Kinder und bei Aspasias Armen – nein. Ich will Roms Anliegen fördern, und diesmal ist es dazu nicht nötig, Karthago zu schaden. Aber sag, du hattest von zwei Worten gesprochen; ich nehme an, das war bisher nur das erste.«

»Ja. Das zweite Wort betrifft die Sammlung rostiger, zerbrochener Schwerter und Lanzenspitzen.«

»Ah«, sagte Laetilius. »Die Sammlung des Fabius. Was ist damit?«

»Rostig, zerbrochen, unbrauchbar – was will er damit? Schmelzen und neu schmieden? Das erscheint mir ... albern.«

Laetilius nickte. »Mir auch. Aber – tja, ich weiß es auch nicht.«

Rab Bomilkars Pentere wartete auf der Reede. Laetilius verabschiedete sich von seinen Leuten; ein Boot des Hafenmeisters brachte ihn, Bomilkar und Ailymes hinaus zum punischen Kampfschiff. Noch am gleichen Abend holten sie den Anker ein und segelten mit günstigem Wind in die Nacht.

Tage später, als sie die Westspitze Siziliens hinter sich gelassen hatten, sichteten sie ein schnelles Boot. Es änderte den Kurs und kam schnell näher.

»Ein Kurierschiff«, sagte Bomilkar.

»Vielleicht haben die Makedonen in Ägypten euch den Krieg erklärt?« Laetilius blickte Ailymes an. »Oder sie haben ein neues Heilmittel für deine Schulter an Bord.«

Der Libyer bewegte den Arm. »Zwicken könnte ich dich inzwischen wieder, aber – oh, auf dem Rücken schlafen!«

»Auf wessen?« sagte Laetilius.

Das Kurierboot ging längsseits; jemand warf einen Packen auf die Pentere. Ein Seemann hob ihn auf und brachte ihn dem Kapitän. Bis er ihn erreichte, war das andere Boot schon wieder etliche Längen entfernt und ging auf Westkurs.

»Iberien?« sagte der Römer. »Oder die Inseln der Baliaren?«

»Vielleicht nur ein paar Häfen an der libyschen Küste.« Bomilkar sah zu, wie der Kapitän die Schnüre öffnete, die das Wachstuch zusammenhielten, dann versiegelte Rollen in die Hand nahm, die Siegel erbrach und las.

Ailymes und Laetilius setzten ihr spöttisches Geplänkel fort. Bomilkar starrte aufs Meer hinaus, dann wieder zum Achterdeck, wo Rab Bomilkar eben eine weitere Rolle öffnete, las und sich versteifte. ›Etwas Überraschendes oder Unangenehmes‹, dachte er. ›Was kann in diesen Friedenszeiten bei der Flotte überraschend oder unangenehm sein? Die Mitteilung, daß das Schiff abgewrackt wird und der Kapitän seine Zukunft an Land verbringen soll?‹

Mit kleinen, steifen Schritten kam Rab Bomilkar auf sie zu; in der Linken hielt er eine Rolle, mit der er beim Gehen an seinen Oberschenkel klopfte.

»Was stört deine Beschaulichkeit?« sagte Bomilkar, als der Kapitän sie erreicht hatte.

»Lies, dann wirst du es wissen.«

Bomilkar nahm den Papyros, entrollte ihn, las, ließ ihn sinken und schüttelte den Kopf. »Welcher Daimon hat ihnen denn ins Gehirn geschissen?« murmelte er.

Der Kapitän spitzte die Lippen, als wollte er ausspukken. »Das frage ich mich auch.«

»Darf ein bloßer Römer erfahren, welche schwierigen Botschaften ihr da erwägt?« sagte Laetilius.

»Er darf nicht nur, er sollte. Du auch, Ailymes. Ihr befindet euch in der Gesellschaft eines Verräters.«

»Wer ist gemeint?« sagte Ailymes.

»Hat der Nauarch geplaudert?« Laetilius zwinkerte dem Kapitän zu.

»Lauscht und genießet, o ihr ahnungslos Reisenden. ›Da die Annahme unsinnig ist, daß Bomilkar, bisher

Herr der Wächter der Stadt, in Rom entführt worden sein könnte, hat der Rat befunden, daß Bomilkar vermutlich zu den Römern übergelaufen ist. Wer ihn findet, möge ihn ergreifen oder notfalls töten. Sollte er gefangen werden, ist er in den Ratskerker zu bringen, ohne ihm vorher die Gelegenheit zu geben, andere mit seinen verräterischen Gedanken anzustecken. Sein Rang gilt nicht mehr.‹ Es folgen Stempel und eine unleserliche Unterschrift.«

Laetilius hatte bisher auf den Planken gesessen, den Rücken an die Bordwand gelehnt. Nun stand er auf, reichte Ailymes eine Hand und zog den Libyer ebenfalls auf die Beine.

»Punischer Unfug«, sagte er. »Was soll das? Wer hat sich das denn einfallen lassen?«

Ailymes kicherte und schaute in Bomilkars Gesicht. »Herr, Verräter, was sind deine verräterischen Befehle, die ich gern ausführen will?«

»Rabo«, sagte Bomilkar, »was wirst du tun? Ich bin in deiner Gewalt.«

Der Kapitän nickte. Er runzelte die Stirn, wandte sich halb ab, schien den Mastfuß zu betrachten, den erhöhten Bug und das Meer; er bewegte den Mund, als wollte er alle Fische zwischen Libyen und Italien einzeln beim Namen nennen. Dann tippte er gegen Bomilkars Brust. »Und du? Was wirst du tun? Wenn ich dich tun lasse.«

»Denken«, sagte Bomilkar. »Zuerst denken, dann ...«

»Denken?« Laetilius nickte. »Unüblich, aber es könnte helfen. Ausnahmsweise.«

»In Ermangelung sinnloser Befehle ist selbständiges Denken der beste Weg in den Untergang.« Bomilkar grinste, wurde aber sofort wieder ernst.

»Wer kann das angerichtet haben?« sagte Ailymes.

»Arish, Sakarbal, oder beide zusammen.«

»Aber wozu?«

Bomilkar hob die Schultern. »Wenn ich das wüßte, wäre ich schon ein Stück weiter.«

Der Kapitän kratzte sich am Kopf. »Wenn der Wind hält, werden wir kurz nach Sonnenuntergang die Bucht erreichen. Wenn nicht, müssen wir rudern, dann wird es Mitternacht oder später. Was ist dir lieber?«

»Rabo, ich wiederhole meine Frage von vorhin – was wirst du tun?«

»Ihr habt mir eine schöne Geschichte erzählt, über römische Sklavenhändler und hellenische Totschläger. Ich sehe keinen Grund, euch diese Geschichte nicht zu glauben. Euch und der blutigen Schulter von Ailymes.«

»Das heißt?«

Der Kapitän blähte die Wangen und machte »pffft«. Dann sagte er, langsam, wie versonnen: »Den Befehlen des Rats habe ich zu gehorchen. Wenn mich ein Befehl erreicht, der offensichtlich unsinnig ist, steht es mir als Kapitän zu, eine Frage zu stellen oder zu widersprechen. Es ist niemand da, den ich fragen oder dem ich widersprechen könnte.« Er schwieg und rümpfte die Nase.

»Stinkt etwas?« sagte Laetilius.

»Sagen wir, ein durchdringender Duft von Verwesung behelligt mein Denken.« Rab Bomilkar seufzte, lehnte sich mit dem Rücken an die Bordwand und rutschte an ihr hinunter. Auch die drei anderen setzten sich wieder.

»Es war gut und würdig, zu dir aufzuschauen«, sagte Ailymes. »Wie sollen wir das tun, wenn du neben uns sitzt?«

»Schau woandershin, oder schließ die Augen. Da also niemand hier ist, dem ich widersprechen kann, muß ich den Widerspruch und alle Fragen aufschieben, bis wir die Stadt erreicht haben.«

»Das stimmt«, sagte Bomilkar. »Und sobald wir im Hafen sind, muß Laetilius von Bord gehen, denn kein Römer darf den Kriegshafen sehen.«

»Und sobald wir anlegen, um ihn an Land gehen zu lassen, werden Büttel des Rats dich und wahrscheinlich auch Ailymes holen und in den Ratskerker bringen.«

Bomilkar nickte. »Oder woandershin, wo keiner uns finden kann.«

»Eben. Wenn euch keiner findet, wenn keiner weiß, wo ihr seid, kann keiner etwas für euch tun. Ich werde zum Rat gehen und widersprechen, man wird meinen Widerspruch niederschreiben und mir einen eiligen Auftrag erteilen, der mich nach Iberien oder sonstwo hinführt.«

Laetilius schnalzte leise. »Ich will euch nicht ... Nein, sagen wir so: Die Heiterkeit eurer Gedanken beglückt mich. Ist es denn nicht auch vorstellbar, daß man dich zum Rat bringt, befragt und dann den Befehl wieder aufhebt?«

»Vorstellbar?« Bomilkar knurrte. »Vieles ist vorstellbar, aber ...«

Der Kapitän unterbrach ihn. »Nichts da. Dieser Unsinn muß von einem der Ratsherren ausgehen. Wenn er ein Trottel ist, läßt er zu, daß Bomilkar sich verteidigt, und wenn er sich gut verteidigt, weiß die ganze Stadt, daß der Ratsherr ein Trottel ist. Er wird also dafür sorgen – er wird dafür sorgen müssen, daß Bomilkar sich nicht verteidigen kann. Wo soll ich dich an Land setzen?«

»Willst du das wagen? Du stellst dich gegen den Rat.«

»Da werde ich nicht allein stehen; ich kenne genug andere Kapitäne, die sich an meine Seite stellen, wenn ich ihnen die Sache darlege. Schließlich gibt es Gesetze und Überlieferungen, an die sich auch der Rat halten muß. Und sicher hast du im Rat auch Fürsprecher.«

Laetilius lachte plötzlich. »Was ist mit Nampamo?«

»Wer ist das?« sagte der Kapitän.

»Kennst du die Zunge?«

»Ich weiß, wo sie ist, mehr nicht.«

»Ich weiß es nicht und kenne den Mann auch nicht«, sagte Ailymes. »Erhelle mich, Herr.«

»Die Zunge«, sagte Bomilkar, »ist der Landstreifen zwischen der Bucht von Qart Hadasht und dem Tynes-See.«

»Ah.« Ailymes nickte. »Bei uns heißt das ›Die Schärpe‹. Ich war aber noch nie dort.«

»Es gibt zwei Öffnungen mit kleinen Brücken, um Lastkähne und Fischerboote durchzulassen. Die erste ist gleich südlich des Hafens, die zweite ungefähr in der Mitte. Auf der Zunge gibt es Schuppen, Werkstätten, kleine Werften, vor allem im Norden, wo der Landstreifen eher schmal ist. Weiter südlich sind Gärten von Obst- und Gemüsebauern. Insgesamt ist die Zunge vielleicht viertausend Schritte lang und nirgends breiter als etwa vierhundert. Die Bauern und Fischer wohnen da, und einer von ihnen heißt Nampamo.«

»Meinst du nicht, sie werden dich da suchen? Immerhin hast du voriges Jahr ...«, sagte Laetilius.

»Vielleicht, aber jedenfalls nicht sofort.«

»Was ist mit diesem Nampamo?« sagte der Kapitän. »Ist er zuverlässig? Ein Freund?«

»Einer von Hamilkars Unterführern im Römischen Krieg. Er fischt, zieht Kräuter und Gemüse, hat ein paar Tiere und eine Schänke, in der man wundersam gut essen kann.«

»Das freut mich, aber das heißt nicht, daß er zuverlässig wäre.«

Bomilkar seufzte leise. »Es ist eine lange, gräßliche Geschichte, mein Freund. Kurz gesagt: Er ist im Krieg verwundet worden und heimgekehrt. Ein paar Jahre später, im Söldnerkrieg, haben Numider alles zerstört, ihn gekreuzigt und vom Kreuz aus zusehen lassen, wie sie seine Frau schänden und töten und seine beiden Kinder lebendig verbrennen. Ihm haben sie die Unterschenkel gebrochen und ihn, ans Kreuz gebunden, hängen lassen. Er hat jetzt eine schwarze Frau aus dem Süden, die die Tiere hütet und guten Ziegenkäse macht. Und voriges Jahr hat er sich an dem Führer der Numider rächen können.«

»Das klingt, als hättest du etwas damit zu tun gehabt.«

»Ein bißchen.«

»Dann wird er wohl zuverlässig sein. Soll ich euch dort an Land setzen??

»Das wäre gut. Und ich stünde lange in deiner Schuld, Rabo.«

Der Kapitän machte eine Handbewegung, als wollte er ein lästiges Insekt verscheuchen. »Unter uns Bomilkars«, sagte er, »sollte man einander helfen.«

Ailymes räusperte sich. »Was ist mit mir, Herr?«

»Zu welcher Einheit gehörst du – ursprünglich?«

»Ehe sie mich auf die Schiffe geschickt haben? Da war ich in der Festung.«

»Schwierig«, sagte Laetilius. »Giskon ist dein Freund, oder? Aber wie willst du ihm etwas mitteilen?«

»Noch schwieriger.« Bomilkar rieb sich die Nase und legte den Kopf in den Nacken. An den Himmel, die Wolken und die Mastspitze gewandt, sagte er: »Laß mich noch einmal den Ratsbefehl sehen, Rabo.«

Der Kapitän reichte ihm den zusammengerollten Papyros.

»Das ist das Siegel des Fünf-Herrn für Ordnung«, sagte Bomilkar, nachdem er alles noch einmal genau betrachtet hatte. »Entweder ist es ein richtiger Ratsbeschluß, dann weiß Giskon davon und hat entweder nichts dagegen sagen wollen oder können. Oder es ist ein Beschluß unter Fünf-Herren und vielleicht einem oder zwei anderen, dann weiß Giskon nichts. Ich glaube, es ist zu gefährlich für dich, einfach so zurück zur Festung zu gehen. Was macht die Wunde?«

Ailymes bewegte den Arm. »Au«, sagte er. »Es wird noch ein paar Tage dauern.«

»Dann kommst du mit zu Nampamo; alles weitere sehen wir später.«

»Um Vergebung, Herr, aber ich wüßte etwas Besseres.«

»Was denn?«

»Ich glaube nicht, daß mich in der Stadt jemand erkennt oder sucht. Vielleicht sollte ich mit dem Schiff in den Hafen gehen, mich ein wenig umhören und dir dann bei Nampamo Bescheid sagen.«

Bomilkar wackelte mit dem Kopf. »Willst du das wirklich wagen? Was meint ihr?«

Der Kapitän hob die Schultern und zeigte die leeren Handflächen. »Nicht schlecht, aber vielleicht zu gefährlich. Wenn du wirklich glaubst, Giskon weiß nichts.

Oder kann nichts tun. Aber ...« Er holte tief Luft. »Also, wenn Giskon machtlos wäre, dann hätten sie sich der Stadt bemächtigt, oder?«

»Wer sind sie?« sagte Bomilkar. »Wir wissen es nicht. Giskon vertritt den Strategen von Libyen und Iberien, also Hasdrubal. Hasdrubal kann unabhängig vom Rat handeln, aber wenn der Rat beschließt, ihn abzusetzen, weiß ich nicht, was geschieht. Und natürlich könnte der Rat Giskon absetzen, unter irgendeinem Vorwand, und bis Hasdrubal etwas dagegen unternehmen kann ...«

»Was ist mit mir?« sagte Laetilius. »Ihr redet, als sollte ich mit dir zu Nampamo. Ich bin im Auftrag Roms hier; was sollte mir geschehen?«

»Nichts«, sagte Bomilkar. »Oder alles. ›Wir bedauern, Senat und Volk und dem Ausländerprätor mitteilen zu müssen, daß der geschätzte Titus Laetilius Mucro von einem Karren überfahren wurde.‹ Wenn alles so ist, wie wir schlimmstenfalls annehmen, können sie es sich auch nicht leisten, dich über die italischen Vorgänge reden zu lassen. Oder sie werden sagen, Bomilkar ist ja zu den Römern übergelaufen, wieso sollen wir jetzt einem Römer glauben, daß es anders ist? Du würdest bestenfalls nichts erreichen, und schlimmstenfalls ...«

»Also Nampamo? Na gut.« Laetilius grinste. »Ich freue mich schon auf seine Muscheln und Krebse.«

»Wo willst du ihn an Land setzen?« sagte Bomilkar.

Der Kapitän zwinkerte. »Offenbar nicht im Hafen, wie? Was schlägst du vor?«

»Falls ihr erwartet werdet, kannst du ihn verstecken? Wenn man euch durchsucht?«

»Mit Vergnügen.«

»Aber damit ist er noch nicht an Land.«

»Es wird dunkel sein, wenn wir ankommen.« Der Kapitän grinste. »Ehe ich mir sicher bin, daß alles gut beleuchtet ist, kann ich nicht in den Hafen fahren. Ich werde an der Landestelle vor dem Hafen ankern und sehen, ob alle Fackeln brennen. Dabei kann einer aus meiner Begleitung zufällig verlorengehen.«

Ein Jahr zuvor hatte Laetilius beim Anblick von Nampamos Gesicht, einer Landschaft aus Schründen und Falten, die Mutmaßung geäußert, er habe dieses Antlitz einem Daimonen entwendet. Bomilkars Empfindungen waren andere; als er über das flackernde Öllämpchen in die klugen Augen des alten Halblibyers schaute, fühlte er sich zu Hause.

Sie waren an Land gewatet, hatten nach längerem Suchen in der Finsternis – der junge Mond blinzelte nur hin und wieder durch die Wolken – Nampamos Hütte gefunden und ihn und seine Frau geweckt. Nun standen Becher mit Wein und Wasser auf dem Tisch, dazu ein wenig Brot und Früchte, und Bomilkar hatte mit gelegentlichen Ergänzungen von Laetilius den Grund für die nächtliche Störung dargelegt.

»Jemand mag dich nicht«, sagte Nampamo nach kurzem Schweigen.

»Das kann nicht alles sein.« Im Halbdunkel war vom Gesicht der schwarzen Frau kaum mehr zu sehen als das Weiß der Augäpfel. Nyagu beugte sich vor und bleckte die Zähne. »Niemand von den hohen Herren macht so etwas, nur weil er dich nicht leiden kann.«

»Das werden wir klären müssen. Zuerst haben wir eine andere Frage zu erörtern. Können wir ein paar Tage hierbleiben?«

Nampamo blickte Nyagu an. »Ein alter Freund und ein dahergelaufener Römer kommen uns besuchen«, sagte er. »Was meinst du?«

Sie deutete ein Nicken an. »Wenn alte Freunde uns besuchen, sind sie willkommen. Sie haben uns ja nicht gesagt, daß man nach ihnen sucht. Oder habt ihr etwas gesagt?«

Laetilius lachte. »Wir haben von der Dummheit der Ratsherren geschwiegen und auch die Namen Sakarbal und Arish nicht erwähnt.«

»Recht so.« Nampamo wies mit dem Kinn nach rechts ins Dunkel. »Da werden für euch ein paar Matten und Decken zu finden sein. Ihr solltet euch aber tagsüber nicht zeigen. Die Nachbarn, wißt ihr, und natürlich die Leute aus der Stadt, die hin und wieder mein Gekoche kosten wollen ...«

»Wir werden uns unsichtbar machen. Vielleicht können wir tagsüber mit Nyagu auf die Weide gehen und Ziegen melken.« Bomilkar leerte seinen Becher, stand auf und gähnte. »Laßt uns schlafen und davon träumen, daß es nur ein paar Tage dauert. Ein Libyer, Ailymes, könnte auftauchen, um zu berichten.« Er beschrieb den jungen Soldaten; schließlich sagte er: »Und die Leute vom Schuppen kennt ihr ja sowieso.«

»Wir werden sie zu euch lassen«, sagte Nampamo. »Für alle anderen – ah, wir wissen nichts.«

## 12. KAPITEL

Er weckte sie kurz vor Sonnenaufgang, »solange in neugierigen Augen noch der Staub der Träume klebt«. Nyagu führte sie über einen schmalen Pfad durchs Schilf am Ufer des Tynes-Sees. Irgendwann blieb sie stehen, wandte sich um und legte einen Finger an die Lippen. Sie warteten und lauschten. Stimmen waren zu hören, zu weit entfernt, als daß man Worte hätte verstehen können. Sie schienen lauter zu werden, dann leiser, schließlich herrschte wieder Stille, bis auf das Rascheln des leichten Morgenwinds im Schilf, unwirsche Schreie früher Vögel, die sich noch nicht zu Gesang aufschwingen mochten, und das ferne Rauschen des Meers in der Bucht.

»Fischer«, flüsterte Nyagu, »vielleicht Bauern mit Waren für die Stadt. Sie gehen den breiten Weg.«

»In Rom«, sagte Laetilius halblaut, »frühstücken wir morgens. Manchmal.« Er grinste.

»Hier auch.« Nyagu deutete voraus. »Nicht mehr lange, kleiner Römer, bis du die Zähne verwenden kannst.«

Wenige hundert Schritte weiter stieg der Pfad plötzlich an und endete auf einer kleinen Lichtung zwischen dornigen Büschen. Nyagu ging voran, schob Zweige beiseite, duckte sich unter Ästen, und dann standen sie am Rand einer Viehweide, auf der sich ein paar Pferde, fünf Dutzend Schafe und ebenso viele Ziegen aufhielten. Zwei zottige Hunde kamen, stupsten Nyagu mit der Schnauze, knurrten die fremden Männer an und liefen zurück zu den übrigen Tieren.

»Sind wir hier sicher?« Bomilkar sah sich um.

»Der Weg ist da drüben.« Nyagu deutete auf einen Wall aus Dornbüschen. »Könnt ihr etwa den See sehen? Oder das Meer? Also!«

Aus einer flachen Schilfhütte am Rand der Weide erschien ein schlanker Schwarzer. Er grinste Nyagu an, nickte den Männern zu und winkte einladend.

»Wer ist das?« sagte Laetilius.

»Filasuqa. Kommt.«

Während sie zur Hütte gingen, erzählte sie, der Mann sei aus dem tiefen Süden, von einem ganz anderen Volk als sie, mit anderer Sprache und anderen Gebräuchen. Er habe das Unglück gehabt, als Junge gefangen und versklavt zu werden; die Händler hätten ihn an einen numidischen Fürsten im Südwesten verkauft, und der habe ihn entmannt und als Hüter der Frauen und Kinder verwendet. Jahre später sei es ihm gelungen zu fliehen, als der alte Fürst starb und sein Sohn sich nicht gegen einen stärkeren Vetter behaupten konnte.

»Wenn die Herren einander umbringen«, sagte Nyagu, »bringen sie meistens auch die treuen Diener der Unterlegenen um. Da ist es dann besser, die Nähe der Klingen zu meiden.«

»Warum ist er nicht heimgekehrt – wohin auch immer?« sagte Laetilius.

»Er ist wahrscheinlich sechzig Jahre alt, genau weiß er es nicht. Es sind achtzig oder neunzig Tagereisen bis zu seiner Heimat, in der vielleicht keiner von seiner Sippe mehr lebt.« Nyagu hob die Schultern. »Einsam sterben kann man auch in der Fremde. Vor allem, wenn die einem inzwischen vertrauter ist. So, hinein mit euch.«

In der Hütte gab es eine kleine gemauerte Feuerstelle. Auf dem Rost stand ein Topf, in dem Wasser kochte. Außerhalb der Behausung mußte es wohl eine Art Backofen geben, denn Filasuqa reichte ihnen frisches, noch warmes Brot, dazu Käse, kalten Bratfisch und heißen Kräutersud, den er mit dem kochenden Wasser bereitete.

Sie aßen und tranken, um sich wider den Tag zu befestigen; dabei versuchten sie, ein Gespräch mit dem ehemaligen Sklaven zu führen, aber das war kaum möglich. Außer dem kehligen numidischen Dialekt seiner früheren Herren, von dem Bomilkar kaum etwas und Laetilius gar nichts verstand, beherrschte er nur ein paar Brocken Punisch und ein paar Fetzen Libysch. Bomilkar betrachtete die tiefen Runzeln im Gesicht des Mannes und seufzte lautlos. ›Was für ein von gnadenlosen Daimonen verhängtes Leben‹, dachte er, ›und welche Geschichten er wohl erzählen könnte!‹

Die Weide lag südlich der Stelle, wo die Zunge wieder zu Festland wurde. Nyagu sagte, es sei wohl besser, wenn sie erst einmal hierblieben; gegen Langeweile empfahl sie, Ziegen zu melken und Wolken zu zählen oder dem Hörbild zu lauschen, das Wind und Gräser, Vögel und andere Tiere aus ihren Lauten woben.

Nachmittags zeigte sie ihnen eine Stelle, von der aus man den breiten Weg gut überblicken konnte; auf der anderen Seite führte ein schmaler Pfad zum Ufer der

Bucht von Qart Hadasht, und sie verbrachten dort einige Zeit, indem sie aufs Wasser schauten, den Zwei-Hörner-Berg am Ostufer der Bucht betrachteten und die Schiffe zählten, die zwischen den Orten drüben und Qart Hadasht Menschen und Waren beförderten.

Mehrmals beredeten Bomilkar und Laetilius die Vorgänge und die möglichen Hintergründe, aber so oft sie die Dinge auch hin und her wendeten, sie kamen nicht zu hilfreichen Erkenntnissen.

Nyagu kehrte abends heim zu Nampamo. Am nächsten Morgen brachte sie keine Neuigkeiten.

»Die übliche Menge von Gästen«, sagte sie. »Nampamos Muscheln und Krebse und Fische, ein paar Schluck Wein, ein paar Sätze, nichts von Bedeutung. Keiner hat nach euch gesucht, und niemand hat etwas aus der Stadt berichtet, was euch weiterhelfen könnte.«

»Schirmherrin der Flüchtlinge«, sagte Bomilkar, »Verweserin der Zuflucht und der zähflüssigen Zerstreuung, wir werden diese Nacht hier verbringen und den morgigen Tag. Am Abend werden wir uns in die Stadt begeben – es sei denn, im Lauf des Tages geschähe etwas, was uns daran hindert oder früher aufbrechen läßt.«

Nyagu wackelte mit dem Kopf. »Ich weiß nicht, ob es klug ist.«

»Ungeduldige Männer sind nicht klug«, sagte Laetilius. »Abwarten trägt selten zur Mehrung des Wissens bei.«

Sie lächelte. »Das hat Nampamo auch gesagt.«

»Hat er sonst noch etwas gesagt?«

»Er hat, Bomilkar. Vieles, zum Beispiel dies, daß er annimmt, ihr werdet es nicht länger als bis morgen abend aushalten. Und daß er euch dann in Fetzen wikkeln und eure Gesichter färben wird.«

Als sie am nächsten Tag kurz vor Sonnenuntergang mit Nyagu zu Nampamos Schänke gingen, trafen sie dort Ailymes an.

»Er ist eben erst gekommen und wollte gleich zu euch weiter«, sagte Nampamo. »Ich habe ihm aber gesagt, er soll sich die Mühe sparen.«

»Was bringt dich her?« sagte Bomilkar. »Gibt es Neuigkeiten? Und was macht die Schulter?«

Der Libyer hob den Arm. »Immer besser – die Schulter, meine ich. Nicht die Neuigkeiten.«

»Erzähl.«

»Mit Wein und Fisch erzählt sich besser«, sagte Nampamo. »Heute wird keiner mehr kommen, ich glaube, ihr müßt euch nicht im Haus verstecken.«

Neben seiner Hütte, mit Schilfmatten zwischen Pfosten zum Weg hin abgeschirmt und mit Schilfgeflecht auf Latten gegen die Sonne oder andere Unbill des Himmels geschützt, befand sich die eigentliche Schänke: Tische und Bänke für bis zu dreißig Leute. Dort saßen sie, während über dem Tynes-See die Sonne sank. Nampamo brachte ihnen Wein und Wasser, Brot, Bohnenmus, gebratenen Fisch und frisch gekochte Krebse; zwischendurch lauschte er und machte einige bissige Bemerkungen.

»Dies also ist die Lage«, sagte Ailymes schließlich, als er seine Wanderungen der beiden vergangenen Tage wiedergegeben hatte. »Kapitän Bomilkar befindet sich wahrscheinlich im Ratskerker, sein Schiff ist mit einem neuen Kapitän wieder ausgelaufen, der Schuppen ist geschlossen und verwaist, ein Punier namens Mago ist bis auf weiteres Herr der Büttel, dein Stellvertreter Autolykos ist verschwunden, an den Herrn der Festung konnte ich mich natürlich nicht wenden, und der Arzt

Artemidoros sagt, nur im Zwielicht sei Zuflucht. Nicht daß ich verstünde, was er damit sagen will.«

Bomilkar hatte alle Fragen gestellt, die ihm einfielen, bis auf eine. »Ah, ehe ich's vergesse: Hast du einen vorsichtigen Blick in die Werkstatt werfen können?«

Ailymes setzte den Becher ab und wischte sich die Lippen. »Eine schmackhafte Frau«, sagte er, »wenn auch für mich ein paar Tage zu alt. Sie arbeitet, aber sie wirkt nicht besonders fröhlich. Und ich habe zwei Männer gesehen, die sich in der Nähe aufhalten, manchmal einfach auf der anderen Straßenseite, und sie zu beobachten scheinen.«

»Das heißt, sie haben alle beseitigt oder fortgeschafft, die dir helfen könnten«, sagte Laetilius. Er pfiff mißtönend durch die Zähne. »Gründlich. Für Punier überraschend gründlich. Fast könnte man meinen, Römer wären am Werk. Aber warum bewachen sie Aspasia?«

»Sie kann nichts tun«, sagte Bomilkar. »Aber wenn ich mich mit jemandem ins Benehmen setzen würde, dann vor allem mit ihr.«

»Warum beseitigen sie sie nicht auch?« sagte Nyagu.

Nampamo schüttelte den Kopf und blickte sie beinahe vorwurfsvoll an. »Weib, wozu? Sie ist harmlos, aber wenn Bomilkar irgendwann aus Italien heimkehrt, wird er sich an sie wenden, und dann können sie ihn schnappen.«

Bomilkar schwieg. Er hatte die Hände auf dem Tisch gefaltet und betrachtete seine Fingerspitzen. ›Eigentlich warte ich darauf‹, sagte er sich, ›daß meine Nackenhaare sich regen.‹ Er blickte auf und räusperte sich.

»Eine Frage noch, Ailymes – wie hast du mit Artemidoros sprechen können? Unbeobachtet?«

Der Libyer rümpfte die Nase. »Alles stinkt«, sagte er. »Nein, nicht unbeobachtet. Ich nehme an, sie können ihn, weil er der Arzt der Festung ist, nicht einfach so fortschaffen, aber er ist nie allein. Nein, ich habe vor seinem Eingang gewartet, als Bettler auf dem Boden gehockt, und als er herausgekommen ist, habe ich um eine Gabe gebeten und dazu geflüstert: ›Für Bomilkar.‹ Er hat mir eine Münze gegeben und gesagt, ich soll mich vor der Sonne hüten. Das mit dem Zwielicht hat er geflüstert. Was bedeutet es, Herr?«

»Ich nehme an, er meint die Fürsten des Zwielichts, die Verbrecher im alten Teil der Stadt zwischen Agora und Seemauer – im Labyrinth.«

»Aber was soll das alles?« sagte Laetilius. »Ist jemand dabei, die Stadt zu übernehmen? Das ist ... das alles erscheint mir völlig sinnlos. Ein wirrer Traum.«

Nampamo gluckste. »Wer hat gesagt, das Leben sei ein Albtraum, aus dem er erwachen möchte?«

»Wer auch immer – was wollt ihr tun?« Nyagu blickte Bomilkar an. »Du da, Herr der Wächter, fällt dir etwas ein?«

»Ich bin nicht mehr Herr der Wächter, und wenn ich es wieder werden will ...«

Nampamo sagte: »Willst du das?«

»Was soll ich sonst tun? Fische bürsten? Krebse kneten? Mich als Söldner in Ägypten verdingen? Zu Hasdrubal nach Iberien flüchten?« Er schüttelte den Kopf. »Aber das ist nicht so wichtig. Es gibt ein paar Leute, die nur, weil sie mit mir zu tun hatten, im Ratskerker sitzen oder sonstwie beseitigt worden sind. Das gilt auch für euch hier, Nampamo.«

»Wir sind nicht beseitigt«, sagte Nyagu.

»Noch nicht. Aber ihr könnt uns, mich, nicht ewig verstecken. Irgendwann sieht jemand etwas, und dann seid ihr in Gefahr.«

»Du willst also in die Stadt«, sagte Laetilius.

»Ja. Heute nacht noch.«

»Wie?«

»Wenn sie nicht dumm sind, werden sie Wächter aufgestellt haben«, sagte Nampamo.

Ailymes nickte. »Das haben sie getan. Am Zugang zum Hafen, am Südtor, auch am Tynes-Tor.«

Bomilkar schnaubte. »Die stehen immer da. Aber ihr habt natürlich recht; wahrscheinlich haben sie besondere Anweisungen erhalten. Hast du noch deinen alten Kahn?«

»Er nährt die Bohrwürmer, schwimmt aber noch.«

»Könntest du uns an den Strand vor der Seemauer bringen?«

»Kann ich. Aber wie willst du von da in die Stadt kommen?«

»Später. Mir fällt gerade auf, daß ich immer ›wir‹ sage. Ailymes, Laetilius, ihr solltet ...«

»Spar dir den Unsinn«, sagte der Römer. »Meinst du, ich bin übers Meer gereist, um mich hier zu verkriechen?«

Ailymes reckte den Arm. »Was mich angeht, Herr: Ich kann mich fast wieder wie vorher bewegen, und weil ich den Anfang in Italien mitgemacht habe, will ich jetzt auch wissen, wie es in Libyen weitergeht.«

»Ihr wißt, worauf ihr euch einlaßt?«

»Größeres Durcheinander«, knurrte Nampamo.

»Ein paar edle Punier ärgern«, sagte Laetilius. »Das mach ich doch gern.«

»Na schön. Wenn ihr es unbedingt wollt ... Ich danke euch; ihr wärmt mein Herz.«

»Du hast keines, außer für Aspasia«, sagte der Römer. »Was hast du vor?«

Bomilkar sagte ein paar Sätze. Nampamo grinste, Nyagu kicherte, Ailymes nickte, Laetilius sagte »gah« und schüttelte sich.

Der Kahn knirschte auf den Sand. Nampamo legte den Kopf in den Nacken und schaute nach den Sternen. »Ungefähr Mitternacht«, sagte er.

»Gute Zeit für einen duftigen Besuch. Danke, mein alter Freund, ich schulde dir dies und das.«

»Darüber reden wir später. Haut ab, damit ich wieder ablegen kann.«

Nampamo hatte sie mit zerfetzten, verdreckten Kleidern ausgestattet und ihre Gesichter mit Ruß, Ocker und einigen übelriechenden Flüssigkeiten behandelt. Alle drei trugen je ein Kurzschwert und ein Messer bei sich, außerdem Geld, und Bomilkar hatte eine Lederflasche mit Wasser im Gürtel – »falls wir steckenbleiben«.

Nach ein paar Schritten auf dem Strand blieb Laetilius stehen, hob den rechten Arm und schnüffelte an seiner Achselhöhle.

»Bah. Und das einem reinlichen Römer.«

»Wenn wir in der Stadt sind, wirst du nichts mehr davon riechen«, sagte Bomilkar. »Kommt.«

»Genau das befürchte ich ja.«

In dieser Nacht war der Himmel klar, aber sie benötigten ihre Augen eigentlich nicht, um den Weg zu finden; die Nase reichte völlig aus. Nach etwa hundert

Schritten nach Norden erreichten sie das stinkende Rinnsal der Abwässer aus dem Labyrinth. Die Leitung aus tönernen Bogen, die unter der Mauer hindurchführte, hatte einen Durchmesser von nicht ganz Mannshöhe. Geduckt wateten sie durch den zähflüssigen Schleim. Bomilkar wünschte sich für die Nase so etwas wie Lider; dann richtete er die Gedanken auf sein Ziel und bemühte sich, den Gestank zu verdrängen.

»Wenn ich je wieder Herr der Wächter bin«, flüsterte er, »erinnert mich daran, daß ich vor dem nächsten Römerkrieg hier ein Gitter anbringen lasse.«

»Ihr könntet das natürlich alles zurückhalten und daran ersticken«, knurrte Laetilius. »Puh. Die Absonderungen der Punier ...«

In regelmäßigen Abständen ertastete Bomilkar seitliche Öffnungen, aus denen Nachschub kam, und über sich Schächte, durch die Arbeiter – Sklaven – zu Reinigung, Wartung und Ausbesserung in die Unterwelt steigen konnten. Als sie den dritten Schacht erreicht hatten, sagte er leise:

»Wenn ich mich nicht irre, bringt uns das in Tigalits Hinterhof.«

»Ich weiß nicht, ob ich das möchte«, sagte Laetilius.

»Wer ist Tigalit?« sagte Ailymes.

»Später. Klettern.« Bomilkar tastete und fand die unterste Sprosse der Eisenleiter, die in der Schachtwand vermauert war. Er zog sich hoch und stieg als erster hinauf. Oben mußte er sich gegen einen Eisendeckel stemmen, der zuerst gar nicht und dann plötzlich zu sehr nachgab, zur Seite glitt und über etwas schrammte, was dem Klang nach Ziegel sein mußten. Ziegel, mit Kies bestreut.

Von unten hörte er die dumpfe Stimme des Römers: »Klopfst du immer so laut an?«

Bomilkar zog sich aus dem Schacht, kniete auf dem Boden neben dem Schachtdeckel, wollte sich aufrichten und spürte etwas Kaltes am Hals. Die Klinge eines Messers.

»Was soll das?« sagte eine rauhe Stimme.

»Da kommt noch einer«, sagte ein zweiter Mann. »Licht!«

Jemand kam schnell näher; dabei hielt er eine Fackel hoch.

Bomilkar blinzelte. Nach dem Kriechen und Klettern durch die Eingeweide der Stadt kam ihm sogar das karge Flackern der Fackel grell vor.

»Ah«, sagte die rauhe Stimme. »Den kenn ich doch.«

Der Mann hielt ihn von hinten am Schopf fest und hatte ihm das Messer an die Kehle gelegt. Bomilkar konnte ihn nicht sehen und den Kopf nicht bewegen. Er hustete und sagte:

»Solltest du mich nicht kennen, dann hätte ich etwas falsch gemacht.«

Das Gesicht des zweiten Mannes, auf das die Fackel schien, kam ihm flüchtig bekannt vor, aber ehe er mehr sagen konnte, knurrte der erste hinter ihm:

»Bomilkar, Herr der ... nicht mehr Herr der Wächter. Was willst du hier? Und was soll das alles? Wer sind die da?«

Inzwischen war nach Laetilius auch Ailymes aus dem Schacht gekrochen. Beide atmeten tief, und erst nun, da er sie atmen sah, schmeckte Bomilkar die köstliche Nachtluft eines feuchten Gartens. Pflanzen, Feuchtigkeit, altes Mauerwerk. Und die Ausscheidungen, die an seinen Beinen und in seiner Kleidung hafteten.

»Wir wollten die gewaltige weiße Herrin um ein Wort bitten«, sagte er. »Und ich kann ohne die Klinge am Hals besser reden.«

»Dann solltest du Blumen bringen statt Scheiße«, sagte der Mann mit der rauhen Stimme. Aber die Klinge löste sich von Bomilkars Hals, die Finger ließen seine Haare los, und er stand auf.

»Geh, sag ihr Bescheid«, befahl die rauhe Stimme.

»Sie wird schlafen«, sagte der mit der Fackel.

»Dann weck sie, und flüstere ihr meinen Namen ins Ohr«, sagte Bomilkar.

»Ah, der Duft punischer Nächte.« Laetilius hatte sich ebenfalls aufgerichtet, spreizte die Arme ab, schnüffelte und verzog das Gesicht.

Sie hatten nicht lange gewartet, als der zweite Mann zurückkehrte.

»Sie sollen sich waschen«, sagte er mit einem Grinsen. »Und erst dann zur Herrin gebracht werden, wenn sie ihre Nase nicht mehr schänden.«

Der Mann mit der rauhen Stimme hatte auch ein rauhes Gesicht, von allerlei Narben entstellt. Er sah furchterregend aus, und als er lächelte, dachte Bomilkar, daß man ängstliche Kinder durch diesen Anblick töten könnte.

Dann erinnerte er sich an Geschichten, die er über einen von Tigalits Unterführern gehört hatte. Einen Mann, von dem es hieß, daß bei seinem Anblick Elefanten wild und Löwen zahm würden.

»Du mußt Liebchen Banno sein«, sagte er.

»Wer auch immer ich bin«, sagte der andere, »du jedenfalls bist Bomilkar der Stinker. Kommt, da vorn gibt es Wasser.«

Sie wurden zu einer Zisterne geführt; der zweite Mann verschwand wieder und kehrte mit Schwämmen, Tüchern und drei Leibschurzen zurück.

Sie entkleideten sich, tunkten die Schwämme in den Bottich, den der mit der rauhen Stimme aus der Zisterne gefüllt hatte, und reinigten sich, so gut es ging. Mit einem unbesudelten Zipfel seiner Fetzen rieb Bomilkar Dreck von den Messern und Schwertern. Dann trocknete er sich ab und nahm einen der Leibschurze.

»Sollen wir so, mit Schurz und Schwert, vor die hellen Augen der Fürstin treten?« sagte er.

»Sie kennt die Männer«, sagte der Fackelträger. Er kicherte leise. »Nackt, halbnackt, naß, trocken – ihr werdet sie nicht erschrecken. Aber die Waffen bleiben hier.«

Die Männer führten sie einen kurzen Gang entlang, an dessen Wänden Teppiche hingen. Unwillkürlich dachte Bomilkar an seine erste Begegnung mit Tigalit und den schwierigen Weg, den er damals hatte zurücklegen müssen: die Augen verbunden, Treppen hinauf, Treppen hinab, Leitern, durch eine Röhre kriechen, Biegungen, Stiegen, Höfe, und schließlich ein kahler Raum ohne Fenster, nur eine Öllampe sowie Kissen und Decken auf ausgetretenen Bohlen. Damals hatte er mit Gulussa reden wollen, einem der Fürsten des Zwielichts; im nächsten Raum hatte sich etwas Gewaltiges bewegt, über ächzende Bodenbretter, und die ungeheure Frau war erschienen – Gulussas Frau, längst seine Witwe und Erbin. Und mächtig unter den Fürsten des Labyrinths. Mächtig nicht nur dank des Leibes: größer als Bomilkar, mit der Masse von zwei bis drei Männern, und in dieser Masse kein überflüssiges Fett. Nein, sagte er sich, sie war mächtig, weil sie klug, vollkommen rücksichtslos und dabei für ihre Freunde oder Verbündeten verläßlich war. Mit einem inneren Kichern erwartete er die Äußerungen von Staunen und Verblüffung, die Ailymes kaum würde unterdrücken können.

Einer der Männer schob einen schweren Ledervorhang beiseite. Dahinter tat sich ein von mehreren Lampen erhellter Raum auf, mit Teppichen, geschnitzten Truhen, einem Fenster, durch das die Nacht hereinzuschwappen schien, und einem breiten Bett, das aussah, als ob sich darauf Elefanten gefahrlos paaren könnten. Auf der Kante des Bettes saß Tigalit, und neben sich hörte Bomilkar Ailymes nach Luft schnappen.

Tigalit hatte sich nicht verändert, seit er sie vor etwa einem halben Jahr zuletzt gesehen hatte. Sahnige Haut, Lippen, die keine Schminke brauchten, über dem gewaltigen Leib ein schlanker Hals ohne Falten, und die klugen schwarzen Augen, umgeben von Rot.

»Der abgesetzte Herr der Wächter«, sagte sie, »der kleine Römer ist auch wieder da, und wer bist du?«

»Ai...« Der Libyer musste sich räuspern, ehe er seinen Namen sagen konnte. »Ailymes.«

Tigalit deutete auf einen Scherensessel und ein paar Schemel. »Setzt euch.« Dann klopfte sie neben sich auf das Bett. »Du, Bomilkar, setz dich neben mich.« An ihre Wächter gewandt, fügte sie hinzu: »Bringt Wasser, Wein, Becher, und dann könnt ihr uns allein lassen.«

»Bist du dir sicher, Herrin?« sagte einer der Männer.

»Was sollten diese drei netten Jungen mir schon tun?«

Die Männer brachten Krüge und Becher. Tigalit schwieg, bis alle etwas zu trinken hatten und die Wächter gegangen waren. Sie trank einen Schluck, klopfte auf Bomilkars Oberschenkel und sagte:

»Sprich, Söhnchen; welchen Unfug hast du wieder angestellt?«

Bomilkar begann mit der Ermordung des Inders und den anderen Verbrechen – »das weiß ich doch; weiter!« – und berichtete dann von der unfreiwilligen Reise nach Rom und der Nachricht, daß er nicht mehr Herr der Wächter, sondern festzunehmen sei.

»Ehe ich etwas unternehmen kann, um die Dinge zu ändern«, sagte er, »muß ich wissen, was eigentlich geschehen ist und wo sich all die Leute aufhalten, auf die ich mich bisher verlassen konnte. Und wen sollte ich, gesucht und geächtet, besser fragen und um Hilfe bitten als meine liebe Schwester Tigalit, Fürstin des Abschaums?«

Tigalit schnalzte. »So redet er immer mit mir, kleiner Libyer; nimm ihn dir nicht zum Vorbild. Was hast du zu alldem zu sagen, Römer?«

»Ich weiß es nicht«, sagte Laetilius. »Als bloßer Römer sollte ich in Karthago ungefährdet sein. Da ich aber den Mächtigen widersprechen könnte, die diese Verwirrung angerichtet haben, muß ich damit rechnen, daß sie mich am Widerspruch hindern. Deshalb hänge auch ich an deinen Lippen.«

Sie schwieg einen Moment. »Die Herren der Stadt«, sagte sie dann, »haben eine schlechte Angewohnheit: Sie weihen mich nicht in ihre Beschlüsse ein. Ich habe dies und das gehört, aber daraus läßt sich kein feines Mosaik zusammensetzen.«

»Ich habe auch nicht erwartet, daß du mich durch ein ersprießliches Mosaik erfreust«, sagte Bomilkar. »Wenn du mir aber einige bunte Steinchen geben könntest, würde ich versuchen, es selbst zusammenzufügen.«

»Giskon ist nicht in der Stadt. Ich weiß nicht, ob er eine Reise beschlossen hat oder fortgeschickt wurde; jedenfalls besuchte er Häfen und Festungen im Hinterland.«

»Hast du eine Möglichkeit, deine Männer nach meinen Leuten suchen zu lassen?«

Tigalit schüttelte sich. ›Eigentlich‹, dachte Bomilkar, ›müßte das Bett beben, aber es scheint wirklich für Elefanten gemacht zu sein.‹

»Warum sollte ich das veranlassen, was hätte ich davon?« sagte sie.

»Eine Gegenfrage: Was weißt du vom jetzigen Herrn der Wächter, Mago?«

Sie hob die Schultern. »Nichts. Wenig. Kaum etwas.«

Laetilius lachte. »Also einiges, edle Fürstin, oder?«

»Was meinst du, kleiner Libyer?« sagte Tigalit.

Ailymes runzelte die Stirn. »Es steht mir nicht zu, etwas zu meinen. Und wenn es mir zustünde, wäre es dies: Ihr solltet euch nicht voreinander verstecken; demnächst wird die Sonne aufgehen, und wenn ihr bis dahin nicht weitergekommen seid ...«

Tigalit rammte Bomilkar den Ellenbogen in die Seite. »Hörst du? Der da ist wirklich nur ein kleiner Krieger? Vielleicht solltest du ihn in den Schuppen übernehmen.«

»Dazu müßte ich den Schuppen erst wieder eröffnen; er ist geschlossen.«

Tigalit nickte. »Was bietest du mir?«

»Was du immer schon hattest. Was ein anderer Herr der Wächter dir vielleicht nehmen würde.«

»Meinst du, ich ließe es mir nehmen?«

»Meinst du, wenn der Rat die Festung gegen das Labyrinth einsetzte, könntest du es behalten?«

Tigalit blickte auf ihre Füße. Das dünne, fast durchscheinende Nachtgewand hing ihr bis auf die Knöchel, und die wohlgeformten Zehen bohrten sich in den Teppich, als wollten sie die Füße verlassen.

»Ihr hattet bisher immer eine Art Waffenstillstand«, sagte Laetilius. »Bist du dir sicher, daß dieser Mago oder ein anderer Mann an Bomilkars Stelle solch einen Waffenstillstand einhalten wird?«

Tigalit nickte. »Kleiner Römer, ich kann deinen Gedanken folgen, weiß aber nicht, ob ich ihnen folgen sollte.«

Laetilius blickte Bomilkar an. Bomilkar rümpfte die Nase und öffnete den Mund, aber ehe er sprechen konnte, sagte Ailymes: »Was hat er dir geboten? Mago, meine ich.«

»Kluges Kerlchen.« Tigalit grinste. »Er würde in den Schuppen passen. Er denkt schon genauso finster wie die anderen.«

»Hat Mago dir denn etwas geboten?« sagte Bomilkar.

Tigalit schürzte die Lippen. »Es gab gewisse Angebote«, sagte sie langsam. »Im Moment gibt es ein Stillhalten.«

»Laß mich raten. Wenn du etwas über mich erfährst und es weitergibst – oder mich schnappst und auslieferst ...«

»Du solltest nicht soviel raten.« Tigalit ließ sich nach hinten kippen, schob die Hände unter den Hinterkopf und starrte an die Decke. »Im Dunkeln zu tasten könnte damit enden, daß die Fingerspitzen von einer giftigen Klinge geritzt werden. Sag mir, was du willst.«

»Sag mir, was du weißt. Hilf mir, einige Leute zu finden. Dafür, daß du mir hilfst, meine liebe zerbrechliche

Schwester, verspreche ich dir, es wird sich nichts ändern, wenn ich wieder zuständig bin.«

Tigalit seufzte. »Warum muß ich mich immer auf Geschäfte einlassen, bei denen nichts zu gewinnen ist?«

Ailymes hüstelte.

»Was willst du sagen, kleiner Libyer?«

»Ein Geschäft, Fürstin, bei dem du erhältst, was du hast, und ein anderer bekommt, was man ihm genommen hat, ist besser als eines, bei dem einer alles verliert, du aber nichts gewinnst. Hätte mein Großvater vielleicht gesagt. Wenn er hier säße.«

Tigalit gluckste. »Und was meinen Senat und Volk von Rom?«

»Sie meinen, daß alle Karthager verrückt und treulos sind«, sagte Laetilius. »Wenn also plötzlich Hilfsbereitschaft und Vertrauen ausbrechen, soll man die Götter preisen und die Lage nutzen, so gut es geht.« Er kicherte. »Auch wenn es eine Schieflage ist.«

Tigalit setzte sich wieder auf. »Ich will es mir überlegen«, sagte sie.

»Bis wann wird dein Denken währen?«

»Ach, Bomilkar, wie du weißt, denke ich schnell. Bis zum Morgengrauen.«

»Könnte man dein Denken beschleunigen?«

Tigalit knurrte leise. »Was willst du?«

»Bis zum Morgengrauen könnten deine Leute schon einiges in Erfahrung bringen.«

»Ja, ja, ja. Das könnten sie. Aber warum sollten sie?«

»Weil es dir so gefällt.«

»Gefällt es mir?«

»Vielleicht könnte man etwas tun, um dein Gefallen zu mehren.«

Tigalit klatschte in die Hände. »Man wird euch ein Schlafgemach zeigen. Und was das Gefallen angeht – laß mir den kleinen Libyer zum Spielen hier.«

Laetilius sagte: »Huh!«

Bomilkar versuchte, im Gesicht von Ailymes zu lesen. »Was sagst du dazu, tapferer Krieger?«

Ailymes verzog keine Miene. »Wenn es getan werden muß, sollte es gründlich getan werden. Da es aber eine Ehre ist, kann von Pflicht nicht gesprochen werden, und der Genuß wird zweifellos größer sein als die Erschöpfung.«

Tigalit lachte. »Wenn der Inhalt deines Schurzes so behende ist wie deine Zunge, wollen wir uns doppelt ergötzen.«

# 13. KAPITEL

Als ein Mann, den sie bisher noch nicht gesehen hatten, Bomilkar und Laetilius weckte, zeigte das durch einen Spalt im Fensterladen fallende Licht, daß der Sonnenaufgang schon länger zurücklag.

»Wenn ihr mir folgen mögt? Es ist eine kleine Stärkung bereitet.«

»Stärkung?« Laetilius kniff ein Auge zu. »Brauchen wir die?«

»Jeder braucht Stärkung vor den Mühen des Tages«, sagte der Mann. »Mancher braucht Stärkung nach den Mühen der Nacht.«

Bomilkar rieb sich die Augen. »Lebt er noch?«

»Er ist ein bißchen vermindert, aber wohlauf.«

»Ein wenig Wasser«, sagte Laetilius. Er deutete auf den Tisch mit der Waschschüssel; neben ihm stand ein Sitzbottich. »Und eine kleine Erleichterung, ehe wir dir folgen.«

»Und wenn es vielleicht zwei *lituns* für uns gäbe?« sagte Bomilkar. »Ich mag nicht in diesem lächerlichen Schurz herumlaufen.«

»Du sollst nicht laufen, sondern dich stärken«, sagte Laetilius. »Vielleicht möchte die Fürstin uns weiter im

Schurz sehen, um sicher zu sein, daß wir nicht einfach das Haus verlassen.«

»Erfrischt euch«, sagte der Mann. »Der Raum, in dem es etwas zu essen gibt, ist am anderen Ende des Gangs.« Er schien sich ein Grinsen zu verkneifen, drehte sich um und ging hinaus.

Der Raum, in dem Ailymes auf sie wartete, war mit Stühlen, Tischen und großen Amphoren eingerichtet. Auf dem größten Tisch standen Krüge und Becher; daneben sahen sie Eßbretter mit Brot, Früchten und Scheiben kalten Bratens. Der Libyer hatte die Ellenbogen auf die Tischplatte gestützt und die Hände unterm Kinn gefaltet.

»Daß nicht der Schädel stürze«, sagte Laetilius.

Bomilkar betrachtete das müde Gesicht und grinste. »Als du dich zum Dienst für die Stadt verpflichtet hast, war von anderen Waffen und anderen Einsätzen die Rede, nicht wahr?«

Ailymes hob den Kopf von den gefalteten Händen. »Manche Mühen sind köstlicher als andere«, murmelte er, »und manche Waffen ... tja, sind eben im Notfall hilfreich zum Überleben.«

Bomilkar klopfte ihm auf die Schulter. »Du hast dich um die Stadt verdient gemacht. Hoffe ich jedenfalls.«

»Dann laß meine Belohnung daraus bestehen, daß wir schweigend frühstücken.«

Laetilius ließ sich auf einem Stuhl nieder. »Gern – es sei denn, du hättest uns von gewaltigen Abenteuern zu berichten oder wüßtest etwas Neues über den Stand der Dinge.«

»Ich glaube, wir sollten jetzt nicht über Dinge oder ihr Stehen reden.« Bomilkar schnüffelte an einem der

Krüge; als er festgestellt hatte, daß der Inhalt heißer Kräutersud war, füllte er seinen und die Becher der anderen und setzte sich ebenfalls.

Sie frühstückten schweigend. Ailymes schien hungrig und durstig zu sein, außerdem jedoch müde.

Irgendwann verriet ein Beben des Bodens, daß Tigalit sich näherte. Sie trat ein, nickte Bomilkar und Laetilius zu, strich Ailymes über den Schopf, goß sich einen Becher voll, lehnte sich mit dem Gesäß an die untere Kante der Fensteröffnung, trank, seufzte und sagte: »Ach ja. Nun denn.«

Laetilius, der mit dem Rücken zu ihr saß, drehte sich um, hob den Becher und trank ihr zu. »Die besten Wünsche Roms für gedeihliche Nächte und Tage, Fürstin.«

»Bah.«

»Herrin der verwegenen Nächte«, sagte Bomilkar. »Wie ist dein Überlegen ausgegangen?«

»Ich habe einige Neuigkeiten für dich.«

»Darf ich annehmen, daß es dir gefallen hat, dich an unseren, eh, Waffenstillstand zu erinnern?«

»Nein«, sagte sie.

»Sondern?«

»Ich habe beschlossen, daß ihr ein wenig Hilfe braucht. Ganz selbstlos.«

Laetilius nickte. »Diese Selbstlosigkeit wird zweifellos in der Zukunft Nutzen bringen.«

»Das hoffe ich.«

»Laß uns teilhaben an den Gedanken, die mit dieser Selbstlosigkeit verbunden sind«, sagte Bomilkar.

Tigalit nickte. »Wenn ich das nicht täte, wüßtet ihr ja gar nicht, wie selbstlos ich bin, und dann wäre es kein Vergnügen.«

Bomilkar seufzte. »Sprich nicht über das Sprechen, Gewaltige; sprich einfach.«

»Was ist schon einfach?«

Ailymes räusperte sich. »Einfach ist zum Beispiel, daß ich gleich einschlafe, wenn ich nicht bald etwas höre, was mich mit dem Wachen versöhnt.«

»O diese Eile«, sagte Tigalit. »Also: Meine Männer haben etwas Ungewöhnliches getan.«

Da sie nicht weitersprach, sagte Laetilius: »Gute Männer tun immer Ungewöhnliches.«

»Nun ja. Männer suchen gewöhnlich Frauen; meine Männer haben Männer gesucht.«

»Wie schön«, sagte Bomilkar. »Ich hoffe, sie haben welche gefunden.«

»Haben sie. Willst du Namen wissen?«

»O bitte gern.«

Tigalit grinste und schaute in Bomilkars Augen. »Autolykos und Daniel.«

Laetilius klatschte in die Hände. »Die üblichen Verdächtigen.«

Ailymes blinzelte. »Autolykos ist dein Stellvertreter, nicht wahr? Aber wer ist Daniel?«

»Ein alter Jude, Freund und ...«

Tigalit unterbrach ihn. »Also, so alt ist er gar nicht; jedenfalls war er zuletzt noch ganz brauchbar.«

Ailymes blickte zu ihr hinüber, schüttelte den Kopf und sagte: »Also ein sehr starker Mann. Und weiter?«

»Ein alter Freund von Hamilkar«, sagte Bomilkar. »Ich meine den Barkas. Außerdem Freund der Herren der Sandbank und von Hasdrubal dem Strategen. Er verwaltet den Besitz der Barkiden, an der Küste weit im Westen, und deshalb frage ich mich, was tut er in der Stadt?«

»Er hat Gerüchte gehört und wollte nachsehen, was an ihnen ist.«

Bomilkar schüttelte den Kopf. »Was für Gerüchte? Arish und Sakarbal sind doch höchstens seit fünf oder sechs Tagen wieder hier. Und er braucht, selbst wenn er schnell reitet, mindestens drei Tage von der Byssatis hierher. Wie lange braucht ein Gerücht von hier bis zum Gut der Barkiden?«

»Vielleicht gab es schon Gerüchte, bevor die beiden Ratsherren aus Rom zurückgekommen sind«, sagte Laetilius.

Bomilkar kaute auf der Unterlippe. »Du meinst ...«

»Es könnte schon länger vorbereitet gewesen sein.«

»Tigalit?«

Die Fürstin des Zwielichts hob eine Braue. »Kann sein, daß ich etwas gehört habe«, knurrte sie. »Aber man hört so viel, daß man am besten nichts glaubt.«

»Was hast du gehört?« Es kostete Bomilkar Mühe, nicht allzuscharf zu sprechen.

»Gerüchte«, sagte Tigalit. »Über ... nennen wir es Machtkämpfe. Angeblich bei den Alten und bei den Neuen. Aber es gab keine Namen und keine Ziele; deshalb haben wir uns nicht weiter darum gekümmert. Was geht es uns denn auch an?«

Bomilkar schloß einen Moment die Augen und atmete tief durch. Dann schaute er Tigalit an und sagte durch die Zähne: »Ich mag nicht glauben, daß du so dumm bist.«

Sie löste sich von der Fensteröffnung, wo sie gelehnt hatte; mit harten Schritten kam sie zum Tisch, blieb neben Bomilkar stehen und starrte auf ihn herab. »Wie redest du mit mir, in meinem Haus, das dir Zuflucht ist? Du ohnmächtiger Nicht-mehr-Wächter?«

»So, wie man mit jemandem redet, der entweder dumm ist oder lügt.«

Die beinahe scherzhafte, freundschaftliche Stimmung war geschwunden – ›wie eine von grellem Tageslicht überwältigte Kerzenflamme‹, dachte Bomilkar. Als Tigalits Masse die Fensteröffnung freigegeben hatte, war der Tag in den Raum gebrochen, machte alle Umrisse schärfer und schuf Schatten und dunkle Gegensätze in den vorher heiteren Gesichtern. Ailymes' Augen schienen an der Frau zu hängen. Laetilius hatte sich zurückgelehnt, die Arme wie zur Wehr vor der Brust verschränkt; er starrte auf den Tisch, als wollte er Brotkrümel zählen. Bomilkar wußte, daß Tigalit ihn mühelos niederringen, erwürgen, ihm alle Knochen brechen konnte, daß ein Ruf von ihr ein Dutzend bewaffnete Männer herbeiholen würde. Ohne zu blinzeln, erwiderte er ihren Blick. ›Notfalls bin ich die Kerzenflamme‹, sagte er sich, ›aber hier und jetzt muß eine Entscheidung fallen.‹

»Erklär mir das.« Ihre Stimme war rauh, aber ihre Miene hatte sich nicht verändert.

»Wenn die Herren der Stadt die Macht neu verteilen, betrifft das jeden; also sag mir nicht, daß ihr euch nicht darum kümmern müßt. Du, kleine Räuberherrin, beherrschst einen Teil des Labyrinths; vielleicht hat Mago dir im Auftrag gewisser Ratsherren etwas angeboten, aber weißt du, welche Angebote er den anderen Herren des Abschaums gemacht hat? Entweder bist du zu dumm, um das zu sehen, oder du lügst. Belügst du dich oder mich?«

Mit einer jähen Bewegung schleuderte sie den Becher, den sie immer noch in der Hand gehalten hatte, so heftig auf den Boden, daß er zerbrach. Dann hieb sie mit der Faust auf den Tisch und schrie: »Du in deinem albernen Schurz, ohne Waffen, ohne Macht – wie wagst du es, so zu reden? Habe ich euch aufgenommen? Habe ich dir in den letzten Jahren zweimal mit Waffen und Männern und Blut geholfen, um mich jetzt so erniedrigen zu lassen?«

Bomilkar zwang sich zur Ruhe; er blickte immer noch in ihre Augen. »Es waren auch deine Kämpfe«, sagte er. »Bei Gulussas Tod wollten die anderen dein Reich übernehmen, und im vorigen Jahr wären zehntausend Soldaten ins Labyrinth eingefallen, wenn wir – du und ich und ein paar andere – die Sache nicht beendet hätten. Ich bin dir natürlich dankbar, aber erzähl mir nichts von selbstloser Hilfe. Gib mir lieber endlich einen *kitun;* den beiden da auch, damit du die albernen Schurze nicht mehr sehen mußt.«

Tigalits Blicke glitten von seinen Augen abwärts zu seinem Schurz. Als ihre Mundwinkel zuckten, wußte Bomilkar, daß er gewonnen hatte. Und zum ersten Mal seit der Rückkehr nach Qart Hadasht hatte er das Gefühl, daß noch mehr zu gewinnen war.

Nicht weit von Tigalits Haus entfernt, am Rand des Labyrinths, gab es eine »sichere Behausung«. Die Männer, die sie dorthin geleiteten, zeigten ihnen auch den Ausweg für Notfälle: eine alte Abwasserröhre, die unter der Seemauer zu einem felsigen Küstenstück führte.

»Aber wer soll euch hier finden?« sagte einer der Männer. »Es ist unser Reich. Das Labyrinth.«

»Noch«, sagte Bomilkar. »Wenn es nach mir geht, noch lange, aber die edlen Herren der Stadt könnten das anders sehen.«

»Was braucht ihr? Die Herrin hat uns befohlen, euch in allem zu dienen.«

»Wasser – frisches Wasser«, sagte Laetilius. »Nahrung. Wein. Noch etwas?«

»Waffen.« Ailymes sah sich um. »Pritschen zum Schlafen, Bottiche, Schüsseln, all das ist da. Aber auch mit diesem feinen neuen *kitun* am Leib fühle ich mich ohne Waffen nackt unter den Wölfen der Stadt.«

»Es sind alte Wölfe mit scharfen Zähnen.« Bomilkar setzte sich an den Tisch, der im größten Raum des Hauses unweit eines Fensters stand. Jenseits der Öffnung lag ein Garten, eher eine Art von grünem Saum zwischen dem Haus und der ersten Innenmauer. Dahinter führte die schmale Zugangsstraße zwischen Labyrinth und Seemauer von Norden nach Süden, bis zum Hafen. Einer der Sträucher in dem winzigen Garten sonderte einen Duft ab, den Bomilkar eher als nachdrücklich denn als eindringlich empfand. Er beschwerte die entrollten Papyrosblätter mit Steinen, rührte mit einem Halm im Tintentöpfchen und begann zu schreiben.

»Was machst du da?« Laetilius trat hinter ihn und beugte sich vor, um zu lesen. »Eine Liste?«

»Namen«, sagte Bomilkar. »Namen und hoffentlich bald Orte. Und bei einigen Namen auch Mutmaßungen.«

»Recht so.« Der Römer klopfte ihm auf die Schulter. »Punische Hirne sind undicht, sagt man bei uns. Da ist es besser, all das aufzuschreiben, was sonst versickern könnte.«

»Geh scheißen«, sagte Bomilkar, ohne vom Blatt aufzublicken.

Einige Namen standen zunächst allein, einsam, nutzloses Strandgut. Agizul Kaukirino Gargoris Teschu Artemidoros Giskon Autolykos Mutumbal Dyamir Paltibal Barako Patroklos Duush Zililsan Vavurro Nymar Aspasia Niobe Myron Hepsibal Arish Sakarbal. Nach kurzem Überlegen setzte er noch Himilko hinzu, Arishs Schreiber, und die anderen Toten: Mennad, Baalyaton, Maharbal.

›Sinnlose Liste‹, sagte er sich. ›Was ist mit dem anderen Schreiber, Banno? Und ... ach, einer nach dem anderen.‹

Die Toten konnte er nicht befragen; außerdem konnten sie kaum noch Schaden anrichten. Aber ehe er sich sicher war, daß keiner von ihnen etwas mit den Gerüchten oder Verschwörungen zu tun hatte, konnte er sie auch nicht als einfache, harmlose Leichen behandeln.

»Behandeln, pah«, murmelte er. Es stand ihm nicht zu, nicht mehr, etwas oder jemanden zu behandeln. Sein Dienst war beendet, er selbst mehr oder minder vogelfrei. »Aber ...« Aber natürlich mußte er mit allem rechnen, wenn er überhaupt die Möglichkeit bekommen wollte, die Dinge wieder ins Lot zu bringen, seine Arbeit wieder aufzunehmen.

›Will ich das denn?‹ fragte er sich. Er legte den Halm beiseite, kratzte sich im Nacken und seufzte. ›Und wenn ich nicht will, was sollte ich dann wollen können?‹

Hamilkar hatte ihn vom iberischen Heer nach Qart Hadasht geschickt: neue Aufgaben, mehr Verantwortung, mehr Geld. Er hatte nicht alles ausgegeben, wozu auch, und wenn er sich nicht irrte, lagen bei der Sandbank an die 600 *shiqlu*. ›Davon könnte man‹, sagte er sich, ›drei Jahre karg oder zwei Jahre erträglich leben;

und dann?‹ Aspasia hatte ein wenig Geld, und natürlich könnte sie den Laden verkaufen und woanders einen neuen eröffnen. Würde sie das wollen? Aber wo? Und wenn er nicht alle Behauptungen entkräften konnte, wäre er überall in punischen Landen und Städten geächtet; man könnte also nur – ja, wohin? Rom? Alexandria? Als Geldbote nach Indien, um zu sehen, ob Teschus Gefährten einen Platz im Tempel für ihn hätten? Zurück nach Iberien?

Nein, das schied aus. Der Stratege Hasdrubal würde wahrscheinlich nichts von den Beschuldigungen glauben, aber auch er konnte sich nicht einfach über Beschlüsse des Rats von Qart Hadasht hinwegsetzen. Außerdem wäre eine Rückkehr zum iberischen Heer, und sei es unter falschem Namen, so etwas wie Flucht unter den *kitun* der Mutter.

›Eigentlich‹, sagte er sich, ›bleibt nur die Fortsetzung der bisherigen Arbeit.‹ Oder eine Fortsetzung mit vorübergehend anderen Mitteln. Er mußte feststellen, was geschehen war, um sich und alle anderen Betroffenen von den erfundenen Makeln zu reinigen. Und erst danach hätte er überhaupt die Möglichkeit, unbehelligt von allem ein anderes Leben zu erwägen. Hummerkörbe zu basteln, Pferde zu züchten, Kamele zu striegeln.

»Wolken zu schieben«, knurrte er.

Aus dem Nebenraum, wo es einen kleinen gemauerten Herd gab, tauchte Laetilius auf, umgeben von Fischdünsten. »Führen wir abgründig schürfende Selbstgespräche?« sagte er. »Oder wollen wir wissen, daß es in naher Zukunft eine römisch bereitete Fischsuppe geben wird, zu der sich möglicherweise auch Autolykos einstellt?«

»Wir wollen das nicht wissen«, sagte Bomilkar. »Sag es mir, wenn es soweit ist; dann kannst du mich immer noch mit deinen Kochereien erschrecken.«

Er griff wieder zum Halm. Die Toten: Mennad, Maharbal, Paltibal, Teschu, Baalyaton. Die Männer von der Wachstube in der Mauer: Autolykos, Mutumbal, Dyamir. Die Leute vom Schuppen: Duush, Zililsan, Vavurro, Barako, Nymar, Patroklos. Die vom Markt: Kaukirino und Gargoris. Agizul hatte angeblich in den Süden reisen wollen, um Geld und vielleicht Genossen aufzutreiben; die große Keiferin Hepsibal wartete wahrscheinlich immer noch darauf, daß Paltibals Erbe freigegeben wurde; Giskon besuchte Häfen und Festungen; Artemidoros ging seiner Arbeit nach, mußte sich aber offenbar vorsehen und stand ebenso unter Beobachtung wie Aspasia. Was war mit ihren Kindern, Niobe und Myron, der sich demnächst vermählen würde?

Aspasia brauchte Schutz; vielleicht auch ihre Kinder. Der Schuppen war geschlossen. Zililsan hatte er auf die Gerüchte über eine neue Schmuggelstrecke angesetzt; damit war wenigstens der Libyer außer Reichweite der, ja, wessen auch immer. Von Autolykos hoffte Bomilkar, mehr zu erfahren; ob aber sein Stellvertreter etwas wissen würde, blieb abzuwarten.

Er kritzelte Stichworte, Halbgedanken, Straßennamen auf den Papyros. Wo die anderen zu suchen wären – falls man sie nicht beseitigt oder eingekerkert hatte. Was in den nächsten Tagen zuerst zu erledigen war. Kürzel von Namen anderer Leute, die möglicherweise Verbindungen zu Männern herstellen konnten, die vielleicht etwas über Vorgänge im Rat wußten. Möglicherweise, vielleicht, etwa, oder aber, andererseits ...

Ein Mann, den Bomilkar bisher nicht gesehen hatte, brachte Autolykos zu ihnen.

»Du solltest so etwas öfter machen«, sagte der Kampanier, nachdem sie einander begrüßt hatten. »Und dann auch noch den Römer als Koch mitbringen!«

»Was sollte ich öfter machen und warum?«

Autolykos grinste. »Verschwörungen anzetteln. Zu den Römern überlaufen. Was auch immer du angestellt hast. Ich habe lange nicht mehr so gut und viel geschlafen.«

»Haben sie dich entlassen?«

»Ja. Dyamir auch. Ein paar andere von den Jungs wollten aussteigen, als das losging; ich habe ihnen aber gesagt, sie sollten vorläufig noch bei der Truppe bleiben.«

»Du und Dyamir – was ist mit Mutumbal?«

»Er wollte auch raus, aber der Neue, Mago, hat ihm gesagt, wenn er nicht mindestens für den Übergang verfügbar ist, kann er sich gleich im Ratskerker anmelden.«

Bomilkar nickte. »Wenn schon der Punier Bomilkar überläuft, sind Hellenen, Kampanier, Numider und andere erst recht verdächtig, ja?«

»Sieht so aus. Reinheit der Absichten und Reinheit des Bluts.«

»Und was steckt dahinter?«

»Häuptling«, sagte Autolykos, »ich hatte gehofft, das könntest du mir sagen. Wer ist der da?«

Ailymes kam gerade aus einem der anderen Räume zu ihnen; er brachte einen Becher für Autolykos mit.

»Der gehört dazu«, sagte Bomilkar. »Trink und wundere dich; ich will dir etwas aus Rom erzählen.«

Er berichtete von den Vorgängen, der Befreiung, der Heimreise und dem kurzen Aufenthalt bei Nampamo.

Autolykos lauschte, ohne Fragen zu stellen. Als Bomilkar fertig war, sagte der Kampanier:

»Gut, daß du wieder hier bist. Und schön zu hören, daß wir einen weiteren Verbündeten haben, Ailymes. Und was wird das jetzt? Ein Punier, ein Römer, ein Libyer, ein Kampanier spielen mit Hilfe von Tigalit und anderen Verbrechern Verschwörung gegen die Herren der Stadt?«

»Zuerst einmal müssen wir mehr erfahren. Was ist mit den Jungs aus dem Schuppen?«

Autolykos hob die Schultern. »Was erwartest du? Wenn sie dir nicht trauen und all deine Vertrauten entfernen, ist der Schuppen doch sofort erledigt.«

»Was haben sie mit denen gemacht?«

»Entlassen. Schuppen dicht. Keine Ahnung, wer jetzt für Hasdrubal Nachrichten sammeln soll. Ich glaube aber nicht, daß die edlen Herren sich darüber viele Gedanken machen.«

»Die sind aber nicht festgenommen, oder?«

»Nicht daß ich wüßte.«

»Ausgesondert. Hm. Man sollte ...«

Autolykos schüttelte den Kopf. »Sollte man nicht. Wenn du alle herbringen läßt ... mit jedem einzelnen verdoppelt sich die Gefahr, daß jemand etwas bemerkt.«

»Wahrscheinlich hast du recht. Weißt du, wie lange Giskon schon fort ist? Wo genau er hinwill? Wann er zurückkommt?«

»Du warst gerade zwei oder drei Tage weg.« Autolykos stieß ein Geräusch aus, das weder ein Kichern noch ein Knurren war. »Wer auch immer da was ausgeheckt hat ... Jedenfalls hat der Rat beschlossen, es gebe wirre Meldungen aus ein paar entlegenen Häfen und kleineren Festungen im Hinterland, und jemand müsse mal nachsehen, und wer könnte das besser als Giskon? Also hat ihm der Rat einen Befehl erteilt – nachdrücklich, glaube ich; Giskon wollte zuerst nicht. Er hat noch einen seiner Schreiber zu uns geschickt; wir sollten die Augen aufhalten und dir sofort Bescheid sagen, wenn du wieder da bist. Einen Tag nachdem er losgeritten ist, kam dann Mago an, mit gestempelten und ordnungsgemäß ausgefertigten Befehlen, und damit waren Dyamir und ich raus.«

»Denkt ihr, was ich denke?« sagte Laetilius.

Kurz vor Sonnenuntergang kam Tigalit vorbei. Sie nahm von Ailymes einen Becher mit Wein entgegen, von Laetilius einen Napf mit Fischsuppe. »Und von dir hätte ich gern ein Lächeln, Bomilkar«, sagte sie.

Bomilkar bleckte die Zähne. »Recht so?«

»Wenn du nichts Besseres liefern kannst ... Meine Leute haben alle aufgetrieben, die du suchst.« Sie kostete die Fischsuppe, leckte den Holzlöffel ab, nickte und sagte: »Hmpf. Nicht schlecht, kleiner Römer. Also: Vavurro, Nymar, Patroklos, Barako und, wie heißt er? Ah, Duush. Sind alle frei, und alle werden beobachtet.«

Bomilkar stand auf, ging um den Tisch herum, drückte Tigalit einen schmatzenden Kuß auf die Stirn und sagte: »Fürstin, ich stehe in deiner Schuld. Und ich hoffe, deine Leute waren vorsichtig.«

»Pah. Sie haben den Eindruck, daß die Beobachter, lauter Büttel, nicht so richtig bei der Sache sind. Einer hat so etwas gesagt wie, wir wollen den Häuptling wiederhaben, nicht seine Leute bespitzeln.«

Bomilkar ging zu seinem Stuhl zurück. »Das freut mich.«

»Das dachte ich mir. Wann willst du den großen Aufruhr beginnen?«

»Kein Aufruhr.«

»Nein?« Tigalit klang ein wenig enttäuscht. »Den Rat überfallen? Numider in die Stadt holen? Nichts davon?«

»Nicht einmal eine römische Legion. Wenn ich denn schon ein Überläufer bin.«

Laetilius nickte. »Ich wüßte auch nicht, wo ich für dich eine auftreiben sollte.«

»Was ist mit Daniel?« sagte Bomilkar.

»Sobald es dunkel ist.« Tigalit blickte zur Öffnung; leichter Abendwind ließ die Blätter im Gärtchen mit ihren Schatten tanzen. »Er hatte noch etwas zu erledigen und wollte sichergehen, daß ihm niemand folgt. Was hast du vor?«

»Statt eines Aufruhrs?«

»Ja – leider.« Aber sie grinste, als sie das sagte.

»Mich mit Daniel beraten, heute abend.« Bomilkar zögerte kurz, dann setzte er hinzu: »Und ich brauche noch etwas von dir, Fürstin.«

»Was denn? Geld? Worte?«

»Männer. Zwei oder drei gute Leute, die möglichst noch in dieser Nacht, wenn wir zu Ende beraten haben, einige Botschaften überbringen können.«

»Unter einer Bedingung.«

»Und zwar?«

»Wenn es losgeht, will ich dabeisein. Und vorher will ich Bescheid wissen.«

»Darf ich dann auch noch eine Bedingung stellen?«

Sie musterte ihn mit zusammengekniffenen Augen. »Welche?«

»Wir müssen sicherstellen, daß die anderen Herren

des Zwielichts nichts unternehmen, was uns behindern könnte.«

Tigalit nickte, leerte ihren Becher und stand auf. »Ich werde dafür sorgen.« Dann lächelte sie flüchtig. »Nicht weil du es so willst, sondern weil ich überleben möchte.«

Drei Männer begleiteten Daniel. »Die Herrin sagt, wir sollen warten und Befehle von dir entgegennehmen«, sagte der älteste von ihnen.

»Warten wird nicht nötig sein; wir müssen uns erst beraten. Kommt um Mitternacht zurück.«

Daniel begrüßte Laetilius, nickte Autolykos und Ailymes zu und kniff Bomilkar ins Ohrläppchen.

»Au. Ist das so etwas wie ›schön, dich zu sehen‹?«

»Wenn du es so auslegen willst.« Daniel grinste, ließ sich auf einen Stuhl sinken, schob die Öllampe weiter weg und nahm den Becher entgegen, den Ailymes ihm reichte. »Setzt euch«, sagte er. »Da dies nicht mein Haus ist, müßt ihr der Anweisung aber nicht folgen. Von mir aus bleibt stehen. Was hast du wieder angestellt, Söhnchen?«

Bomilkar seufzte leise, setzte sich ebenfalls und berichtete. Allmählich kam es ihm so vor, als wäre das Ganze eine auswendig gelernte Geschichte, die ein anderer erlebt hatte. Als er damit fertig war, sagte er:

»Und du? Angeblich hast du doch Gerüchte gehört.«

»Nichts, was man in die Hand nehmen und wägen oder bespucken könnte.« Daniel wackelte mit dem Kopf. »Punische Lehmköpfe«, sagte er, »lauter Ziegenschänder. Da die Welt ihnen nicht unordentlich genug ist, wollen sie noch mehr Unsinn machen.«

»Du siehst mich hingerissen. Ich warte auf kluge Worte.«

»Tja.« Daniel lehnte sich zurück, hob den Becher an den Mund, trank aber nicht, sondern schien den Wein anzureden. »Es hat weder Hand noch Fuß. Ihr beide kennt ja das Gut, nicht wahr?« Er blickte Bomilkar an, dann Laetilius.

»Wir haben deine Gastfreundschaft genossen«, sagte Laetilius. »Wie ist das Befinden der Gattin? Jener, der man gehorchen muß?«

»Sie wird sich trefflich erholen, solange ich woanders bin. Also, das Gut; wie ihr wißt, kommen oft Karawanen in der Nähe vorbei. Und ebensooft, oder öfter, einsame Wanderer, die mir die heimische Behaglichkeit durch blutrünstige Geschichten aus der Welt zu mehren wissen.«

Bomilkar schloß die Augen, öffnete sie wieder, seufzte und nickte. »Es hat keinen Zweck, dich zu schnelleren Auskünften anzuhalten, wie?«

»Überhaupt keinen. Es gibt auch nicht viel zu sagen. Man hat mir von Rauch berichtet, und ich nehme an, daß irgendwo ein Feuer ist.«

»Bist du in die Stadt gekommen, um es mit deinem Körperwasser zu löschen?« sagte Laetilius.

»Dazu genügt der Inhalt meiner Blase nicht. Ich bin gekommen, um nachzusehen, ob es wirklich brennt, wo, warum, wer den Brand gelegt hat. Derlei.«

Ailymes hob die Hand. »Darf ich etwas fragen?«

»Immerzu, solange du keine Antwort erwartest.«

»Was kümmert es dich, auf dem Gut irgendwo weit im Osten, wenn es in der Stadt brennt? Und kümmert es dich so sehr, daß du tagelang dafür reitest?«

»Wir haben voriges Jahr von hier nach dort sieben Tage gebraucht«, sagte Laetilius. »Wie lang warst du unterwegs?«

»Es sind ungefähr hundertfünfzig Meilen, und wir hatten viel Muße«, sagte Bomilkar.

»Drei Tage.« Daniel trank endlich und stellte den Becher wieder auf den Tisch. »Ein, sagen wir, vertrauenswürdiger Mann hat mir, vier Tage ist es her, ein wenig von diesem Rauch zugefächelt. Er war vier Tage von Qart Hadasht zu mir unterwegs. Er sagt, am Tag vor seinem Aufbruch habe er dies und das gehört.«

»Acht Tage also«, sagte Bomilkar. »Die Reise nach Rom, die Wartezeit in Ostia, die Gespräche, die Entführung, die Befreiung, die Rückreise. Hm. Wir waren zweiundzwanzig Tage unterwegs. Wann genau sind die anderen zurückgekommen?«

»Vor fünf Tagen«, sagte Autolykos.

»Wenn dein Berichter also vor acht Tagen etwas gehört hat, war das vor der Rückkehr der Ratsherren. Wann, sagtest du, ist Giskon abgereist?«

Autolykos seufzte. »Ich weiß es nicht genau; drei oder vier Tage nach dir. Ich habe mir den Tag nicht gemerkt.«

»Sagen wir, er ist vor achtzehn Tagen aufgebrochen. Da hatten wir Ostia noch nicht erreicht. Und dein vertrauenswürdiger Mann, Daniel – war er, ehe er etwas gehört hat, länger in der Stadt?«

Daniel grinste. »Ich habe euch gern zugehört, Jungs; aber vielleicht solltet ihr einen alten Juden erst ausreden lassen, ehe ihr umwegige Berechnungen anstellt. Der Mann war weiter im Südwesten, ist nach Qart Hadasht geritten, hat sich hier und in Tynes drei Tage aufgehalten, und danach ist er zu mir gekommen. Das heißt« – er beugte sich vor –, »was auch immer hier stinkt, hat nicht erst mit der Rückkehr der Ratsherren zu stinken begonnen.«

»Noch einmal«, sagte Ailymes, »was kümmert es dich?«

»Nun kommen wir zum Kerngehäuse der fauligen Frucht. Ich verwalte das Gut der Barkiden. Nach Hamilkars Tod sind das die drei Söhne Hannibal, Hasdrubal und Mago, ein wenig noch die Tochter Salambua, und ebenfalls ein wenig Hamilkars ehemaliger Schwiegersohn, Hasdrubal der Schöne, Stratege von Libyen und Iberien.« Daniel sprach nicht weiter.

»Das heißt also«, sagte Ailymes, »daß der Gestank, den man dir zugewedelt hat, irgendwie mit den Barkiden zusammenhängt? Oder mit den Neuen allgemein?«

»Oder so, ja. Deshalb wollte ich nachsehen.«

»Kannst du nicht mehr sagen? Oder willst du nicht?«

Daniel hob beide Hände. »Fern sei es von mir, dir etwas zu verheimlichen, Söhnchen. Immerhin warst du einmal Herr der Wächter, nicht wahr? Willst du es wieder werden?«

Etwas in Daniels Tonfall deutete an, daß er eine Rückkehr Bomilkars in die Wachstube für möglich hielt. Auch die anderen hatten es gehört; alle betrachteten den Verwalter, der auch Hamilkars Freund gewesen war. Der jahrelang auf den Märkten der Stadt gearbeitet hatte und vermutlich immer noch alle wichtigen Leute in Qart Hadasht kannte.

»Was weißt du?« sagte Bomilkar.

»Nur dies. Der Mann, der es berichtete, hat in einer Schänke gesessen und gehört, wie sich ein paar Männer über etwas unterhalten haben. Er wußte nicht, ob es drei oder vier waren. Vielleicht vier, sagt er, und einer hat geschwiegen und nur zugehört. Sie haben hinter einer dünnen Trennwand gesessen, und als es still und spät wurde, konnte er dies und das hören. Keine Namen, keine Tage, keine genauen Aussagen. Aber es waren, sagt er, keine Edlen, keine Ratsherren; sie haben von ihren Herren und deren Befehlen geredet, aber vorsichtig – ›was sagt deiner, dies hat meiner angeordnet‹, so etwa. Und das, was sie angedeutet haben, klang so, als wären Ratsherren der Alten und der Neuen verwickelt.«

»Gemeinsam?« Autolykos klang wie die Verkörperung allen Zweifels; er ließ die Mundwinkel sacken. »Das mag ich nicht glauben. Aber bei den Puniern ist alles möglich.«

»Verwickelt in was?« sagte Bomilkar. »Los, alter Ziegenschänder, sag es endlich!«

Daniel grinste ihn an. »Ah, gut; so hat mich lange keiner mehr genannt. Tiggo war, glaube ich, der letzte bisher.«

Bomilkar glaubte Daniel inzwischen gut genug zu kennen, um anzunehmen, daß der Jude den Namen seines alten Freundes Antigonos, des mächtigen Herrn der Sandbank, nicht ohne Absicht erwähnt hatte. »Soll ich es noch einmal sagen, oder reicht dir einmal? Und was hat Antigonos damit zu tun?«

»Er hegt das Barkidenvermögen, wie ich das Barkidenland. Und die Schreiber – das nehme ich jedenfalls an; daß es Schreiber waren, meine ich –, also, die haben nichts deutlich ausgesprochen, aber es klang so, als ob sie über eine Enthauptung redeten.«

»Enthauptung?« sagte Laetilius. »Wer soll enthauptet werden?«

»Die Alten und die Neuen.«

Bomilkar pfiff durch die Zähne. »Verstehe ich dich richtig? Schreiber von Ratsherren beider Gruppen unterhalten sich darüber, daß man die Führer der Alten und der Neuen ... Aber wer hätte etwas davon?«

»Hast du deinen Verstand in Rom gelassen?« sagte Daniel.

»Nein. Alle, die nicht führen, dies aber gern täten, hätten etwas davon. Das ist mir schon klar. Aber wer wäre denn stark genug, um es mit Hanno und Hasdrubal gleichzeitig aufzunehmen?«

Nach einem Moment der Stille sagte Laetilius: »Viele Kleine können gemeinsam einen Großen bezwingen.«

Autolykos klopfte auf den Tisch. »Ich bin ja nur ein dummer Büttel, außerdem Kampanier, und die Feinheiten punischer Niedertracht ... Na ja. Aber meint ihr wirklich, hier geht es um einen Aufstand der kleinen Politiker gegen die großen?«

Daniel lachte plötzlich, stand auf und ging zur Fensteröffnung. »Aus dem Garten steigen anmutige Düfte«, sagte er, »und hier drin stinkt es. Was meinst du, Bomilkar?«

»Ich meine, wir können hier die ganze Nacht sitzen und denken, ohne einen Schritt weiterzukommen. Wir brauchen mehr Tatsachen und weniger Wolken.«

»Wolken? Hu hu.« Daniel wandte ihnen den Rücken zu und sprach in die Nacht hinaus. »Das einmütige Dunkel umhüllt uns, die Gedanken sind arge Funzeln, die nichts erhellen.«

»Also laßt uns überlegen, wie wir zu mehr Kenntnissen gelangen können«, sagte Bomilkar. »Wer, außer den Leuten von Tigalit, kann sich einigermaßen frei bewegen?«

»Ich, wahrscheinlich«, sagte Ailymes. »Außer ein paar anderen aus der Festung kennt mich ja keiner, und ich werde bestimmt nicht gesucht.«

Autolykos nickte. »Stimmt. Also Tigalits Leute. Ailymes. Ich werde beobachtet, aber ...« Er machte eine Handbewegung, als wollte er etwas wegwischen. »Sie sind nicht besonders gut; die, die mich beobachten. Mago hat schon dafür gesorgt, daß keiner unserer zuverlässigen Leute das tut; die könnten ja lieber mit mir plaudern als mich überwachen. Ihr beide, Bomilkar und Laetilius, müßt natürlich versteckt bleiben. Was ist mit dir, Daniel?«

»Ich gewähre dir ein Schulterzucken.« Er drehte sich um und sah die Versammelten an, einen nach dem anderen. »Wie zuverlässig Tigalits Leute wirklich sind, muß sich erst zeigen. Wir sollten mißtrauisch sein. Aber ich kann mich bewegen und abschütteln, was an mir klebt.«

»Dann laßt uns die Aufgaben verteilen.«

# 14. KAPITEL

Als Ailymes, Autolykos, Daniel und Tigalits Männer gegangen waren, saßen Bomilkar und Laetilius noch eine Weile im dunklen Raum, tranken Wein, atmeten die Nachtluft, die aus dem Garten durchs Fenster kam, und stellten Mutmaßungen an.

»Das führt alles zu nichts«, murrte Bomilkar irgendwann. »Wir wissen zu wenig und tanzen in der Luft.«

»Kannst du denn schlafen?«

»Nein, fürchte ich.«

»Dann laß uns weiter tanzen. Und trinken.« Laetilius gluckste. »Mit einem Karthager tanzen und trinken ... wenn das zur Gewohnheit wird, dann steht uns einiges bevor.«

Bomilkar grunzte nur.

»Warum willst du eigentlich alles gleichzeitig behandeln?« sagte Laetilius nach kurzer Pause.

»Weil ein Gefühl mir sagt, daß alles irgendwie zusammenhängt.«

»Ein überfahrener Lastträger, ein Inder, ein Hausbesitzer und die anderen? Was sollen die mit den Machenschaften von Ratsherren zu tun haben? Und wir wissen ja nicht einmal, ob es diese Machenschaften wirklich gibt.«

»Immerhin gibt es das: Der Inder hat im Tempel des Baal Melqart geschlafen, dessen Hoher Priester Hanno ist. Ich bin Hasdrubals Mann und wurde in Rom entführt.«

Laetilius nickte; das Licht des Monds und der Sterne reichte für Bomilkar, die Bewegung zu sehen. »Ja, natürlich«, sagte der Römer mit einem Hauch von Hohn in der Stimme, »das bringt eine Verschwörung gegen Hanno und Hasdrubal so mit sich. Oder umgekehrt. Und alles andere?«

Bomilkar leerte seinen Becher, gähnte und stand auf. »Der Lastträger war vielleicht ein alexandrinischer Spitzel«, sagte er, »der dafür sorgen sollte, daß der Ptolemaierkönig an den Verwirrungen beteiligt ist. Der Hausbesitzer Paltibal könnte über die angebliche neue Schmuggelstrecke wirksame Gifte aus dem tiefen Süden beschafft haben, um wen auch immer zu beseitigen. Und hinter allem stecken Kaukirino und Agizul, die zusammen mit Tigalits Gegnern die Macht übernehmen wollen.« Er streckte sich. »Ich weiß es auch nicht, aber solange wir nichts wissen, suchen wir eben. Ich suche jetzt den Schlaf.«

Einer von Tigalits Leuten brachte ihnen morgens frisches Brot, Wasser und Nachrichten. Autolykos habe mit Aspasia gesprochen, und die anderen Männer wollten zur verabredeten Zeit am vorgeschlagenen Treffpunkt sein; man hatte alle erreicht. Nichts von Ailymes und Daniel, aber das war auch nicht zu erwarten gewesen.

»Ich weiß immer noch nicht, was ich von deinem Treffpunkt halte«, sagte Laetilius. Er rührte im dampfenden Kräutersud und schielte auf die frischen Brotfladen.

»Kannst du mir einen anderen Ort nennen, an dem wir vor Überwachung sicherer wären?«

»Meinst du denn, du kannst dich auf den alten Mann verlassen?«

Bomilkar streckte die Hand mit dem Becher aus. »Gieß mir was ein – bitte. Die Heiligkeit des Orts und die Vorgänge im vorigen Jahr sollten für Zuverlässigkeit genügen. Oder hast du Angst, daß man uns unterwegs erkennt?«

Laetilius füllte die beiden Becher und setzte sich zu Bomilkar an den Tisch. »Angst? Nein. Ich weiß nicht, wie wir riechen werden, wenn wir Schmutz auf der Haut und schmierige Lumpen am Leib haben. Ich bin mir einfach nicht sicher, was euch Karthager und eure heiligen Plätze und Männer angeht.«

»Daniel hat mit dem Priester gesprochen, und wenn Daniel uns ausrichtet, daß der alte Mann einverstanden ist ...«

»Er scheint wirklich alles und jeden zu kennen.«

»Ich weiß nicht.« Bomilkar schlürfte von dem heißen Kräutersud, riß ein Stück Brot ab und tunkte es in den Becher. »Jedenfalls kennt er immer jemanden, der jemanden kennt.«

»Aber ein Jude in einem eurer Tempel ...«

»Den Heiligen ist alles Unheilige gleich.«

Laetilius lachte. »Wenn das so ist, dann hätten wir doch auch gleich zu Baal gehen können.«

»Hanno ist der Hohe Priester da, und wenn wirklich jemand etwas gegen Hanno ausbrütet, muß man damit rechnen, daß sie seine Wege überwachen. Ihn beobachten. Ihn und seine Leute, und natürlich auch den Tempel.«

»Na gut. Ihr müßt das wissen, ich bin ja nur ein blöder Ausländer.«

Nach dem Frühstück begannen sie mit dem Verkleiden. Beide umwickelten sich den Kopf mit Tuchbändern und einfachen Seilen, beschmierten Hände, Arme, Gesicht und Chiton mit Ruß, vergrößerten Löcher in alten stinkenden Decken, so daß sie den Kopf hindurchstecken und die Decken als Umhang verwenden konnten. Die Umhänge verbargen auch die kurzen Schwerter. Für alle Fälle würden immer ein paar von Tigalits Leuten in der Nähe sein, um ein Handgemenge zu beginnen, wenn doch jemand Bomilkar erkennen sollte.

»Ich verdrücke mich dann«, sagte Laetilius. »Wenn du wirklich darauf bestehst.«

»Ich weiß deine Anhänglichkeit zu schätzen, aber wenn sie mich schnappen, mußt du ja nicht auch eingesperrt werden.«

»Ich werde in Rom berichten, du seist unterlegen, deinen Gesetzen getreu. Man wird dich dann achten. Vielleicht.«

Bomilkar bleckte die Zähne. »Treib in dem Fall lieber ein paar Leute zusammen, vielleicht auch Elefanten, die den Kerker niederreißen.«

»Das wäre auch eine Möglichkeit.«

Tigalits Männer geleiteten sie durch die Gassen des Labyrinths zu einem kleinen Durchgang nördlich des Tors der Tränen; danach hielten sie Abstand. Bomilkar und Laetilius gingen schnell, aber nicht hastig durch Nebenstraßen nördlich der Agora nach Westen, folgten eine Weile der inneren Byrsamauer und wandten sich dann nach Südwesten, um nicht als verdreckte Handlanger zwischen den Häusern der Reichen am Hang aufzufallen. Hinter dem inzwischen fast wieder zugewachsenen Garten, in dem vor Monden ein kostbarer Gegenstand verschwunden war, folgten sie der ansteigenden Straße zum Eschmun-Tempel.

»Ich habe deinen Hang zur Dichtung noch nicht ausreichend gelobt«, sagte Laetilius, als sie die Fläche vor dem Tempel erreichten. »Eine Stimme, die wie das Geräusch klingt, das Daimonen machen, wenn sie einen Unhold zwischen schwarzen Mühlsteinen zerreiben. Schwarze Augen wie unheilvolle Edelsteine in einer Fassung aus düsterem Fleisch. Ob ich diese Gestalt wohl zu sehen kriege?«

»Wahrscheinlich nicht. Er hat keinen Grund, die Herren der Stadt zu lieben, aber auch keinen Grund, sich leichtfertig in Gefahr zu begeben.«

Abdosir, Hoher Priester des Eschmun-Tempels, hatte im vorigen Jahr einen Neffen verloren, der ebenfalls Abdosir hieß und ihm angeblich teuer gewesen war. Wirre Machenschaften der Mächtigen, ungesühnt, wiewohl von Bomilkar aufgeklärt – Daniel hatte behauptet, er wisse von »verläßlichen Lügenbolden«, daß der Priester den Tod des Neffen nicht als notwendiges Opfer, sondern als »widerwärtigen Blödsinn« ansehe. Und es war mehr als unwahrscheinlich, daß jemand – wer auch immer hinter allem steckte – ausgerechnet im Eschmun-Tempel nach Bomilkar suchen würde.

»Meinst du, er ist gar nicht da?«

»Daniel wollte ihm empfehlen oder empfehlen lassen, sich heute anderswo aufzuhalten, aber den Tempelsklaven zu befehlen, daß sie gewisse Gäste verschwiegen bedienen.«

Vor dem Portal hielt Bomilkar inne, wandte sich um und überflog mit den Augen die Umgebung. Über der Mauer, die den hangabwärts wuchernden Garten vom Platz vor dem Tempel trennte, sah er den Kopf eines Mannes und nahm nicht an, dieser sei der Gärtner. An der Ecke zur Straße hockte ein weiterer Mann neben einem Maultier und knabberte an einem Brotfladen. Der dritte von Tigalits Leuten saß im Schatten eines Vorsprungs an der Außenwand des Tempels und schien zu dösen; auf den Knien lag ein Kinderhorn, mit dem man keine Signale, wohl aber Lärm absondern konnte.

»Und zweifellos sind alle drei gut bewaffnet«, murmelte Laetilius, als sie die wenigen Stufen zum Portal hinaufgingen.

Ein Tempelsklave, der im Gang hinter dem Portal gewartet hatte, nickte ihnen zu und gab den Weg frei.

»Wie viele sind da?« sagte Bomilkar.

»Sieben, Herr.«

»Dann sind wir vollzählig; laß keinen mehr ein, hörst du? Außer einem Boten des Zwielichts.«

Der Sklave nickte. »Einer der drei draußen?«

»Du beobachtest gut; hoffentlich vergißt du auch gründlich.«

»Ich werde mich nicht einmal erinnern können, etwas vergessen zu haben.«

Der nicht überdachte Innenhof des Tempels war bis auf den Altarstein leer. Hinter diesem war im Schatten des Bogengangs eine schwere Tür aus mit Bronze beschlagenem Holz zu sehen.

»Die heiligen Hallen?« sagte Laetilius.

Bomilkar stieß die angelehnte Tür auf. »Ein Raum für Beratung und Versammlung. Rein mit dir.«

Der Raum war eher ein Saal, maß vielleicht fünfzehn mal acht Schritte und war kahl. Rechts und links standen ein paar Götterbilder, darunter ein uralter Eschmun, den vor mehr als dreihundert Jahren Pharao Amasis der Stadt zur Besiegelung eines Vertrags geschenkt hatte. Es gab keine Fenster, nur Licht- und Luftöffnungen in mehr als doppelter Mannshöhe unter der Decke – schmale Schächte in den dicken Mauern, Öffnungen, durch die keiner kriechen und an denen draußen niemand lauschen konnte.

Auf den ausgetretenen, hier und da unebenen Tonfliesen des Bodens standen zwei lange Tische, mit Bänken an den vier Längsseiten. Die Männer, die dort gesessen und geredet hatten, standen auf und wandten sich Bomilkar und Laetilius zu. Einige grinsten, andere lachten, nur Daniel verzog keine Miene.

»Mußtest du diesen Römer wieder mitbringen?« sagte Duush; er umarmte Bomilkar und zwinkerte Laetilius zu.

»Er wollte mal etwas erleben. Gut, euch alle zu sehen.«

Barako deutete eine stumme Verneigung an und wirkte überrascht und beinahe verlegen, als Bomilkar auch ihn umarmte, danach die anderen: Vavurro, Nymar, Patroklos und Artemidoros.

»Ich will nicht von dir umarmt werden«, knurrte der Arzt. »Lieber wäre mir Aspasia. Oder etwas mehr Umsicht von dir, so daß wir alle gar nicht erst in diese Lage geraten wären.«

»Ach, halt den Mund; setzt euch.« Bomilkar langte nach einem der Becher, die neben einem Krug in der Tischmitte standen, goß ihn voll, trank und ließ sich auf der Bank nieder. Laetilius ging um den Tisch herum und setzte sich ebenfalls; Vavurro und Barako kamen zu ihm, dann auch Nymar und Patroklos.

»Ihr habt ihn doch alle oft genug gesehen«, sagte Daniel, der sich links neben Bomilkar setzte. »Müßt ihr ihn gegenüber haben, um euch an der Wiederkehr der Häßlichkeit zu weiden?«

»Nein, sondern um weiter von dir entfernt zu sein.« Patroklos grinste. »Du weißt doch, wie sehr Hellenen und Juden einander lieben.«

Laetilius griff zu einem weiteren leeren Becher. »Könnt ihr damit aufhören und mit den ernsten Dingen anfangen?« sagte er. »Solange wir uns nicht sicher sind, ob nicht doch jemand von dieser Ratsversammlung erfahren hat und uns besucht ...«

Bomilkar nickte und klopfte auf die Tischplatte. »Er hat recht, obwohl er Römer ist. Ich danke euch, Freunde, daß ihr gekommen seid. Wir ...«

Artemidoros setzte sich zu seiner Rechten. »Sind wir denn vollzählig?« sagte er. »Was ist mit Autolykos und dem jungen Libyer?«

»Autolykos hat sich zu Mutumbal begeben – meine beiden entlassenen Stellvertreter werden sicher einige Spitzel anlocken und beschäftigen. Ailymes hat etwas anderes zu tun und weiß nichts von diesem Treffen.«

»Gibt es dafür einen Grund? Für sein Nichtwissen?«

»Wenn man ihn fängt, kann er nichts verraten. Nein; er ist außerhalb der Stadt unterwegs. Laßt uns beginnen. Ich nehme an, ihr habt euch gedacht, daß ich nicht zu den Römern übergelaufen bin. Jemand hat dafür gesorgt, daß ich entführt wurde; Laetilius hat Ailymes und mich befreit, und da er für den Ausländerprätor in Rom arbeitet und der Prätor wissen will, welche blöden

Ausländer andere blöde Ausländer entführen, ist er mitgekommen. Das sollte zuerst genügen; mehr Einzelheiten später.«

Patroklos schaute die anderen an, die neben ihm saßen. »Von uns auch später mehr«, sagte er. »Wir haben gehört, daß du ein Verräter bist, und dann hat der Rat beschlossen, der Schuppen würde geschlossen, wir sollten nach Hause gehen, uns anständige Arbeit suchen und um nichts mehr kümmern. Reicht dir das für den Anfang?«

»Für den Anfang, ja. Wer will als erster reden?«

Vavurro räusperte sich. »Ich habe nicht viel zu sagen, deshalb laßt mich anfangen. Ich habe, wie du es wolltest, mit den Dienern und Sklaven des Melqart-Tempels geredet. Es hat gedauert, bis sie den Mund aufgemacht haben, wenn auch nicht weit genug zum Gähnen. Also: Am Abend vor dem Morgen, an dem Teschu ermordet wurde, waren ein paar Ratsherren und Schreiber im Tempel. Hannos Leute. Arish war dabei, sein Schreiber Himilko und noch einige andere; ich gebe dir später eine Liste mit den Namen. Sie haben dem Melqart ein Opfer dargebracht und sich in einem der Räume beraten, während in einem anderen Teschu und einige Priester gegessen und geplaudert haben.«

»War Hanno dabei?«

»Nein. Die Diener haben auch nicht viel von den Beratungen gehört oder mir nicht viel gesagt.« Vavurro rümpfte die Nase. »Ich bin ja nur ein alter Elymer. Sie wollten wissen, warum ich Sizilien verlassen habe, und ich habe gesagt, als die Römer meine Heimat übernahmen, hätte es mir dort nicht mehr gefallen. Als arbeitsuchender Flüchtling konnte ich natürlich nicht alle Fragen stellen, die mir so in den Sinn gekommen sind.«

»Gut, Vavurro; ich danke dir. Und ihr?«

Einer nach dem anderen berichteten die Männer des Schuppens über das, was sie getan und gehört hatten, aber nichts davon schien bedeutsam zu sein. Bis auf das, was Duush auf den Märkten vor der Stadt erfahren hatte.

»Dieser Lastträger, Mennad«, sagte er. »Die Palme am *kitun*. Übrigens auf der Innenseite; um sich einander zu zeigen, mußten die Leute den Leibrock ein bißchen lupfen. Also, Mennad hat im Römerkrieg zu einer Truppe gehört, die den elenden Grabenkrieg am Eryx mitgemacht hat. Er hat gekämpft, soweit gekämpft wurde, und außerdem hat er Männer und Waffen und Vorräte und derlei befördert. Nachschub in beide Richtungen – Verwundete nach Qart Hadasht, Mehl und Geld und Waffen nach Sizilien.«

»Kämpfen und befördern?« sagte Bomilkar. »Hatten die Leute einen besonderen Namen? Die mit der Palme?«

»Was meinst du? Einen Namen wie ›Palmwedelmeuchler‹ oder so etwas?«

»Meuchelwedel«, sagte Daniel. Er lachte. »Ich hätte nicht gedacht, daß ... andererseits, bei Kriegern muß man mit allem rechnen.«

Duush lächelte flüchtig. »Abgesehen von Spielereien mit Namen gibt's da aber noch etwas.«

Bomilkar runzelte die Stirn und schaute ihn stumm an.

»Die meisten scheinen tot zu sein«, sagte Duush. »Im Krieg gefallen. Nach dem Krieg als Teil des Söldnerheers gefallen. Von Hamilkar im Tal der Säge aufgerieben. Einige sind nach dem Römerkrieg in ihre Heimat zurückgekehrt oder in der Stadt geblieben. Ich habe nur zwei oder drei finden können, die etwas über die Palmwedel-Gruppe wußten, aber keinen, der dazugehört hat. Und die, die etwas über sie wissen, reden irgendwie ungern davon.«

»Hast du einen Grund dafür gefunden?«

Duush nickte langsam. »Es scheint eine besondere Truppe gewesen zu sein. Gewöhnlich sind ja die Kampftruppen und der Nachschub getrennt; daß Leute einer Kampfeinheit ihren eigenen Nachschub besorgen, ist schon selten.«

»Na ja«, sagte Daniel. »So selten auch wieder nicht. Ich weiß, daß Hamilkar immer wieder Leute aus den Gräben am Berg Eryx für einen Mond oder zwei heimgeschickt hat – Nachschub beschaffen, sich ein bißchen erholen, vor allem aber neue junge Kämpfer anwerben.«

»Mag sein, trotzdem eher unüblich. Bei diesen hier gab es noch eine weitere Besonderheit. Sie sind offenbar hin und wieder nachts in die römischen Stellungen gekrochen, um zu töten. Auf eine besondere Weise.« Duush blickte Laetilius an. »Ich weiß nicht, ob es da bei euch Geschichten gibt.«

Laetilius schien zu zögern. »Ich habe mal etwas gehört«, sagte er. »Aber das ist länger her. Irgendwas von Männern mit schlimmen Händen? Ich weiß nicht.«

»Schlimme Hände?« Bomilkar preßte die Lippen zu einem dünnen Strich. »Es kommt mir so vor, als hätte ich auch ... Weißt du mehr, Duush?«

»Sie waren geübt darin, andere mit zwei oder drei Handgriffen und besonderen Hieben mit der Handkante zu töten. Geräuschlos, versteht ihr? Kein Waffengeklirr, kein Todesschrei, nur ein dumpfes Knacken.«

»Das war's, genau.« Laetilius nickte; er wirkte beinahe erfreut, schüttelte sich aber dabei. »Scheußlicher Tod.«

»Welcher Tod ist denn schön, Junge?« sagte Daniel. »Ich finde, du bist an der falschen Stelle wählerisch.«

Bomilkar hob die Hand, als alle durcheinanderzureden begannen. »Tauscht eure Todeswünsche später aus«, sagte er. »Artemidoros, du siehst so aus, als ob du etwas dazu beitragen wolltest. Ein besonders ausgefallenes Ende für dich?«

Der Arzt lehnte sich zurück und faltete die Hände hinter dem Kopf. »Das nicht. Aber es gibt da etwas ... Ich gestehe, daß ich bestimmte Dinge übersehen hatte.«

»Und zwar? Und vor allem – wann und wobei?«

»Ehe du dich nach Rom abgesetzt hast.« Artemidoros zwinkerte. »Ich habe dir ja versprochen, noch einmal alle herumliegenden Leichen zu untersuchen. Ich habe etwas gefunden. Nicht bei allen, aber bei einigen.«

»Was denn?« sagte Bomilkar, als der Arzt nicht weitersprach.

Artemidoros schien verlegen zu sein; jedenfalls befand er sich in einem Gemütszustand, der der Verlegenheit so nahekam, wie das bei ihm möglich war. »Ich muß das erklären«, sagte er, »damit du mich nicht für vor der Zeit vergreist hältst.«

Daniel gluckste. »Der Alexandrier gibt Fehler zu? Daß ich das noch erleben darf! Entblöße deine Mängel, Herr.«

»Wenn mir einer gebracht wird«, sagte Artemidoros, »dem jemand den Bauch und die Kehle aufgeschnitten hat ... also, er ist ausgeblutet, die Eingeweide hängen heraus, dann untersuche ich die Art der Schnitte und betrachte den Inhalt seines Magens, auch wenn es überflüssig ist. Man könnte ja etwas finden, was einem verrät, wo er zuletzt gegessen hat. Mehr ist nicht nötig. Todesursache, ungefähre Todeszeit ... Tja. Als ich den toten Inder noch einmal untersucht habe, stellte ich fest, daß er wahrscheinlich an etwas anderem gestorben ist. Man hat ihm das Genick gebrochen und ihn erst danach aufgeschnitten.«

»Ah.« Bomilkar beugte sich vor. »Das heißt, man könnte ihn schon im Gastraum des Tempels getötet und dann woandershin geschleppt haben. Daß kein Blut im Melqart-Tempel zu finden war, heißt also gar nichts?«

»Nicht nur das.« Artemidoros redete nun durch die Nase – ›Hochmut im Klang, um die mit dem Inhalt zwangsläufig verbundene Demütigung zu verbergen‹, dachte Bomilkar. »Der Lastträger, Mennad, ist überfahren worden, dafür gibt es Zeugen, und an seinem Körper war nichts anderes zu finden, auch nicht beim zweiten Versuch. Aber dieser Hausbesitzer, uh, Paltibal. Er hatte Druckstellen an den Armen, wie du dich erinnern wirst, und er hatte sich das Genick gebrochen.«

»Weiter«, sagte Bomilkar. Er sah, daß alle den Arzt aufmerksam beobachteten, wie den Quell einer beinahe göttlichen Offenbarung. Als erhofften sie von seinen nächsten Worten die große Erhellung, die alle widersprüchlichen und anscheinend völlig sinnlosen Vorgänge verknüpfen und erklären würde.

»Tja, hm.« Artemidoros räusperte sich. »Paltibals Genick ... also, soll ich das eingehend erläutern?«

»Sag, was du gefunden hast, ohne die Feinheiten deiner Kenntnisse vollständig auszubreiten.«

»Wie du willst. Wenn einer vom Dach fällt und sich den Hals bricht, gibt es gewöhnlich Knochentrümmer. Paltibal scheint mit den Beinen zuerst aufgeschlagen zu sein; die Leiche wies Knochenbrüche in den Beinen und im Becken auf. Das Genick war, tja, sauber ausgehebelt, könnte man sagen. So, als hätte ihm jemand, einer, der mit den Händen töten kann, den Kopf ruckartig zur einen und dann sehr weit zur anderen Seite gedreht. Nicht, als ob er mit dem Kopf aufgeschlagen wäre.«

»Und die anderen?« sagte Bomilkar. »Maharbal und Baalyaton?«

»Baalyaton der Tuchhändler wurde in einem Gesträuch gefunden, mit durchgeschnittener Kehle, nicht wahr? Warum also nach weiteren Todesursachen suchen? Ich habe, da ich nun einmal dabei war, weitergesucht und gefunden, daß man ihm das Genick gebrochen und danach die Kehle geschlitzt hat.«

»Und der Wirt? Maharbal?«

»Angeblich hat ihm jemand Brennstoff geliefert, diese netten Dungbälle, sich mit ihm über Güte und Preis gestritten, ihn erstochen und ist geflüchtet. Sagt ein Sklave.« Artemidoros schüttelte den Kopf. »Ich habe Autolykos gebeten, den Sklaven noch einmal zu befragen, und dabei hat sich herausgestellt, daß der Mann den Anfang gesehen, das Ende aber nur aus einem Nebenraum gehört hat. Maharbals Genick war gebrochen; der Messerstich kam erst danach.«

»Aber was soll denn das?« sagte Barako. »Mit den Händen töten und hinterher schneiden und stechen?«

Nymar stieß ihn mit dem Ellenbogen an. »Wir Maken«, sagte er, »sind gute Bogenschützen. Na ja, nicht alle, aber einige. Wenn du einen findest, dem ein Pfeil aus dem Bauch ragt, was sagst du dann?«

»Armes Schwein.« Barako grinste.

»Du hast recht«, sagte Vavurro. »Jemand wird sagen, ein Bogenschütze hat ihn getötet, wer kann mit Pfeil und Bogen umgehen? Laßt uns Nymar befragen. Mit dem Messer kann fast jeder umgehen. Aber ... wer kann mit den Händen töten?«

Barako nickte. Duush hatte das Gesicht zu einer Fratze des Abscheus verzogen. Nymar starrte an die hohe Decke. Artemidoros lächelte versonnen; Bomilkar nahm an, daß der Arzt es genoß, wichtige Dinge – wiewohl spät – gesehen zu haben und nun nicht mehr Mittelpunkt und Sammelplatz des Zweifels zu sein. Patroklos hatte die Hände auf den Tisch gelegt und betrachtete seine Finger, als fragte er sich, ob er mit ihnen töten könnte. Daniel zupfte an seinem linken Ohrläppchen und schien etwas sagen zu wollen, mit dem Wortlaut der Äußerung aber noch nicht zufrieden zu sein.

»Eine Truppe von Männern, die gestickte Palmwedel am *kitun* tragen und kämpfen und Nachschub befördern und mit den Händen töten«, sagte Laetilius. »Und Bomilkar wird nach Rom geschickt und dort entführt. Und hier finden mehrere Morde statt, indem man Leuten den Hals bricht und sie danach zerschlitzt. Ergibt das irgendeinen Sinn? Einen Zusammenhang? Oder hat nichts davon mit dem anderen zu tun?«

Daniel hüstelte. »Es gibt mehrere Düfte. Sagen wir, verschiedene Arten von Gestank. Ob die wirklich alle aus der gleichen Sickergrube stammen? Inder, Lastträger, Hausbesitzer, Tuchhändler, Wirt – haben sie etwas gemein? Und wenn ja, was verbindet sie mit Bomilkars

Entführung? Es müßte schon etwas von erlesener Sinnlosigkeit sein. Die Erhabenheit des Unfugs wird noch gesteigert, wenn ihr die Ratsherren und die Verschwörung gegen Hasdrubal und Hanno mit hineinbringt.« Er zog den Inhalt seiner Nase hoch, schluckte und setzte hinzu: »Ich bin sehr neugierig auf die Zusammenfassung. Ich glaube, es wird ein feines Gedicht werden.«

Bomilkar lauschte eine Weile, während wilde Mutmaßungen erörtert und verworfen wurden. Dann schweiften seine Gedanken ab, fort von dem, was er wußte und nicht verbinden konnte, hin zu Dingen oder Vorgängen, die vielleicht das, was er suchte, verhüllen oder verbergen mochten. Jemand, sagte er sich, mochte in das Haus eines Reichen eindringen, um dessen Reichtümer zu rauben, und falls jemand ihn sah, tötete er diesen. Nicht um ihn zu töten, sondern um ungestört zu rauben. Jemand hatte finstere Absichten und tötete einen, der zufällig davon erfahren hatte – nicht um ihn zu töten, sondern um die Absichten vorläufig geheimzuhalten. Jemand, einfacher gesagt, machte einen weißen Fleck auf den Boden und goß Blut darüber, dessen einziger Zweck es war, das Weiße zu verbergen. Jemand bohrte ein rundes Loch und verdeckte es mit einem viereckigen Brett. Ein Kamel stehlen, damit keiner das Fehlen einer Maus bemerkte?

Er nahm die Reden und Gegenreden der anderen nur noch wie ein fernes Rauschen wahr, während er versuchte, etwas zu finden, was zu seiner Verhüllung mehrerer Morde, einer Entführung und einer Verschwörung bedurfte. Und als ein Teil seines Geistes ihm eben mitteilte, daß er auf dem Weg zu irrsinnigen Albernheiten sei, sagte ihm der andere, daß die Lösung ganz nah sein müsse, vielleicht vor ihm auf dem Tisch, und wenn er die Tischplatte nicht wie bisher, sondern mit schiefgehaltenem Kopf betrachtete – wenn er Wein über die Tischplatte gösse, um das verdeckte Muster freizuspülen und hervorzuheben – wenn er sich sehr schnell umdrehte, um etwas, das immer am Rand des Blickfelds herumhuschte, endlich ganz zu sehen ...

Aber was es auch sein mochte, es blieb verborgen, und plötzlich bemerkte er, daß die anderen schwiegen und ihn anschauten, als hätte jemand eine Frage an ihn gerichtet und alle warteten auf die Antwort.

»Kannst du das wiederholen?« sagte er, an niemanden gewandt.

»Gern.« Daniel grinste ihn an. »Ob es weitere Aufgaben zu verteilen gibt; und wo wir das nächste Treffen wann abhalten wollen.«

»Du meinst, wir sollten den Tempel nicht zweimal benutzen?«

»Wir meinen«, sagte Patroklos, »daß wir keinen Ort zweimal benutzen sollten. Unabhängig davon, ob der Hohe Priester uns ein zweites Mal dulden würde. Vielleicht bringt er uns beim nächsten Mal um und opfert uns dem Gott.«

»Vielleicht vergiftet er uns, oder er holt Mago und seine Leute her«, sagte Barako.

Bomilkars Nackenhaare sträubten sich. »Bei allen Göttern der Finsternis«, sagte er durch die Zähne. »Wie kann man so leichtsinnig ...«

Daniel folgte seinem Blick, der am Wasserkrug hing. »Keine Sorge«, sagte er. »Wenn die Punier dösen, muß der Jude wachen. Ich schlafe in der Stadt ohnehin nicht gut.« Er langte neben sich und hob einen leeren Ziegenbalg hoch.

»Hast du ...?«

»Ich habe das Wasser, das im Krug war, auf den Altar geschüttet«, sagte Daniel. »Was wir trinken, habe ich mitgebracht. Ich dachte, ich komme lieber früh und bin mißtrauisch, als daß ich später komme und früher sterbe. In diesem Fall wäre ich nicht an Gift gestorben, sondern an Leichtsinn.«

»Vielleicht überflüssig«, sagte Laetilius, »aber wir hätten alle an so etwas denken sollen. Und jetzt?«

Bomilkar bemühte sich, seine Gedanken zu bündeln. »Wir wissen nicht genug. Wir brauchen weitere Kenntnisse.«

Duush hob die Schultern. »Das stimmt ohne Zweifel, aber um Antworten zu suchen, müßte man Fragen stellen, und mir fallen nicht die richtigen ein.«

»Vor den Fragen vielleicht ein Dank?« Patroklos wandte sich an Daniel. »Ehrwürdiger Mann, wir schulden dir möglicherweise unser Leben.«

»Das ist möglicherweise nicht eben erwähnenswert.« Aber Daniel lächelte, als er das sagte.

»Du hast von Kenntnissen gesprochen, Herr«, sagte Barako. »Wo sollen wir graben? Wen foltern?«

»Es könnte sein, daß wir in den nächsten Tagen noch ein paar Männer brauchen.« Bomilkar strich seine Nakkenhaare glatt. »Patroklos – du wirst ein wenig laufen müssen. Durch die Stadt, aber die ist ja groß genug. Sieh zu, wen von den Leuten du auftreiben kannst, die hin und wieder für den Schuppen arbeiten. Alle, die dir zuverlässig erscheinen, sollen morgen bei Sonnenuntergang am Nordrand des Markts vor dem Tynes-Tor sein. Du auch.«

Patroklos kniff ein Auge zu. »In der Nähe von Kaukirino?« sagte er.

»Zum Beispiel.«

»Gut; es wird geschehen.«

»Duush und Nymar. Ihr zwei solltet die Stadt verlassen.«

Der Numider und der Make grinsten einander an. »Wir reisen gern«, sagte Nymar. »Zusammen oder getrennt?«

»Getrennt. Duush nach Ityke, Nymar nach Tynes. Genaues sage ich euch später; könnt ihr aufbrechen, oder hält euch etwas länger hier fest? Familie oder derlei?«

»Nichts derlei.«

»Gut, dann sprechen wir nachher weiter. Barako.«

Der junge Punier blickte ihn schweigend an.

»Die keifende Witwe Hepsibal«, sagte Bomilkar.

»Jene, die Autolykos als kampanischen Schleimfisch oder so ähnlich bezeichnet hat?«

»Ebendie. Sie wartet vermutlich immer noch darauf, endlich Paltibals Erbe in die Hand zu bekommen. Geh zu ihr, feiner junger Punier, der du bist, sprich ihr von Schleimfischen und abwesenden Bütteln, sag ihr, wie klug und schön sie ist, und sieh zu, daß du mehr über ihr Vorleben und vor allem das von Paltibal erfährst. Von ihr oder den Sklaven oder sonstwem.«

»Wie weit soll ich dabei gehen?« sagte Barako mit einem flüchtigen Lächeln.

»So weit wie nötig. Vavurro, ich möchte, daß du dich noch einmal mit Dienern und Sklaven unterhältst.«

»Noch einmal der Tempel des Melqart?«

»Sakarbal. Ich weiß nicht, wo er wohnt, aber ...«

»Das kriege ich raus. Etwas Bestimmtes?«

»Alles, was uns helfen könnte, hinter seine Absichten zu kommen. Verabredungen, verstohlene Besuche anderer Ratsherren, auffällige Abwesenheiten, so etwas.«

Der Elymer nickte.

»Ah, Patroklos«, sagte Bomilkar. »Fast hätte ich das vergessen. Die Leute, die du auftreibst, sollen sich zwischen jetzt und dem morgigen Sonnenuntergang umhören. Hier, da und dort. Die Ratsherren, wenn sie wirklich eine Verschwörung vorbereiten, müssen irgendwo Spuren hinterlassen haben. Einzelheiten, die wahrscheinlich unwichtig wirken, aber zusammen ein anderes Bild ergeben.«

»Soll ich vielleicht ein paar von den Schweifenden von außerhalb dazuholen?«

Bomilkar zögerte einen Moment, dann sagte er: »Die taugen dazu nicht recht; sie kennen sich wahrscheinlich in der Stadt nicht genug aus. Außerdem hat Zililsan bestimmt die besten mitgenommen.«

»Ich habe lange und verwundert geschwiegen und gelauscht«, sagte Artemidoros. »Gibt es etwas, was ich tun kann? Soll? Möchte?«

»Was mögen angeht, bin ich überfragt. Können und sollen, ja. Der neue Herr der Festung ist sicher gut ausgesucht worden und wird uns nicht helfen; aber du könntest versuchen, unauffällig, so als sorgenvoller Arzt der Krieger, ein paar Unterführer zu finden, die mit der neuen Lage der Dinge ... unzufrieden sind und vielleicht bereit wären wegzuschauen, wenn etwas geschieht.«

Artemidoros seufzte. »Was, zum Beispiel, sollte geschehen? Könntest du etwas deutlicher sein?«

Bomilkar stand auf. »Ich weiß es noch nicht – Leute,

die im Notfall bereit sind, einen Befehl langsam auszuführen, zu vergessen oder nicht richtig zu verstehen. So etwas.«

Im Hof gab er Duush und Nymar noch einige Anweisungen. Dann verließen alle einzeln den Tempel. Auf dem Weg zum Portal hielt Daniel Bomilkar am Arm fest. Leise sagte er:

»Zweierlei. Hast du nicht nur Wasser, sondern auch Papyros vergessen?«

Bomilkar stutzte und mußte ein paar Lidschläge lang überlegen, was gemeint sein könnte. Dann schüttelte er den Kopf. »Nein, habe ich nicht. Ich bin nur halb leichtsinnig.«

»Gut; das nimmt mir eine Sorge und befriedigt mich. Was ist mit deiner Sorge und Befriedigung?«

Laetilius kicherte und ging schneller; über die Schulter sagte er: »Das will ich lieber nicht hören.«

»Was meinst du jetzt schon wieder?«

Daniel kratzte sich am Kopf. »Du bist eben doch ein punischer Lehmkopf. Wenn du anfängst, im Schlamm zu wühlen, was glaubst du denn, wie lange es dauert, bis jemand beschließt, Aspasia in den Tümpel zu schubsen?«

»Hast du einen Vorschlag?«

»Würde ich sonst fragen?« Er verlegte das Kratzen vom Kopf zum Bauch; dabei schien er heftig zu denken. »Hamilkars Garten«, sagte er dann.

»Unmöglich. Den werden sie bestimmt beobachten.«

»Das weiß ich doch, kleiner Trottel. Erinnerst du dich an die Biegungen des Wegs dorthin?«

Bomilkar schloß einen Moment die Augen und versuchte sich zu erinnern. Das Landhaus, die Gärten, die

Felder nördlich der Stadt, fast an der Küste, wo Hamilkar Barkas sich aufgehalten hatte, wenn er nicht im Krieg war, aber nicht genug Zeit hatte, das große Gut weit im Osten aufzusuchen. Das schöne, kühle Haus, in dessen Nähe man vor zwei Jahren einen toten Römer gefunden hatte und in dem sich hin und wieder nicht nur die Angehörigen trafen, sondern auch die Führer der Neuen, der Barkidenpartei.

»Ja, ich erinnere mich.«

»Ungefähr auf der Hälfte«, sagte Daniel. »Der Weg macht einen weiten Bogen zwischen Feldern und Hekken, und wo der Bogen endet und der Weg wieder geradeaus geht, gibt es einen kleinen Brunnen, gemauert, neben einer Baumgruppe.«

Bomilkar nickte.

»Links geht, hinter den Bäumen und von der Straße aus nicht zu sehen, ein schmaler Pfad nach Norden. Wenn du ihm folgst, kommst du zu einem Hügel, von dem aus man das Meer sehen kann. Am Fuß des Hügels, an der Nordseite, steht eine Hütte. Bring etwas zu essen mit, vielleicht Wein; Wasser gibt es da.«

Der Tempeldiener, der sie begrüßt hatte, ließ sich nicht blicken, als sie sich dem Portal näherten. Daniel nickte Bomilkar zu, grinste Laetilius an und ging dann nach links, als wollte er zu den großen Häusern der Reichen und zu den anderen Tempeln auf dem Byrsahügel.

»Was hat er mit dem Papyros gemeint?« sagte der Römer.

»Komm.« Bomilkar wandte sich nach rechts zu der steilen Straße, über die sie hergekommen waren. Zwei der immer noch unauffällig herumlungernden Männer Tigalits folgten ihnen; der dritte war verschwunden.

Als sie die Straße hinuntergingen, sagte Bomilkar halblaut: »Spuren hinterlassen, weißt du. Im Haus im Labyrinth. Man weiß ja nie, wer in unserer Abwesenheit hineinschaut.«

»Mitgenommen?«

»Verbrannt.«

»Gute römische Lösung.«

Bomilkar gluckste. »Was hältst du von der Runde eben?«

»Nicht schlecht. Ich weiß nur nicht, ob wir ... uh, ob du damit weiterkommst.«

»Sag ruhig wir. Du steckst ja mit drin.«

»Höchstens halb.«

»Was willst du denn dem Senat oder dem Prätor oder wem auch immer erzählen, wenn du zurückkommst? Die Hälfte?«

»Höchstens. Was machen wir jetzt?«

Bomilkar hob die Schultern. »Wir werden langsam und unauffällig herumgehen, schauen, lauschen. Und vielleicht kommt ja etwas dabei heraus.«

»Was den Abend angeht ...«

»Ja?«

»Habe ich das richtig verstanden? Daniel wird Aspasia irgendwie aus der Stadt schaffen und zu dieser Hütte bringen?«

»Ich hoffe, daß es ihm gelingt.«

»Dann sollte ich woanders sein.«

Bomilkar blieb stehen und legte eine Hand auf Laetilius' Unterarm. »Aspasia würde sich freuen, dich zu sehen. Du kannst ja, wenn du unbedingt willst, irgendwo Kinder auftreiben und mit ihnen eine Stunde durch die Felder wandern.«

»Ah, es geht mir nicht um eure Wiedersehensfreuden«, sagte der Römer. »Die gönne ich euch. Und ich nehme an, ich werde sie in den nächsten Tagen schon noch sehen.«

»Willst du dich schon wieder mit euren Spitzeln unterhalten?«

»Was für Spitzel?«

An einem Platz nördlich der Großen Straße unterbrachen sie ihre Lauschwanderung, um etwas zu essen. Bomilkar beobachtete den Verkehr, die Karren und Menschen, und als er feststellte, daß ein Büttel ihn und die anderen, die an den Stehtischen vor der Garküche aßen, mit Blicken streifte und weiterging, war er mit seiner Verkleidung, dem Ruß und dem übers Gesicht hängenden Tuchzipfel zufrieden.

Als er abends die Hütte erreichte, war er müde von langem Wandern und Schleppen. Er stellte den Umhängekorb mit Brot, kaltem Fleisch und der versiegelten Amphore eines Weins aus der Byssatis ab, schöpfte Wasser aus dem Brunnen, zog die verschwitzten Fetzen aus und reinigte sich. Danach überlegte er, ob die Hütte sicher genug war, sich darin auszustrecken. Wenn Daniel nicht der Ansicht wäre, sagte er sich, hätte er mich wohl kaum hergeschickt.

Also legte er sich in der Hütte auf den Strohsack, der als Lager vorgesehen zu sein schien, und schloß einen Moment die Augen. Er wollte nicht schlafen, sich lediglich ein wenig ausruhen und abwarten, ob Aspasia wirklich eintraf.

Als er von einem Zupfen erwachte, hockte sie neben seinem Kopf und lächelte auf ihn herab.

»Willkommen, Verräter«, sagte sie.

Er hob die Arme und legte sie um ihren Hals. »Gut zu wissen, daß ich auch als müder Verräter willkommen bin.«

Sie küßte ihn. Dann streckte sie die Hand aus und zupfte abermals, diesmal nicht an seinem Ohr, sondern an den Lumpen, mit denen er sich bedeckt hatte.

»Mhm, er ist schon entblößt«, sagte sie. Eine Hand wanderte langsam an ihm abwärts, mit der anderen streichelte sie seine Wange. »Du warst lange fort. Es wird Zeit, daß du kommst. Ich auch.«

Später aßen sie Brot und Fleisch, tranken Wein und zählten die Sterne über dem Meer. Dabei berichteten sie einander, was in der letzten Zeit diesseits und jenseits des Meers geschehen war. Aspasia hatte nicht viel zu erzählen; sie hatte gearbeitet, wie immer, und eines Tages gehört, er sei übergelaufen. Schon vorher waren ihr jedoch die Männer aufgefallen, die sie zu beobachten schienen.

»Zuerst habe ich gedacht, das wären lauter Büttel – deine Leute, weißt du. Sie sollten ja auf mich achtgeben, für den Fall, daß dieser Agizul auftaucht. Aber dann waren es andere als die, die zuerst in der Nähe gewesen sind, und es wurden mehr, und als ich mit ihnen reden wollte, haben sie nicht geantwortet.« Dann seien die Männer vom Schuppen, wenig später auch Autolykos aufgetaucht und hätten berichtet; von seinem Verschwinden in Rom, der Entlassung, den neuen Leuten. »Andere Gesichter, andere Namen«, sagte sie. »Wobei mir einfällt, wir hatten es vorhin so eilig, daß wir gar nicht zu unserem liebsten Spiel gekommen sind.«

»Namen für die am Spiel beteiligten Dinge?« Er lächelte ins Dunkel. »Ich bin wahrscheinlich zu müde, um neue Wörter zu finden, aber ich glaube, die kleine Schlange erwacht gerade und möchte gern noch einmal hierhin« – er berührte ihre Lippen mit der Zunge und schob dabei die Hand zwischen ihre Schenkel – »oder dorthin kriechen.«

»Schlange?« sagte Aspasia. »Hatten wir doch schon oft. Und ›hierhin oder dorthin‹ – keine neuen Namen?«

»Nur Taten.«

Als später alle Taten getan waren und kaum noch Wein in der vor dem Ohr geschwenkten Amphore schwappte, schlief er ein. Und fuhr plötzlich hoch.

»Was ist?« murmelte Aspasia neben ihm. »Warum zappelst du so?«

»Namen«, sagte er. »Natürlich. Warum bin ich nicht längst darauf gekommen?«

»Was denn? Fallen dir jetzt welche ein?«

»Andere.« Er beugte sich über sie und küßte ihre Nasenspitze. »Schlaf; ich erzähl es dir morgen.«

# 15. KAPITEL

Nicht lange nach Sonnenaufgang erschien Daniel, um Aspasia wieder in die Stadt zu bringen. Er hatte möglicherweise nicht gut geschlafen; jedenfalls wirkte er ungewöhnlich ernst und außerdem zerknittert.

»Was zerkratzt dein Gemüt?« sagte Bomilkar.

»Los, kommt, reden können wir unterwegs.«

»Denselben Weg zurück? Den könnte ich ja auch allein finden«, sagte Aspasia. »Falls ihr etwas zu bereden habt.«

»Finden ja, aber nicht so einfach gehen.«

»Was ist das für ein geheimer Weg?« Bomilkar redete Daniels Rücken an, da sie auf dem schmalen Pfad hintereinander hergehen mußten.

»Ein alter Bekannter hat ein Haus an der Mauer.«

»Die äußere Byrsamauer?«

»Hmpf. Und da gibt es einen Gang. Mit einer Tür, zu der ich den Schlüssel habe,«

»Du klingst heute morgen so unwirsch.«

Aspasia, die hinter Bomilkar ging, lachte. »Er klingt nicht nur so, er sieht auch so aus, als ob er eine Nilpferdkuh hätte begatten müssen.«

»Aufwendiges Vergnügen«, knurrte Daniel. »Nein, das war es nicht. Es war etwas anderes. Ich habe die ganze Zeit gegrübelt, statt zu schlafen. Fast die ganze Zeit jedenfalls, und immer war die Lösung, oder ein Teil einer Lösung, knapp außerhalb der Reichweite.«

Bomilkar nickte, und da Daniel das nicht sehen konnte, sagte er: »Mir geht's ähnlich. Wir übersehen irgend etwas, das eigentlich offensichtlich sein sollte.«

Sie schwiegen, bis sie den Karrenweg erreicht hatten und nebeneinander hergehen konnten. Aspasia schob sich zwischen die beiden und sagte:

»Ich frage mich, welcher Teil welcher Lösung das sein soll, der dir immer knapp entwischt. Nach dem, was Bomilkar mir erzählt hat ...«

»Was meinst du, Liebste?«

»›Lösung‹ klingt, na ja, wie eine Antwort auf eine Frage. Ihr habt aber doch nur ein wirres Durcheinander von Teilen, die am Ende vielleicht sieben Fragen ergeben. Und keine der sieben hat etwas mit einer der anderen zu tun.«

»Mag sein.« Daniel seufzte. »Ich glaube, ich werde alt. Alt und nutzlos.«

»Fünfzig ist doch kein Alter für Nutzlosigkeit«, sagte Aspasia.

»Das stimmt, aber manchmal setzt die Nutzlosigkeit schon kurz nach der Geburt ein, und es dauert fünf Jahrzehnte, bis der Verweser dieser Nutzlosigkeit sie bemerkt.«

»Diese Männer, die mit den Händen töten«, sagte Aspasia.

»Palmwedelmeuchler«, murmelte Daniel.

»Wenn das eine besondere Gruppe war und wenn man sonst nichts über sie herausfinden kann – gibt es nicht irgendwo Listen?«

»Was für Listen?« sagte Bomilkar.

»Die Leute, die Krieger anwerben und bezahlen, müssen doch nachweisen, daß sie das Geld sinnvoll ausgegeben haben. Die Herren der staatlichen Gelder machen doch dauernd Listen.«

Daniel blieb jäh stehen, starrte Aspasia an, reckte die Arme in den Himmel und schrie: »Listen!« Er ließ die Arme sinken, spuckte auf den Weg und setzte etwas leiser hinzu: »Mögen mich der Gott meiner Ahnen und die kleinen bunten Götzen der Peinlichkeit in Schweineblut ertränken. Listen!«

»Was hast du denn? Ist mein Vorschlag so albern?«

»Im Gegenteil.« Bomilkar legte den Arm um Aspasias Hüfte. »Er ist sehr gut. Deshalb schreit Daniel so, und deshalb fühle ich mich wie ein Trottel.«

»Könnt ihr mir das erklären?«

»Schweineblut? Schweinejauche!« sagte Daniel.

»Der Rat bewilligt Geld«, sagte Bomilkar. »Die Fünf-Herren für den Schatz wachen über dessen Verwendung. Ihre Schreiber legen Listen an, genau wie die der anderen damit Befaßten. Die Listen liegen im Ratsgebäude.«

»Das habe ich mir gedacht. Aber solange du entlassen und ein Verräter bist ...«

»In Schweinehaut einnähen und in der Sonne verrecken lassen!« knurrte Daniel.

»... wird mich niemand an die Schriften lassen; das stimmt. Aber auch das Heer macht Listen. Dafür gibt es all die Schreiber im Stab. Und eine Abschrift geht immer an den Rat. Beziehungsweise an die Fünf-Herren für die Waffen, und von denen an den Rat.«

»Aber auch an die kannst du nicht kommen. Was soll also all das Schweineblut?«

»Eine Abschrift bleibt beim Heer. Beim Strategen. Das war in den letzten Jahren des Römerkriegs Hamilkar Barkas.«

»Und in dessen Landhaus, ein paar Schritte weit von seinen Schriften, habe ich die Nacht verbracht«, sagte Daniel. »Jauche!«

Aspasia lachte. »Dann wirst du zurückgehen müssen, sobald du mich in die Stadt gebracht hast. Und suchen. Aber seid ihr euch denn sicher, daß er, ich meine Hamilkar, nicht alles in seine große Bibliothek gebracht hat, auf das Gut in der Byssatis? Oder ... vielleicht hat er ja alle Unterlagen mit nach Iberien genommen.«

»Suchen«, sagte Daniel. Er ächzte. »Ich weiß, wie viele Regale es sind. Das kann Tage dauern.«

»Ich würde dir ja helfen, aber solange ich geächtet bin, kann ich mich nicht sinnvoll bewegen.« Bomilkar zögerte, dann setzte er hinzu: »Und es gibt da noch etwas. Etwas, das dringender zu erledigen ist.«

»Was denn?«

»Ich habe über die Namen der Toten nachgedacht.«

Daniel warf ihm einen Blick von der Seite zu. »Erhabene Gedanken, vermute ich. Und?«

Bomilkar setzte ihm auseinander, zu welchen Schlüssen er gekommen war. Daniel stellte ein paar Zwischenfragen, nickte mehrmals und sagte schließlich:

»Könnte sein. Vielleicht. Wahrscheinlich. Aber du weißt, was das heißt, nicht wahr? Und was du zu tun hast.«

Bomilkar nickte. »Mir graut davor.«

Daniel summte ein wenig vor sich hin. »Nimm den Römer mit«, sagte er plötzlich. »Wo steckt der eigentlich?«

»Er wollte sich bei den römischen Spitzeln umtun.«

»Klug von ihm. Vielleicht wissen die etwas, was uns bisher entgangen ist. Weißt du, wo du ihn finden kannst?«

»Bei einer Garküche, an der Großen Straße.«

»Nimm ihn mit.« Daniel grinste. »Er ist nicht dumm, und bei dem Besuch, den du machen mußt, könnte er ... tja, er könnte dafür sorgen, daß der Empfang freundlicher ist, als wenn du allein kämst.«

Bomilkar begleitete Aspasia und Daniel zu einem Busch vor der äußeren Byrsamauer. Daniel bog einige Zweige beiseite; hinter ihnen führten Stufen abwärts zu einer Steinplatte, die sich auf Rollen zur Seite schieben ließ. Durch einen dunklen schmalen Gang kamen sie zu einer Tür. Daniel schloß sie auf. Hinter ihr, am Ende eines kurzen Gangs, gab es eine zweite, dann standen sie in einem Kellerraum. Daniel ließ sie einen Moment allein, um dem Besitzer oder einem seiner Diener die Schlüssel zurückzugeben; danach verließen sie den Keller über eine Leiter und standen in einem verwilderten Garten.

»Falls uns jemand beobachtet hat, als wir gestern hergekommen sind«, sagte Daniel, »und für den Fall, daß er noch da ist, sollten Aspasia und ich allein gehen. Du kannst ja zusehen, ob jemand in der Nähe ist.«

»Wo finde ich dich?«

Daniel kaute auf der Unterlippe. »Am liebsten«, knurrte er dann, »würde ich sofort zu Hamilkars Garten zurückgehen, aber es gibt noch dies und das zu tun. Was hast du vor? Nach deinem wesentlichen Besuch?«

»Heute abend, am Nordrand des Markts ...«

»... bist du mit den anderen verabredet, ich weiß. Hm. Wenn ich nicht zu euch komme, bin ich im Landhaus.«

Bomilkar wandte sich an Aspasia. »Magst du wirklich nicht ...?«

»Ins Landhaus? Nein. Ich muß arbeiten und habe keine Lust, mich zu verstecken. Außerdem, wenn alles so läuft, wie du hoffst, müßte doch alles bald vorüber sein.«

»Vergiß Agizul nicht.«

Sie küßte ihn und wandte sich ab, um Daniel zu folgen. Über die Schulter sagte sie: »Wen?«

Bomilkar wartete hinter einem Busch, bis die beiden den Garten verlassen hatten. Niemand schien sie zu beobachten oder ihnen zu folgen. Er zog den Zipfel des um den Kopf gewickelten Tuchs wieder vors Gesicht und machte sich auf den Weg.

Laetilius saß wie vereinbart am Fuß einer staubigen Palme unweit der Garküche. Neben ihm hockte einer von Tigalits Leuten.

»Gut, daß du kommst, Herr«, sagte er, als Bomilkar zu ihnen trat. »Es gibt Neuigkeiten der bösen Art.«

»Was ist los?«

Laetilius blickte ernst. »Setz dich zu uns. Das wird ein wenig dauern.«

Bomilkar kauerte nieder. »Redet schon.«

»In der Nacht hat es einen Überfall gegeben. Sie haben das Haus besetzt, in dem ihr untergebracht wart, und das der Herrin geplündert.«

»Wer?«

Tigalits Mann zuckte mit den Schultern. »Wir wissen es nicht genau. Einer der anderen Fürsten des Zwielichts, aber wir haben keine Ahnung, wer es sein könnte.«

»Wo sind eure Leute?«

»Ein paar sind tot, andere sind gefangen, mit Tigalit. Die übrigen tun ihre Arbeit oder warten auf Befehle.«

»Von wem?«

Der Mann antwortete nicht.

»Von dir«, sagte Laetilius. »Du bist vom Herrn der Wächter zum Räuberhauptmann befördert worden. Wenn ich ihn richtig verstehe, gibt es drei Unterführer. Zwei sind tot, einer ist gefangen.«

Bomilkar stöhnte. »Ist das ein Krieg um die Herrschaft im Labyrinth? Oder ist es mehr?«

»Ich weiß nicht, Herr. Was sollen wir tun?«

»Laß uns ein paar Atemzüge lang allein; wir müssen beraten.«

Der Mann nickte, stand auf und ging zu einem der Karren, die am Rand des kleinen Platzes Früchte, Wasser, Fisch oder Brot feilboten.

»Hast du von deinen römischen Freunden etwas gehört?« sagte Bomilkar. »Etwas, was uns weiterhelfen könnte?«

»Gerüchte. Sie wissen nicht mehr als wir.«

»Ich weiß etwas. Na ja, ich nehme an, daß ich etwas weiß. Hör zu.«

Bomilkar faßte seine Überlegungen so zusammen, wie er dies schon gegenüber Aspasia und Daniel getan hatte.

»Könnte sein. Aber wer denkt sich so etwas aus?« Laetilius schüttelte mehrmals den Kopf; er schien verblüfft oder jedenfalls erstaunt zu sein.

»Es gibt noch etwas, was die Männer angeht, die mit Händen töten. Vielleicht stehen sie auf einer der Listen, die Hamilkar Barkas geführt hat.«

»Natürlich. Wie dumm; daran hätten wir denken

sollen. Müssen. Aber wie willst du …« Dann unterbrach Laetilius sich. »Das heißt, Daniel wird suchen, nicht wahr? Im Landhaus. Und wir müssen zusehen, daß du so schnell wie möglich … Meinst du, dieser Besuch kann es bewirken? Du kannst ja nichts beweisen. Willst du ihn durch Andeutungen erpressen?«

»Wir müssen es versuchen. Ich weiß nicht, wie ich ohne Amt, als gesuchter Verräter, weiterkommen kann. Oder etwas für Tigalit tun.«

»Ah, das hat er nicht erwähnt.« Laetilius berührte Bomilkars Schulter. »Sie haben nicht nur Tigalit, sondern auch Autolykos und Ailymes.«

»O die warme braune Masse der Ungunst aller Götter!«

Laetilius kicherte. »Nett. Aber die römischen Götter sind diesmal unbeteiligt.«

Bomilkar winkte Tigalits Mann. Er kam herbeigeschlendert; dabei kaute er auf einem gerollten Brotfladen.

»Herr?«

»Hör zu. Autolykos ist auch gefangen?«

»Um Vergebung, ich habe vergessen, es zu erwähnen. Er ist für dich wichtig, aber …«

»Schon gut. Wenn sie Autolykos haben, richtet sich das alles nicht nur gegen Tigalit, sondern auch gegen uns. Mich. Ich nehme an, irgendwann in den nächsten Stunden wird es einen Boten geben. Und Forderungen. Solange können wir nichts tun, außer gewisse Vorbereitungen treffen. Wie viele Männer kannst du zusammenbringen? Und, ah, wie heißt du eigentlich?«

Der Mann kaute, schluckte und setzte ein schwaches Lächeln auf. »Hamilkar, Herr, aber kein Blitz.«

»Gut, Hamilkar der Nicht-Barkas. Wie viele Männer?«

»Zwanzig, vielleicht. Nicht mehr.«

»So wenige?«

»Es gab Tote. Und Gefangene. Und« – er preßte die Lippen zusammen – »einige sind geflohen. Oder übergelaufen. Wenn die Macht in andere Hände übergeht ...«

Bomilkar überlegte schnell. »Kennst du dieses Haus?« sagte er dann. Er beschrieb Hamilkar die Lage.

»Natürlich.« Er klang verwundert. »Wer kennt es denn nicht? Aber ...«

»Der Römer und ich müssen dort etwas erledigen. Du solltest alle Männer sammeln, die du auftreiben kannst, an einem für euch einigermaßen sicheren Ort.«

Hamilkar nickte. »Und weiter?«

»Wir müssen Verbindung halten. Männer, oder Jungen, die in Abständen verteilt sind; einer in unserer Nähe, du weißt schon, bei dem Haus.«

»Ja, Herr. Aber dann?«

Bomilkar seufzte. »Es ist sinnlos, sich zu kratzen, wenn es noch nicht juckt. Wo genau es juckt, werden wir erst wissen, wenn wir hören, was die Gegner erreichen wollen. Und wo sie sich aufhalten.«

»Du willst uns nicht ... verraten, Herr?«

»Ich könnte mir auch gleich die Kehle durchschneiden. Halt, wir müssen noch etwas klären. Dich kenne ich, aber wie kann ich mir sicher sein, daß ein anderer, der mir etwas mitteilen will, zu euch gehört?«

»Wie wär's mit einem Wort?« sagte Laetilius. »Einem, das nicht gleich jeder errät?«

»Tigalit?« sagte Hamilkar, aber er klang zweifelnd.

»Das errät jeder.« Bomilkar zögerte. »Hasdrubals Husten?«

Laetilius lachte. »Darauf kommt man nicht so schnell. Bei Hasdrubals Husten beschwöre ich dich …«

»Blöder Römer«, sagte Bomilkar. »Nein, etwas anderes. Bei den Fürzen des Fabius.«

»Das kann ich mir merken.« Hamilkar grinste. »Ich gehe dann. Gebt mir ein wenig Zeit.«

»Wir haben keine. Du weißt, wohin wir gehen; schick einfach den ersten aus der Kette dorthin.«

# 16. KAPITEL

Natürlich erkannte der Türwächter Bomilkar sofort. »Du, Herr? Aber du bist doch in Rom.«

»Wie du siehst, bin ich hier. Ich muß mit deinem Herrn sprechen.«

»Er will nicht gestört werden.«

»Er wird gestört werden wollen, glaub es mir. Wenn ich ihn nicht jetzt störe, wird bald ein Unwetter ihn zerstören.«

Der Wächter zögerte kurz, dann holte er tief Luft und sagte: »Dein Wort?«

»Meines, und das der Stadt.«

»Kommt.«

Er ging voran, aber nicht, wie Bomilkar erwartet hatte, zum Portal des prächtigen Hauses, sondern zu einer inneren Mauer, die offenbar einen Teil des Gartens besonders schützte.

»Salz?« murmelte Laetilius, als sie durch das Tor in der Mauer gegangen waren und sehen und riechen konnten, was dahinter lag. Blumen, Büsche mit grellen Blüten, das Summen von Bienen, allerlei Pflanzendüfte, und über allem lag ein Hauch von Salz.

»Ein Meerwasserbecken«, sagte Bomilkar. Die eigene

Stimme kam ihm flach vor, wie die von einem, der Angst hatte. Er räusperte sich.

»Wozu ...«

»Du wirst schon sehen,«

Sie gingen über eine mit dunklen Marmorplatten belegte Terrasse, bogen um die nächste Hausecke und erreichten das Becken. Bomilkar warf einen Blick auf die großen Fische darin, verzog das Gesicht und wandte sich dem Herrn des Anwesens zu.

»Rab Hanno«, sagte er, »vergib die Störung, aber es gibt Dinge, die weder Rücksichtnahme noch Aufschub dulden.«

Ohne Bomilkar anzusehen, entließ Hanno den Mann, der neben ihm gestanden hatte, mit einer Handbewegung. Es mochte sich um einen Diener oder Oberklaven oder gemieteten Baumeister handeln; er rollte einen Papyros zusammen, verbeugte sich und ging zu einigen Arbeitssklaven, die mit dem Ausheben einer Grube beschäftigt waren.

»Was willst du?« Hanno stand am Rand des Muränenbeckens und schien seine scheußlichen Fische zu betrachten. Diesmal trug er kein seidenes Gewand, sondern lediglich einen schlichten kurzen *kitun*. Er war barfuß, und irgendwie fand Bomilkar es seltsam, daß der Mächtige, der Herr der Alten, einer der reichsten Männer der Stadt und darüber hinaus der Oikumene, Zehen hatte. Zehen wie giftige Maden, dachte Bomilkar. Die Stimme hatte geklungen wie immer, beherrscht und kalt.

»Jemand ist dabei, deinen Namen zu beschmutzen und dich zu vermindern.«

Nun blickten Hannos Obsidianaugen ihn an und streiften den hinter Bomilkar stehenden Römer. »Ave

Titus Laetilius«, sagte er, ohne jede Wärme und ohne erkennbare Regungen. »Was ist das für ein Unsinn?«

»Sollen wir hier im Stehen sprechen?«

»Am Becken ist gut reden. Ich kann beim Zuhören erwägen, ob ich die Wächter rufe, die dich in den Ratskerker bringen, oder ob ich meine Fischlein füttere.«

»Beides wäre dem Senat und dem Konsul unlieb«, sagte Laetilius.

»Ist also doch etwas daran, daß Bomilkar übergelaufen ist?« Diesmal war eine Spur von Erheiterung in Hannos Stimme. Er nickte dem Torwächter zu, der immer noch hinter Laetilius stand. »Geh. Es ist gut.«

Bomilkar glaubte, Erleichterung auf dem Gesicht des Mannes zu sehen.

Hanno wandte sich zum Haus und klatschte in die Hände. »Wein«, sagte er, »Wasser, Stühle.«

Er hatte nicht lauter gesprochen als zuvor, aber offenbar hielt er dies für ausreichend. Und offenbar hatte man ihn gehört, denn wenige Atemzüge später eilten zwei Sklaven mit Stühlen herbei, setzten sie ab, verschwanden wieder, kehrten mit einem kleinen Tisch zurück. Als sie erneut ins Haus liefen, um Getränke und Gefäße zu holen, deutete Hanno auf die Stühle.

»Wenn ich dir schon lauschen muß, kann ich das auch im Sitzen tun.«

Bomilkar wartete, bis Hanno einen Becher in der Hand hielt. »Daß du mich ... uns überhaupt empfängst, sagt mir, daß du von meinem Verrat nicht recht überzeugt bist.«

Hanno trank und stellte den Becher ab. »Ich wäre nicht, was ich bin«, sagte er, »wenn ich auf jedes dumme Geschwätz hörte. Auch nicht, wenn ich jedes dumme Geschwätz überhörte. Sprich. Sprich schnell. Ich wäre auch nicht mehr lange, was ich bin, wenn ich auf solche wie dich mehr Zeit verwendete als unbedingt nötig.«

»Ich wurde in Rom niedergeschlagen und einem Sklavenhändler übergeben. Laetilius arbeitet für den Ausländerprätor, hat mich befreit und den Auftrag erhalten, in Qart Hadasht zu ermitteln, ob dieser Überfall auf einen Punier, der zur Gesandtschaft gehörte, römische Anliegen verletzt.«

Hanno hob eine Braue. »Die Vorstellung langweilt mich. Was ist mit meinem Namen und dem Schmutz?«

»Es gab mehrere Morde. Der Inder Teschu wurde aus dem Tempel des Baal Melqart …«

Hanno unterbrach. »Ich weiß. Weiter.«

»Zuvor wurde ein Lastträger namens Mennad getötet, ein reicher Punier namens Paltibal wurde von einem Hausdach gestürzt, ein Stoffhändler, Baalyaton, und ein Wirt, Maharbal, sind ebenfalls umgebracht worden.«

»Noch einmal – was hat das mit meinem Namen zu tun?«

»Sie alle haben nur eines gemein. Den Namen Baal.«

Hanno hob abermals eine Braue. »Mennad? Teschu?«

»Mennad gehörte im Römerkrieg einer Truppe an, die mit den Händen töten konnte. Ich glaube, daß er Teil einer größeren Sache ist, aber lassen wir ihn von mir aus beiseite. Teschu war im Tempel des Baal, die anderen haben Baal im Namen.«

»Ich nicht. Wo kommt der Schmutz her?«

Laetilius räusperte sich. »Darf ich, Bomilkar? Gut. Rab Hanno ist der Herr des Tempels des Baal Melqart, Teschu war Gast im Tempel, Paltibal, Baalyaton und

Maharbal haben Baal im Namen. Einer der Gesandten hat in Rom die Frage gestellt, ob eine Änderung, ein Wechsel der wichtigen Männer Karthagos die Beziehungen beeinflussen würde.«

Bomilkar starrte ihn an. Er hatte das Bedürfnis, etwas zu sagen – ›warum hast du mir das nicht längst gesagt‹ oder derlei, aber er zwang sich zum Schweigen.

Hanno runzelte die Stirn. »Wer hat das gefragt?«

Laetilius lächelte. »Konsul Fabius Maximus hielt es nicht für nötig, mir dies zu sagen. Er befand es aber für gut, mir den Auftrag zu erteilen, dem nachzugehen. Es geht gegen dich und Hasdrubal.«

Hanno nickte. »Gegen wen sonst?« Als Laetilius weitersprechen wollte, hob der Punier die Hand. »Schweig; laß mich denken.«

Laetilius schwieg; er schaute Bomilkar nicht an, sondern schien auf das Becken mit den Muränen zu blikken. Oder darüber hinweg.

»Es fügt sich zusammen«, sagte Hanno plötzlich. In seiner Stimme war etwas wie eine eisige Klinge. »Arish und Sakarbal, wie? Arish wollte mich schon einmal verdrängen, und Sakarbal bildet sich ein, Hasdrubal ersetzen zu können? Lächerlich. Hamilkar war ein großer Gegner, Hasdrubal ist sein großer Nachfolger; Sakarbal würde ich zerquetschen wie eine Laus.«

»Keiner von beiden«, sagte Bomilkar, »kann gegen dich oder Hasdrubal bestehen. Deshalb gibt es für sie nur die Möglichkeit, euch zu schwächen – sie sind nicht stark genug. Mich entführen lassen und als Verräter hinstellen, das schwächt Hasdrubal; jeder weiß, daß er, ah, Hamilkar, mich als seinen Mann für die Sicherheit der Stadt hergeschickt hat. Wenn ich ein Verräter bin, haben sie einen Verräter geschickt und einem Verräter vertraut.«

»Giskon ist Hasdrubals Mann«, knurrte Hanno. »Ihn haben sie ... hat der Rat fortgeschickt, damit er nicht in der Stadt ist, wenn wichtige Dinge geschehen? Ja, es fügt sich zusammen. Mago hat Leute befragt. Befragen lassen. Ob im Tempel des Baal Melqart neue Opferungen vorgenommen würden. Weißt du, was Mennad wußte?«

Bomilkar schüttelte stumm den Kopf. Er hatte das Gefühl, jedes Wort könnte zuviel sein, jetzt, da Hanno all das, was er ihm erklären wollte, ohne es beweisen zu können, selbst zusammenfügte.

»Sie legen eine Spur von Leichen aus«, sagte Hanno, »die durch die Namen oder den letzten Aufenthalt zum Tempel führt, damit zum Hohen Priester, damit zu mir. Ah. Sie werden ... nun ja.«

»Hast du Anzeichen für Unzufriedenheit bei deinen Leuten bemerkt?« sagte Bomilkar. »Den geringeren Männern der Alten? Die vielleicht nicht mehr so gering sein wollen?«

Hanno schwieg ein paar Lidschläge lang. Dann sagte er: »Das geht dich nichts an.«

»Wie du meinst. Etwas anderes geht mich aber an.«

»Was?«

»Mein Name. Meine Ehre. Mein Rang.«

Hanno hob die Oberlippe und zeigte einen Moment die Zähne. »Was geht das mich an?«

»Du wirst Rache nehmen können«, sagte Bomilkar. »An zwei oder drei Männern. Die übrigen – zehn? zwanzig? hundert? –, ohne die das nicht geschehen wäre, müssen die Wächter fangen. Und sei es auch nur, damit es nicht nächstes Jahr wieder geschieht.«

»Und noch etwas.« Laetilius sagte es wie beiläufig. »Du willst, daß eure Stadt stark ist. Hasdrubal will es auch; ihr habt nur unterschiedliche Vorstellungen von Stärke. Wenn diese Verschwörung gegen euch gelingt, ist Karthago nicht mehr stark. Und eure Stadt wird sehr viel schwächer, wenn der Krieg, der gerade jetzt im Labyrinth beginnt, nicht bald endet.«

Hanno winkte ab. »Ich habe gehört, daß dort etwas geschieht. Ein Kampf zwischen Verbrechern.«

»Sie haben meinen Stellvertreter Autolykos. Es wird ein Kampf gegen die Ordnung der Stadt.«

»Die Büttel werden damit fertig.«

»Die Büttel werden damit fertig, wenn ich es ihnen sage. Sie werden aber von Mago geleitet. Der steht auf der Seite jener, die dich vermindern wollen, Rab Hanno.«

Laetilius lachte leise.

»Was erheitert dich, Römer?« sagte Hanno.

»Ich lache, weil ich mir vorstelle, wie Rom lachen wird, wenn sie dort davon erfahren.«

»Sie mögen lachen.« Hanno klatschte in die Hände. »Schreiber und Boten!« Diesmal sprach er nicht leise, sondern rief.

Ein Schreiber mit tragbarem Pult erschien nach kurzer Zeit; ihm folgten zwei schlanke, dabei kräftige Sklaven.

»Schreib«, sagte Hanno. »Schreib dies zweimal, an die beiden Sufeten. Hanno und so weiter entbietet Grüße. Die Lage der Stadt macht es erforderlich, gewisse Veränderungen vorzunehmen. Ich habe mich davon überzeugt, daß der bisherige Herr der Wächter, Bomilkar, keineswegs ein Verräter ist und daß jene, die ihm dies nachsagen, der Stadt schaden wollen. Zur Beilegung der Unruhen im Labyrinth und zur Klärung gewisser Verbrechen ist es erforderlich, den mangelhaften Mago als Herrn der Wächter sofort abzusetzen und Bomilkar ebenfalls sofort wieder alle nötigen Aufgaben zu übertragen. Ich bitte, den Rat der Dreißig einzuberufen, und werde um Mittag im Ratsgebäude eintreffen. Hast du das? Gut. Schreib es schnell fertig, und ihr überbringt es. Sofort. Weg mit euch.«

»Macht drei Ausfertigungen«, sagte Bomilkar. »Eine brauche ich.«

»Wozu?« Hanno zog die Brauen zusammen und starrte ihn an.

»Es ist Gefahr im Verzug, Rab Hanno. Mit deinem Schreiben kann ich vielleicht das Schlimmste abwenden. Bis der Rat der Dreißig etwas beschließt, könnte es zu spät sein.«

Hanno schnaubte. »Wir werden also wieder Gegner sein, sobald du dieses Haus verläßt.«

»Nur wenn unsere unterschiedlichen Auffassungen vom Wohl der Stadt aufeinanderprallen.«

»Nun ja.« Hanno stand auf; plötzlich lächelte er, und Bomilkars Nackenhaare richteten sich auf. »Ein zuverlässiger Gegner ist besser als zwei wankende Freunde. Geht; und – ich danke euch.«

Als sie wieder auf der Straße waren, machte Bomilkar leise »puh«.

»Du hättest nichts beweisen können«, sagte Laetilius. »Und ob er sich auf die Erpressung eingelassen hätte?«

»Er muß etwas gewußt haben.« Bomilkar grinste breit. »Und das hat ihm dann genügt, sich alles selbst zu ... beweisen.«

Ein Halbwüchsiger löste sich aus dem Schatten eines Baums und kam zu ihnen. »Seid ihr die Verwalter der Fürze des Fabius?«

»Die sind wir. Gibt es Nachrichten?«

»Nur dies, Herr: Bei Sonnenuntergang wollen sie am Tor der Tränen mit einem sprechen, der Entscheidungen fällen kann.«

»Geh zu deinen Leuten. Sag ihnen, sie sollen weitergeben, daß einer kommen wird. Und sag ihnen, daß Bomilkar zu Mittag wieder Herr der Wächter sein wird. Die Büttel werden eine Nachrichtenkette bilden.«

»Gut, Herr.«

Der Junge drehte sich um und lief die Straße hinab.

»Zur nächsten Wachstube«, sagte Bomilkar. Es klang, als gäbe er sich einen Befehl.

»Ob ich das überlebe?« murmelte Laetilius.

»Was meinst du? Und warum hast du mir das vom Konsul und den Ratsherren nicht längst gesagt?«

Laetilius blickte ihn mit einem schwachen Lächeln von der Seite an. »Weil es mir eben erst eingefallen ist.«

Bomilkar schnappte nach Luft. »Du ... du hast es erfunden?«

Der Römer nickte.

»Aber das kann dich den Kopf kosten!«

Laetilius hob die Schultern. »Dein Kopf, mein Kopf – manchmal muß man etwas wagen. Und wenn man nicht gewinnt, sollte man wenigstens schön verlieren.«

Bomilkar legte ihm eine Hand auf die Schulter. »Bruder Titus«, sagte er, »ich weiß nicht, was ich sagen soll.«

Laetilius schüttelte die Hand ab. »Sag mir, was du jetzt tun willst.«

»Hannos Schreiben vorzeigen. In den Wachstuben auf dem Weg zur Mauer, in der Festung, bei diesem Mago. Die Botenkette einrichten. Zwei oder drei andere Dinge vorbereiten.«

»Bist du dir sicher, daß Hannos Schreiben genügt? Ohne weitere Beschlüsse des Rats der Ältesten?«

»Ich glaube schon. Alle wissen, daß ein dringender Wunsch Hannos immer schnell erfüllt wird. Vor allem, wenn er nicht offen gegen die Anliegen Hasdrubals und der Neuen gerichtet ist.«

»Was kann ich tun?«

Bomilkar überlegte einen Moment. »Geh zur Sandbank«, sagte er dann. »Sag Bostar oder Antigonos, je nachdem, wer da ist, daß es mich wieder gibt. Danach halt die Ohren und Augen offen, sagen wir, zwischen Agora und Labyrinth.«

# 17. KAPITEL

Die erste Wachstube an seinem Weg lag zwischen dem Byrsahang und der Großen Straße in einer Gegend mit vielen kleinen Handwerksbetrieben und Wohnhäusern für die, die weder reich noch wirklich arm waren. Die Männer, die dort die Ordnung hüteten, begrüßten ihn beinahe begeistert.

»Keiner hat das geglaubt, Herr«, sagte einer. »Gut, daß du wieder zuständig bist.«

»Erst ab dem Mittag.«

»Für mich warst du es die ganze Zeit. Also« – er grinste – »mindestens seit heute morgen.«

»Mago ist ein Trottel«, sagte der zweite. »Und nicht nur das, er ist auch ein Feigling.«

»Wieso Feigling?«

»Jeden Befehl läßt er sich bestätigen. Keinen Mut, etwas selbst zu entscheiden.«

Bomilkar nahm dem Wächter den Becher aus der Hand, trank einen Schluck Wasser, gab ihn zurück. »Danke fürs Leihen. Wißt ihr, von wem er sich alles bestätigen läßt?«

»Keine Ahnung, wie er heißt; vielleicht sind es auch mehrere. Einer ist jedenfalls Schreiber eines Ratsherrn.«

»Und Mago schickt immer einen von uns als Boten, oder wie geht das vor sich?«

Die beiden Wächter nickten.

»Dieser Schreiber«, sagte einer, »wohnt ganz hier in der Nähe.«

»Hast du ihn gesehen? Kannst du ihn vielleicht beschreiben?«

Der Mann beschrieb ihn. Bomilkar lauschte, runzelte die Stirn und sagte schließlich:

»Danke, Freund. Treibt noch zwei oder drei von uns auf, und dann holt diesen Schreiber. Zu Hause oder im Rat, ganz gleich. Und wenn ihr ihn habt, bringt ihn zu mir, zum Tynes-Tor.«

Bis er die anderen Wachstuben aufgesucht, die Botenkette eingerichtet und mit dem derzeitigen Herrn der Festung gesprochen hatte, war es Mittag. Aus der Festung nahm er ein Dutzend libysche Fußkämpfer mit, die seinen Begründungen und Hannos Schreiben mehr Nachdruck verleihen sollten. Er schickte sie zur Hauptwache voraus und steckte kurz den Kopf in Artemidoros' Behandlungsräume.

»Konnte ja nicht lange gutgehen«, sagte der Arzt.

»Was? Meine Ächtung?«

»Das erheiternde Durcheinander. Wenn du wieder zuständig bist, brechen wahrscheinlich Öde und Ordnung aus.« Er grinste. »Willkommen, Junge.«

Wie von Bomilkar angeordnet, bildeten die Fußkämpfer einen Halbkreis vor dem Eingang zur Hauptwache. Ein Mann, den er nicht kannte und den er für Mago hielt, stand in der Tür und stritt sich mit dem Anführer, den er wegschicken wollte.

Bomilkar drängte sich durch den Halbkreis. »Du bist Mago, nehme ich an.«

»Der bin ich. Und du?«

»Dein Vorgänger und Nachfolger. Lies.« Er hielt ihm Hannos Schreiben hin und sah zu, wie auf Magos Gesicht Zorn und Entrüstung zuerst Ungläubigkeit, dann Furcht wichen.

»Das«, sagte er, »ist vorläufig, aber es wird sehr bald gelten.«

Mago ließ den Papyros einfach fallen. »Bis es gilt, bin ich zuständig«, sagte er, aber seiner Stimme fehlte jede Überzeugung.

»Du bist jetzt nur noch für eines zuständig – für schnelle und gründliche Auskünfte.« Bomilkar hob den Papyros auf.

»Auskünfte? Was für Auskünfte?«

»Wer dir was befohlen hat. Was man von dir verlangt oder erwartet hat. Und damit du darüber nachdenken kannst ...« Er wandte sich an die Libyer. »Ihr zwei, nehmt ihn mit. Das Verlies unter den Elefantenställen. Behandelt ihn gut. Ich werde später ein wenig mit ihm plaudern.«

Die beiden Männer grinsten, packten Mago an den Oberarmen und zogen ihn mit sich. Bomilkar hörte ihn nicht lange zetern; der Lärm der Karren, Menschen und Tiere auf der Großen Straße verschluckte alles andere.

Offenbar hatten die Soldaten alle Wächter, die sich neben dem Tynes-Tor aufgehalten hatten, in die Wachstube gedrängt. Sechs Männer kamen nun heraus. Und alle lachten, oder lächelten wenigstens.

»Gut, daß du wieder da bist, Häuptling«, sagte einer.

»Gut, euch alle zu sehen.« Er musterte die Gesichter;

es waren ausnahmslos zuverlässige Leute, die schon lange zur Truppe gehörten. »Hört zu, Freunde«, sagte er. »Ich brauche in den nächsten Tagen von euch Berichte über alles, was vorgefallen ist, aber jetzt haben wir keine Zeit. Es gibt einiges zu erledigen.«

»Was sollen wir tun?«

»Holt Mutumbal und Dyamir her. Ihr wißt ja, wo sie wohnen.«

»Was ist mit Autolykos?« sagte ein anderer.

»Es gibt Krieg im Labyrinth, irgendwer gegen Tigalit und ihre Leute. Tigalit ist gefangen, und sie haben Autolykos. Heute abend wird es dort einen kleinen Tanz geben, fürchte ich.«

Da er das Gefühl hatte, die Zügel wieder in der Hand zu haben, schickte er die Soldaten zurück in die Festung. Mit dem Vertreter Giskons hatte er bereits das weitere Vorgehen festgelegt, wiewohl mühsam, da der Mann entweder langsam oder störrisch war und auf seinem Vorrang bestand. Um Aufsehen zu vermeiden, sollten drei Hundertschaften Fußkämpfer unbewaffnet, in kleinen Gruppen, zur Agora schlendern; Waffen und Nahrung würden auf Karren dorthin gebracht. Sie sollten das Labyrinth abriegeln, aber zunächst nichts unternehmen. Von der Festung waren bereits Boten unterwegs an den Herrn der Schiffe im Kriegshafen. Bomilkar hatte keine Ahnung, wie viele Penteren oder Trieren dort liegen mochten, aber sie würden auf jeden Fall ausreichen, um den Strand vor der Seemauer zu sperren.

Als Mutumbal auftauchte, übertrug Bomilkar ihm die Leitung der Wachstube und der Botenkette. Kurz nach Mutumbal kamen zwei weitere Männer: Dyamir und ein Bote des Rats, der Bomilkar den Befehl überbrachte, sein Amt wieder wahrzunehmen und alle nötigen Maßnahmen zu ergreifen. Bomilkar gab ihm eine Bestätigung und die Anweisung mit, Kapitän Bomilkar sofort freizulassen.

»In ein paar Tagen«, sagte Dyamir, »hättest du mich nicht mehr gefunden.«

»Was hast du vor?«

»Jetzt? Nichts mehr.« Dyamir lächelte, wobei er die Zähne entblößte. »Ich hatte überlegt, heimzureisen, Pferde zu züchten und Kinder zu zeugen. Aber wenn du mich noch verwenden kannst ...«

»Du hast doch schon vier Kinder.«

»Was ist das schon! Ich will zehn, mit zwei oder drei Frauen.«

»Übernimm dich nicht. Jedenfalls vorerst. Du wirst gebraucht. Paß auf. Ich habe mich heute abend mit den Jungs vom Schuppen verabredet; du kennst sie ja.«

Dyamir nickte. »Wird er wieder geöffnet? Mago hat ihn doch schließen lassen.«

»Mago – oder jemand, der ihm befiehlt?«

»Ich weiß es nicht.« Dyamir rümpfte die Nase. »Dieser stinkende Punier. Um Vergebung, Herr, du bist ja auch einer. Punier, meine ich. Nein, Mago ist gekommen und hat Autolykos und mich hinausgeworfen. Entlassen. Was danach geschehen ist, ob er Besuch von höheren Herren gekriegt hat oder Boten und Befehle? Keine Ahnung, wir waren ja nicht mehr hier.«

»Gut; das werden wir untersuchen. Hör zu.«

Bomilkar setzte ihm auseinander, worum es bei der Verabredung am Nordrand des Markts ging. Schließlich sagte er: »Ich kann nicht hin, ich muß zum Labyrinth; nimm acht oder zehn gute Leute mit und sprich dich mit Daniel ab, dem alten Juden; wenn es Ärger gibt, laß ihn die Entscheidungen fällen.«

»Wie erkenne ich ihn?«

»Die Männer vom Schuppen kennen ihn.«

Als alles so weit erledigt war, ging Bomilkar in den hinteren Raum, in dem er zuweilen übernachtete und wo es eine Korbtruhe mit Ersatzkleidung gab. Gegeben hatte – wie er sofort sah, hatte Mago alles beseitigen lassen. Bomilkar schaute an sich hinab, knirschte mit den Zähnen und ergab sich ins Unvermeidliche. ›Ich kann ja nicht alles haben‹, sagte er sich. ›Amt und Ehre, schnell zu erledigende Arbeit, zuverlässige Leute; da wäre dann ein sauberer *kitun* ohne Löcher und Ruß wohl zu üppig.‹

Er ging zurück in den vorderen Raum, goß sich etwas zu trinken ein, stellte fest, daß er hungrig war und keine Zeit zum Essen haben würde, und setzte sich an den Schreibtisch. Angewidert starrte er ein paar Atemzüge lang auf den Stapel bekritzelter Tontafeln und die nachlässig geschichtete Pyramide aus beschriebenen Papyrosrollen. Was immer Mago in der Zeit seiner Herrschaft erledigt hatte, mußte warten. Man würde es nicht einmal unbesehen vernichten können; es konnten ja auch wichtige Dinge dabei sein.

Er fluchte leise, nahm einen Halm, kaute ihn zurecht und begann, eine Liste aus Stichworten zu erstellen. Dinge, die sofort oder in den nächsten Stunden erledigt werden mußten. Einige waren bereits getan oder wurden eben von anderen in die Hand genommen, aber er sagte sich, daß er alles aufschreiben mußte, um nicht später festzustellen, daß er etwas vergessen hatte.

Und während er die Ereignisse, Namen und Befehle niederschrieb und dann, auf einem zweiten Blatt, einige der Stichworte in anderen Gruppen zusammenfaßte – die seltsamen Genickbruchmorde; die Ratsherren; die Entführung; das Labyrinth –, hatte er das Gefühl, wieder etwas übersehen zu haben. Etwas, das Hanno den Großen betraf. Aber sosehr er sich auch mühte, es gelang ihm nicht, das zu finden, zu fassen, zu erfassen, was wie eine lästige Mücke knapp außerhalb seines Blickfelds herumzuschwirren schien.

Irgendwann tauchte einer der Wächter auf, die er losgeschickt hatte, den Schreiber festzunehmen.

»Habt ihr ihn?«

Der Mann nickte, wirkte aber einigermaßen bedrückt.

»Wo ist er? Und hat er schon etwas gesagt?«

»Nein, Herr. Er hat nichts gesagt. Und wir haben ihn zu Artemidoros gebracht.«

Bomilkar legte den Halm beiseite. »Erzähl.«

Zwei leichte schnelle Wagen, Zweispänner, warteten neben der Großen Straße. Ein dritter stand, wie Bomilkar feststellte, vor Artemidoros' Räumen, ein paar Dutzend Schritte jenseits der Straße; zwei Wächter machten sich daran zu schaffen.

Balhanno, einer der wichtigsten Männer der Neuen, Ratsmitglied, Fünf-Herr für Recht und Ordnung, lehnte am Korb des hinteren der beiden Wagen und unterhielt sich mit dem Strategen. Itubal, Giskons Stellvertreter, hatte einen weiten Umhang übergeworfen; als er sich bückte, um den Riemen einer Sandale neu zu befestigen, sah Bomilkar den mit Metallstreifen besetzten Lederpanzer. ›Vielleicht sollte ich auch‹, dachte er, aber dann sagte er sich, daß achtzig Wächter, dreihundert Fußkämpfer, die Männer von den Kriegsschiffen und die verbliebenen Leute Tigalits genügen würden. Falls es zu einem Kampf käme, was er zu vermeiden hoffte. Immerhin hatte er die Lederscheide mit dem Wurfmesser wieder im Nacken befestigt, wozu auch immer.

Mutumbal stieß ihm einen Ellenbogen in die Seite. »Und ich soll wirklich hierbleiben?« Er klang beinahe verdrossen.

»Ich will einen vernünftigen Mann hierhaben, der den Überblick behält, während alle anderen Krieg spielen. Ist Dyamir fertig?«

Der Mann aus den Bergen des Westens kam aus der Wachstube; im Gehen zog er seinen Gürtel enger und schob das kurze Schwert ein wenig nach hinten.

»Fertig, Häuptling. Ist dir noch etwas eingefallen?«

Bomilkar schüttelte den Kopf.

»Gut. Dann los.« Er winkte den anderen, zwinkerte Mutumbal zu und ging nach Norden, zur Großen Straße und zum Tynes-Tor. Fünfzig Mann aus der Festung waren bereits vorausgegangen, ebenso zwanzig Wächter; die letzten zehn Büttel, die Dyamir nun begleiteten, trugen außer den kurzen Schwertern Keulen aus hartem Holz.

»Hart zuschlagen, hast du gesagt«, murmelte Mutumbal. »Ich bin froh, daß es nicht meinen Kopf trifft.«

»Vielleicht trifft es gar keinen«, sagte Bomilkar.

»Meinst du, die harten Jungs von den Märkten ergeben sich, wenn Dyamir sie nett anlächelt?«

»Das sollten sie wohl.« Er schaute sich um, in der sinnlosen Hoffnung darauf, irgendwo einen jener schwirrenden Daimonen zu sehen, die ihm nicht sagen wollten, was er übersehen haben könnte. Im Geist ging er noch einmal alle Anordnungen und Verteilungen durch. Vavurro und Patroklos sollten sich auf dem Markt zurückhalten und vor allem den anderen helfen, bestimmte Leute zu benennen und festzunehmen. Daniel hatte gegähnt und gesagt, da nun alles wieder seine gewöhnliche Unordnung habe, könne er ja heimgehen und in Listen wühlen. Barako war nicht aufgetaucht; Bomilkar nahm an, daß der junge Punier entweder unterwegs zur Mauer war oder, wenn ihm die Götter unhold sein sollten, Hepsibals Hand halten mußte.

»Bomilkar?« rief Balhanno von den Wagen her.

Fast widerstrebend setzte er sich in Bewegung. ›Was habe ich übersehen?‹ fragte er sich immer wieder, fand aber jetzt ebensowenig eine Antwort wie in den vergangenen Stunden.

»Wir sehen uns morgen.«

Mutumbal nickte. »Oder auf deiner Beerdigung. Die Götter mögen mit dir sein.«

»Lieber nicht«, sagte Bomilkar. »Wenn sie sich einmischen, gibt es fast immer ein Unheil.«

»Wozu eigentlich diese Heimlichkeit?« Der Stratege blickte ihm entgegen, und je näher Bomilkar kam, desto leiser sprach Itubal. »Unbewaffnete durch die Stadt schicken, dann Karren mit Waffen – inzwischen weiß es doch ohnehin jeder.«

»Das stimmt. Aber jetzt kann sich keiner mehr zwischen unsere Leute und das Labyrinth drängen.«

»Ach!«

Bomilkar hob die Hand und stieg zu Balhanno in den anderen Wagen; Itubal und einer seiner Unterführer fuhren voran.

»Hör gut weg«, sagte Bomilkar zum Fahrer. Der Mann wandte den Kopf und grinste leicht.

»Was soll er nicht hören?« Balhanno trug den einem Ratsherrn gemäßen verzierten Umhang, darunter einen schlichten *kitun* und keine Waffen. Er hielt sich am Korbrand fest; der Fahrer ließ die Pferde in schnellen Trab fallen.

»Ich glaube, Itubal ist nicht der hellste Stern am Himmel der Strategen«, sagte Bomilkar. »Was mich Giskons Rückkehr noch mehr als ohnehin schon ersehnen läßt.«

»Äh«, sagte Balhanno. »Wir sollten, äh, noch etwas bereden.«

»Sprich, Herr.«

Balhanno schaute nach vorn, zur Seite, nur nicht in Bomilkars Gesicht. »Es tut mir leid.« Er sprach leise, durch die Zähne. »Was mit dir geschehen ist, meine ich. Als Sakarbal und Arish von der Reise zurückgekommen sind und behauptet haben, du ...«

»Haben beide das gesagt?«

»Ja, beide, nacheinander. Im Rat. Und ich, äh, ich habe es natürlich nicht geglaubt.«

»Natürlich nicht.«

»Aber ich hatte ja keine Beweise, verstehst du?«

»Natürlich.«

»Deshalb konnte ich auch nichts tun. Ich bin sehr froh, daß du ...«

»Natürlich«, sagte Bomilkar, als Balhanno nicht weitersprach.

»Gut; ich fühle mich nun wohler, da wir dies geklärt haben.«

Bomilkar war ein wenig verwundert. In der Vergangenheit hatte er mit Balhanno mehrmals zu tun gehabt und eigentlich gut zusammenarbeiten können; daher glaubte er, daß Balhanno nicht viel Wert darauf gelegt haben würde, einen neuen, vielleicht weniger guten Herrn der Wächter zu befehligen. Aber zwischen dem edlen Sproß einer der ganz alten Familien, einem reichen und mächtigen Ratsherrn, und ihm, dem schlichten Soldaten, der es durch Einsatz und Fähigkeiten zum Herrn der Büttel gebracht hatte, hätte es dieses Gespräch nicht geben müssen. Auch nicht die Verlegenheit. Ein Nicken, zwei oder drei Worte – »Wieder da? Gut.« – hätten genügt.

›Alles nur, weil ich Hasdrubals Gunst genieße?‹ fragte er sich. ›Oder hat Balhanno am Ende bei der Verschwörung mitgemacht oder etwas geahnt und ...‹

»Was ist mit dem dritten Wagen?« sagte Balhanno in diesem Moment.

Bomilkar wandte sich um. Der dritte Zweispänner mit einem Fahrer und zwei weiteren Männern im Korb folgte ihnen in geringem Abstand.

»Für den Fall, daß wir verhandeln müssen und noch ein paar Gründe anführen wollen, habe ich etwas vorbereitet.«

»Verhandeln?« Balhanno blickte streng, beinahe empört. »Die Stadt verhandelt nicht mit Verbrechern!«

»Wenn wir aber nur die Wahl zwischen einem Blutbad und einer Verhandlung haben?«

»Soll ich mir Gedanken darüber machen, daß ein paar Räuber und Mörder durch die Schwerter unserer Soldaten fallen?«

»Herr«, sagte Bomilkar, »du magst vielleicht erwägen, daß sie meinen Stellvertreter Autolykos haben. Und im Labyrinth leben Tausende einfacher Punier, die nichts mit Verbrechen zu tun haben. Die Verbrecher sollen ihre verdiente Strafe bekommen, aber die anderen?«

»Darüber reden wir, wenn es soweit ist.«

Den Rest der Fahrt legten sie schweigend zurück. Nach der beinahe herzlichen Verlegenheit des Beginns strahlte der Ratsherr nun eine abwehrende Kälte aus, über die Bomilkar ein wenig nachdachte.

Alle Zugänge zum Labyrinth waren bewacht. Hier und da sickerten Frauen und Kinder aus Häusern, deren Rückseiten die Grenze zwischen dem schäbigen Viertel und der übrigen Stadt bildeten. Dazwischen gab es Stücke alter innerer Stadtmauern und nie völlig abgerissene Häuserreste. Aus Lücken und aus einigen der als Tore bezeichneten engen Straßenmündern kamen ebenfalls einzelne Menschen, aber es waren nicht viele.

»Wahrscheinlich halten sie die übrigen fest.« Balhanno sah sich um. »Wann wollten die mit dir reden?«

»Bei Sonnenuntergang. Müßte gleich soweit sein.«

Soldaten durchsuchten die Leute, die das Labyrinth verließen, nach Waffen. Den »Toren« gegenüber hatten sie Lastkarren umgekippt, hinter denen kleine Trupps von Bogenschützen warteten.

Itubal kletterte vom zweiten Wagen und kam zu ihnen. »Soll ich jetzt den Befehl zum Angriff geben, oder wollen wir noch ein wenig warten? Worauf überhaupt?« sagte er, an Balhanno gewandt.

Der Ratsherr schüttelte den Kopf. »Du wirst gar keinen Befehl geben«, sagte er.

»Natürlich.« Itubal nickte hastig und setzte ein Lächeln auf, das nicht sehr echt wirkte. »Wir sind in der Stadt, da befiehlt der Rat – in diesem Fall der edle Fünf-Herr für Ordnung. Ich dachte nur ...«

»Du sollst auch nicht denken. Überlaß das Bomilkar und mir.« Balhanno wandte Itubal den Rücken zu. »Willst du allein zum Tor gehen?«

»Ja, Herr.« Bomilkar winkte ein paar seiner Wächter herbei. »Die hier und die Bogenschützen geben mir Deckung. Ich glaube aber nicht, daß es nötig sein wird. Zunächst jedenfalls.«

Er drehte sich noch einmal um. Der dritte Wagen stand bereit, wie er es angeordnet hatte; jenseits davon, über den Häusern, glühte der Himmel noch, aber die Sonne war nicht mehr zu sehen.

Langsam ging Bomilkar zum Tor der Tränen. Bei einem der umgestürzten Karren hielt er und wandte sich an den Unterführer, der dort den Befehl hatte.

»Wie abgesprochen«, sagte er. »Ihr tut nichts, bis ich es euch befehle.«

Der Mann nickte. »Und was, wenn der Stratege etwas befiehlt?«

Bomilkar zuckte mit den Schultern. »Überhört ihn. Und grinst dabei nicht allzusehr.«

Bei den letzten Schritten ordnete er noch einmal seine Gedanken, prüfte seine Überlegungen, dachte an alles, was nicht so verlaufen könnte wie erhofft. Dann seufzte er und blieb in der Straßenmündung stehen.

Aus dem Schatten eines Hausvorsprungs kamen drei Männer, hinter ihnen weitere zwei. Diese beiden hielten Schwerter in der Hand und hatten den Kopf umwickelt, so daß ihre Gesichter nicht zu erkennen waren.

Die drei Männer, die vorangingen und nun fünf oder sechs Schritte vor ihm stehenblieben, hatten die Hände vor dem Bauch gefesselt. Autolykos, Laetilius und Ailymes.

»Ihr seht richtig glücklich aus«, sagte Bomilkar. »Wie bist du denn geschnappt worden, Titus?«

Der Römer wollte antworten, aber einer der beiden hinter ihm sagte: »Schweig. Du redest mit uns, Wächter.«

Bomilkar nickte. »Sagt, was ihr zu sagen habt.«

»Dies, und es ist ganz einfach: Zieh deine Leute ab, und überlaß das Labyrinth sich selbst. Uns, mit anderen Worten. Alles weitere wollen wir nicht mit dir klären, sondern mit einem Vertreter des Rats.«

»Es ist sogar noch viel einfacher«, sagte Bomilkar. »Ihr werdet jetzt diese drei freigeben und Tigalit herbringen. Danach können wir über die Aufteilung der Macht im Labyrinth reden.«

Der linke der beiden Männer lachte. »Aha. Und wenn wir das nicht tun?«

»Dann gibt es ein paar Tote. Vor allem bei euch.«

»Die ersten Toten sind die drei hier«, sagte der Mann zur Rechten.

»Ein Römer, ein Libyer, ein Kampanier?« Bomilkar bemühte sich um einen geringschätzigen Tonfall. »Und ihr meint, das macht dem Rat Kummer? Wir werden die drei in Ehren bestatten. Eure Toten werden verscharrt, und die von euch, die das Unglück haben, den Sturm zu überleben, dürfen sich auf ein langwieriges Sterben einstellen.«

»Du hast gar nicht die Möglichkeit, das Labyrinth zu stürmen«, sagte der zur Linken.

»Es sind einige Schiffe aus dem Kriegshafen ausgelaufen und bewachen die Bucht. Im Norden, an der Grenze zur Megara, warten Numider auf alle Ratten, die aus irgendeinem Loch kriechen könnten. Und hier?« Er schüttelte den Kopf. »Glaubt ihr wirklich, ihr könntet gegen Fußkämpfer und Bogenschützen aus der Festung bestehen? Vor allem …« Er sprach nicht weiter.

»Vor allem was?«

»Ah, denk doch einmal nach, kleiner Räuber. Jemand hat euch gesagt, ich wäre nicht mehr zuständig, nicht wahr? Wie du siehst, hat er gelogen. Er hat euch auch gesagt, die Stadt würde nicht ernsthaft gegen euch vorgehen, sondern euch das Labyrinth überlassen? Seht, was er jetzt sagt.«

Bomilkar drehte sich um und gab dem Fahrer des dritten Wagens ein Zeichen. Die Pferde setzten sich in Bewegung. Das Fahrzeug kam näher, bog nach links und fuhr wieder dorthin zurück, wo es gewartet hatte. Aber als es den Bogen machte, konnte man Himilko sehen, Arishs Schreiber; er stand im Fahrkorb, und neben ihm ein Wächter, der die Schwertspitze an Himilkos Kehle hielt.

Bomilkar wandte sich wieder den anderen zu. »Und jetzt will ich die drei da. Und Tigalit. Danach reden wir weiter.«

# 18. KAPITEL

Anfangs sträubte sich Balhanno. Erst als Bomilkar beiläufig sagte, er wisse nicht, ob die gesammelten Beweise ausreichen würden, den Rat um Aufhebung der Unverletzlichkeit Sakarbals zu bitten, war er bereit, die Verhandlungen mit Tigalit und den anderen aus dem Labyrinth zu führen.

»Die Rückkehr zum vorherigen Zustand wäre für alle am besten«, sagte Bomilkar. »Alles andere würde entsetzliches Durcheinander verursachen – nicht zu reden von Arbeit. Und ich habe mehr als genug zu tun, um den Wirrwarr zu beseitigen, den Mago hinterlassen hat.«

»Es wäre auch sehr viel Arbeit, für alle Beteiligten, die Unverletzlichkeit eines Ratsherrn zu verlangen.« Balhanno klang beinahe wehmütig, als ob er dies bedauerte.

»Es gibt genug zu tun.« Bomilkar schaute zu den beiden Wagen, die noch warteten; Itubal war längst weggefahren. »So viel, daß ich mich frage, ob es den Aufwand wert wäre. Du, Herr, als Mitglied des Rats und Fünf-Herr, was meinst du? Sakarbal wird ja auf jeden Fall vermindert, er wird einige Ämter nicht mehr ausüben können, nicht wahr?«

Balhanno nickte langsam, wie nachdenklich. »Das wird wohl so kommen.«

»Dann nehme ich an, er ist damit ausreichend ... bestraft.«

Balhanno lächelte. »Ich kann dir natürlich nicht vorschreiben, was du in Ausübung deiner Pflichten ...«

»Natürlich. Vergib mir; ich habe noch zwei oder drei Wörter mit der Fürstin des Zwielichts zu wechseln. Ich weiß, daß bei dir alles in guten Händen ist.«

Diesmal grinste Balhanno. »Natürlich.«

Bomilkar deutete eine Verneigung an und ging ein paar Schritte zur Seite, dorthin, wo Tigalit mit einigen ihrer überlebenden Leute stand.

»Herrin«, sagte er. »Da ich weiß, daß du Sonne nicht gut verträgst, hielt ich es für tunlich, dich erst nach Sonnenuntergang zu befreien.«

Tigalit blickte einen Moment verblüfft; dann lachte sie laut, beugte sich vor und drückte ihm einen Kuß auf die Stirn. »Wächterlein«, sagte sie. »Ich habe dich vor der Nacht geschützt, du mich vor der Sonne. Es gibt keine offenen Rechnungen.«

»Der Ratsherr wartet. Sei mild zu ihm.«

»Was wird er verlangen? Aufsicht des Rats über das Labyrinth?«

»Er wird so etwas versuchen, aber am Ende wird er sich damit bescheiden, die Dinge weiter so laufen zu lassen wie bisher.«

»Und die bösen Jungs? Die alles angerichtet haben? Es sind viele meiner Leute gestorben.«

»Du wirst sie finden.« Bomilkar klopfte ihr auf die Schulter. »Und wenn du sie gefunden hast, kannst du sie mir übergeben, für die Gerichte.«

»Tot oder lebendig?«

Bomilkar lächelte. »Natürlich.«

»Das ist keine Antwort.«

»Ich habe heute abend mehrmals festgestellt, daß es eine sehr gute Antwort ist.«

Autolykos kletterte in den Wagenkorb, in dem Himilko immer noch stand. Der Wächter neben ihm hatte das Schwert in die Scheide geschoben.

Ailymes und Laetilius kamen zu Bomilkar. »Nimmst du uns mit?« sagte der Römer. »Wohin auch immer. Nur weg von hier.«

»Was mißfällt dir an diesem Platz?«

Laetilius schaute ihn an, dann blickte er zurück zum Tor der Tränen. Die Truppen aus der Festung hielten immer noch alles besetzt. ›Wahrscheinlich‹, dachte Bomilkar, ›werden sie dort die Nacht verbringen.‹ Jemand begann, einen der umgestürzten Karren zu zertrümmern, um ein Feuer zu machen. Bomilkar winkte einen seiner Wächter herbei.

»Beschafft für die da, und für euch, Wein und Brot und Fisch, oder was ihr sonst haben wollt. Sagt den Wirten an der Agora, ich komme morgen vorbei, um alles zu bezahlen.«

»Danke, Herr.«

»Großzügig«, sagte Laetilius. »Hast du genug Geld, um die halbe Festung zu bewirten?«

»Es gibt einige Ratsherren, mindestens zwei, die mich unterstützen werden.«

»Ah. Das war zu erwarten.«

»Du hast mir immer noch nicht gesagt, was dir hier mißfällt.«

Laetilius pfiff leise durch die Zähne, ein paar mißtönende Geräusche, die zu keinem Bomilkar bekannten Lied paßten. »Die Verdrehung des Rechts«, sagte er dann.

»Was meinst du?«

»Es hat Tote und Aufruhr gegeben. Jetzt werden ein paar Leute dafür umgebracht werden, und die, die alles angerichtet haben ...«

»Was ist mit denen?« sagte Bomilkar, als Laetilius schwieg.

»Tja, die helfen dir, die Truppen zu bewirten.«

»Man nennt es Politik, glaube ich«, sagte Ailymes. »Ist das bei euch denn anders? In Rom, meine ich, wo hin und wieder jemand entführt wird?«

Laetilius hob die Schultern. »Es ist überall gleich. Deshalb muß ich es aber nicht mögen.«

»Kommt«, sagte Bomilkar. »In den Wagen. Es ist zwar nicht weit, aber ich bin müde.«

»Wohin fahren wir?«

Bomilkar wandte sich an den Fahrer. »Bring uns zur Straße der Stempelschneider, danach fährst du zurück zur Festung und bist für heute entlassen.«

»Gut, Herr.«

»Zu Aspasia?« sagte Laetilius. »Meinst du, sie hat für uns etwas zu essen und zu trinken? Die Gastlichkeit der Räuber ließ zu wünschen übrig.«

»Es gibt genug Schänken in der Nähe.«

Als sie im Korb standen und durch die Nacht fuhren, sagte der Römer plötzlich: »Und abgesehen von dem, was man so Politik nennt – hast du alles abgeschlossen?«

»Noch nicht. Aber frag mich das später.«

Wo die Straße der Stempelschneider in die Große

Straße mündete, ließ Bomilkar den Fahrer halten. Sie stiegen aus dem Korb und gingen in die vom Mondlicht ungenügend beleuchtete schmale Straße. Offenbar hatten die beiden anderen keine Lust zu reden; Bomilkar war es recht, denn er war müde; die Gedanken tanzten durch seinen Schädel und machten ihn noch müder.

Durch den Torbogen erreichten sie das Geviert zwischen den fünfstöckigen Häusern. Auf einigen der hölzernen Wandelgänge vor den Wohnungen glommen kleine Lampen, hier und da sah man auch Fackeln. Es war eine milde Nacht; es saßen wohl viele noch vor ihren Wohnungen, um zu plaudern, zu dösen oder zu trinken. Unwillkürlich blickte Bomilkar nach links, zur Treppe, zum dritten Stockwerk, aber vor Aspasias Wohnung gab es kein Licht. Er fragte sich, ob sie schon schlief oder vielleicht bei Nachbarn war.

Als Laetilius zischte und ihn anstieß, riß er den Blick vom Wandelgang los. Eher aus den Augenwinkeln sah er die Bewegung – Umrisse, mehr zeigte das Mondlicht nicht, und die Lampen und Fackeln ringsum machten das Halbdunkel noch undurchdringlicher. Vier, nein, fünf Männer kamen aus dem Gewirr von Schatten in der Mitte des Gevierts. Dort gab es Hühnerställe und Hütten, kümmerliche Gärten, mehrere große Feuerplätze, Tische und Bänke. Bänke, auf denen die Männer gewartet haben mußten. Zwischen Laetilius' Zischen und dem Angriff konnten nicht mehr als drei Lidschläge gewesen sein.

Zwei der Angreifer wichen nach links, einer nach rechts aus. Bomilkar sah, wie Laetilius sein Schwert herausriß und sich duckte, um einen Stich abzuwehren, sah Ailymes winzig vor dem Riesen in der Mitte, tauchte unter einem Stoß weg, den einer der Männer mit einem Speer gegen ihn führte, fühlte zugleich den Luftzug und etwas wie Unwirklichkeit, weil ihn dies alles an einen anderen Überfall an gleicher Stelle erinnerte. Ein Pfeil kam geflogen, verfehlte sein Ziel und schrappte über den Boden. Ein weiterer Umriß, noch ein Angreifer?

Bomilkar stieß einem der beiden, die nach links ausgewichen waren, sein Schwert in den Bauch, ließ es stekken, duckte sich abermals unter einem Stich, diesmal vom Schwert des zweiten, packte dessen Arm und riß ihn zu sich, rammte ihm das Knie in den Unterleib, schob ihn weg. Laetilius rang mit dem Begleiter des Riesen in der Mitte, der den Speer fallen ließ, um die Hände benutzen zu können. Von irgendwo schien mehr Licht zu kommen, oder seine Augen hatten sich ans Dunkel gewöhnt, denn er sah, wie sich die Pranken des riesigen Agizul um Ailymes' Kopf legten, und hörte das dumpfe Knacken der brechenden Wirbel. Agizul schleuderte ihn beiseite wie eine zerbrochene Puppe, packte Laetilius, riß ihn aus der Umarmung des anderen, hob ihn hoch und hielt ihn wie einen Schild vor sich.

Ein zweiter Pfeil, oder war es schon der dritte? Bomilkar spürte wieder den Lufthauch, als der Pfeil hinter ihm vorübersauste und sich in etwas bohrte. Etwas, was gurgelte. Laetilius trat um sich, aber entweder traf er nicht, oder Agizul war unempfindlich. Er legte eine Hand über das Kinn des Römers. Bomilkar griff sich in den Nacken und meinte, die Spitze des geworfenen Messers in Agizuls rechtes Auge dringen zu sehen, noch ehe er es überhaupt losgelassen hatte. Er bückte sich, entging dem Schwertstoß des Mannes, der vor langer Zeit – war er so langsam? kroch die Zeit? – nach rechts ausgewichen war, fand irgendwie den Griff seines Schwerts, zog es aus dem Bauch des Gefallenen, wehrte einen weiteren Stoß mit der Klinge ab.

Sah den Mann, der vorhin einen Speer hatte fallen lassen, zucken und zur Seite fahren, als ein Pfeil ihm in die Schulter drang. Sah den anderen Umriß herbeihinken und etwas, vielleicht eine Keule, auf den Kopf des Mannes zur Rechten schmettern. Sah, wie Agizul Laetilius fallen ließ, hörte ihn etwas brüllen, sah ihn die Hand heben und das Messer samt Augapfel herausreißen, schlug mit der Klinge zu, trennte die Hand samt Messer und Augapfel vom Arm, hob das Schwert ein wenig an und streckte sich in einen aufwärts gerichteten Stich.

Agizul stand einen Moment starr da. Jemand näherte sich schnell mit einer Fackel, deren Licht die triefende Augenhöhle erhellte. Der Riese berührte seltsam zärtlich die Klinge, die in seinem Bauch steckte. Der Griff wies abwärts, die Spitze mußte irgendwo in der Nähe von Agizuls Herz sein.

»Du«, sagte Agizul, ging langsam in die Knie, sackte vornüber und trieb das Schwert noch tiefer in sich hinein.

»Was ist denn hier los?« Mehrere Nachbarn waren herbeigeeilt; die Stimme gehörte dem ersten, der ein Messer in der rechten Hand und die Fackel in der linken trug.

»Ein punischer Tanz.« Laetilius kam taumelnd auf die Beine; er hielt sich den Kopf.

»Reden kann er aber schon wieder«, sagte der Mann mit der Keule, der herbeigehinkt war, und erst jetzt, an der Stimme, erkannte Bomilkar den alten Libyer vom Schuppen.

»Auf dem Rückweg«, sagte Zililsan. »Ein Kaff südlich von Tynes. Mein Pferd hat ein passendes Loch gefunden, um sich ein Bein zu brechen. Ich hatte Glück, bin irgendwie noch zur Seite geflogen, statt unter das Tier zu kommen. Das war dann der Knöchel, die Landung nach dem Flug. Und dann hatte ich noch einmal Glück.«

»Sprich weiter, glücklicher Mann.« Aspasia goß ihm den Becher wieder voll, stellte den Krug ab und strich Laetilius über den Schopf. »Lauter glückliche Männer in dieser Nacht.«

Die Nachbarn hatten Feuer gemacht, Wasser und Wein geholt und mit Bomilkars Geld Braten, Brot und gebackenes Gemüse aus der Garküche neben Aspasias Laden. Wächter mit Karren hatten die Leichen entfernt, den Verwundeten und den Mann, der den Keulenhieb vielleicht überleben würde, um danach langsam am Kreuz zu sterben. Die Sterne waren unendlich weit entfernte Götter, die ohne jede Anteilnahme das Treiben und Leiden der Sterblichen beschauten. Ein leichter Nachtwind ließ das Feuer und die Flammen der Fakkeln zucken und tanzende Schatten zwischen die Tische jagen.

»In dem Kaff haben sie mir den Knöchel verbunden. Dabei ...«

»Und das Pferd?« sagte eine Nachbarin.

»Dem habe ich die Kehle durchgeschnitten. Also, das Kaff. ›Neuerdings so viele Fremde hier auf der Durchreise‹, hat die alte Frau gesagt, deren Mann mit meinem Fuß beschäftigt war. Dann hat sie die Fremden beschrieben, und ich wußte, das muß Agizul sein. Mit ein paar anderen. Ich bin dann weitergehumpelt, bis ich ein Pferd auftreiben konnte, und heute abend angekommen. Am Tor, an der Wachstube, lungert Nymar rum, eben aus Tynes zurück, und Vavurro kommt gerade dazu. Wir haben uns ausgetauscht und gedacht, wenn Agizul dich sucht, kommt er vielleicht hierher. Bestimmt weiß er, wo Aspasia wohnt und du die Nacht verbringst.«

»Wer könnte es ihm auch verdenken?« sagte Laetilius, verdrehte den Hals, um zu Aspasia aufzuschauen, verzog das Gesicht und sagte leise: »Au.«

»Dann haben wir Vavurro losgeschickt, Verstärkung holen. Und der blöde Make hier hat noch nie so oft danebengeschossen.«

»Schlechtes Jagdlicht«, sagte Nymar. »Außerdem haben sie gezappelt.«

»Hast du in Tynes etwas erfahren?«

Nymar schüttelte den Kopf. »Keiner weiß etwas von dem Jungen.«

»Um wen geht es?« sagte Aspasia.

»Später, Liebste. Und du, Zililsan – bist du mit den Schmugglern zu einem Schluß gekommen?«

Zililsan seufzte. »Bomilkar, der Herr der Wächter! Eben hat er mühsam überlebt, da will er schon wieder etwas anderes wissen. Ja, Herr, edler Mann, trefflicher Häuptling! Ich habe die Stelle gefunden, wo sie weit von allen punischen Zöllnern entfernt aus der Steppe kommen. Erst werde ich mich betrinken. Danach werde ich schlafen, sobald die holde Gemahlin mich läßt. Und lange danach werde ich dir berichten. Jetzt nicht, nein, nicht jetzt.«

Vavurro leerte seinen Becher und stand auf. »Hast du die Absicht, weitere blutige Zerstreuungen anzurichten, oder kann ich gehen?«

»Geh, Freund – und großen Dank. Euch allen.«

»Nicht der Rede wert«, sagte Aspasia. Sie schüttelte den Kopf und schaute Bomilkar an. »Dreieinhalb tote Räuber und dieser junge Libyer; was ist das schon ...«

»Schade um den Jungen.« Laetilius lehnte den Hinterkopf an Aspasia, die hinter ihm stand. »Aus dem hätte etwas werden können. Ein Jammer.«

»Wie man's nimmt«, sagte Bomilkar.

»Wie meinst du das?«

»Agizul hat ihm den Henker erspart. Oder lange Arbeit im Steinbruch.«

»Was?« Laetilius richtete sich auf, bewegte Kopf und Nacken, sagte wieder »au« und sackte zurück.

»Halt still, Kerl.« Aspasia legte die Hände an seinen Nacken und begann sanft zu reiben.

»Er ist der Junge, über den Nymar nichts hat herausfinden können. Wer außer ihm hat denn gewußt, wo wir versteckt waren? Ohne zu wissen, daß wir in dem Moment eben woanders sind?« sagte Bomilkar. »In Rom wurde ich niedergeschlagen und hatte Kopfschmerzen und eine Beule; Ailymes hatte nichts. Zehn Männer bilden drei Dreiergruppen, einer bleibt übrig, keiner sagt etwas dazu – weil er ohnehin nicht zur Truppe gehört. Die anderen können weder lesen noch schreiben; er drückt sich gewählt aus und kann etwas Latein. Ich nehme an, daß Himilko ihn ausgesucht hat.«

»Frag ihn doch morgen«, sagte Laetilius.

»Das wird nicht gehen.«

»Warum? Hast du ihn laufenlassen müssen?«

»Er läuft nicht mehr«, sagte Bomilkar. »Ich habe ein paar Mann losgeschickt, um ihn zu holen. Als sie zu ihm gekommen sind, war er schon tot. So, wie es aussah, hat er Gift genommen. Sie haben ihn zu Artemidoros gebracht, und der hat ihn so zurechtgemacht, daß sie ihn in den Korb des Wagens binden konnten. Damit die Finsterlinge im Labyrinth meinen, wir haben ihn und er erzählt uns alles, was wir wissen wollen.«

»O die Abgründe!« sagte einer der Nachbarn. »Tu uns einen Gefallen, Bomilkar – entweder zieh bei Aspasia aus, oder sorg dafür, daß nie wieder so ein Besuch wie heute abend herkommt.«

»Hat es dir nicht gefallen?« sagte Zililsan. »Da gibt man sich solche Mühe ...«

Der Nachbar stieß ein hohles Kichern aus. »Soll ich dir sagen, was mir gefällt? Wein, ein guter Braten, fleischige Frauen, ein milder erfrischender Meerwind.«

»Das mußt du dir selbst beschaffen«, sagte Bomilkar. »Ich sorge nur für zusätzliche Unterhaltung.«

Den größten Teil des nächsten Morgens verbrachte Bomilkar im Verlies der Festung. Er rechnete damit, daß sich bald jemand für Mago verwenden und dessen Freilassung verlangen würde, also begann er mit ihm. Viel kam nicht dabei heraus; offenbar hatte er seine Anweisungen von Himilko bekommen und keine Ahnung, wer auf der Befehlsleiter über diesem gestanden hatte.

›Arish‹, dachte Bomilkar, als er Mago verließ, um sich um die anderen Gefangenen zu kümmern. ›Wer sonst als Arish, Himilkos Herr? Aber von dem werde ich nichts erfahren. Die Herren werden schon dafür sorgen, daß keinem der ihren etwas geschieht.‹

Beim Abendeinsatz am Nordrand des großen Markts hatte es einigen Widerstand gegeben; zwei Soldaten und einer der Büttel waren umgekommen. Wie etliche der Männer, die sie hatten festnehmen sollen. Einige der Überlebenden waren kleine Handlanger; von ihnen erfuhr Bomilkar Einzelheiten über bestimmte Geschäfte, zum Beispiel den liebevollen Umgang mit Schmuggelware.

Zu den Toten gehörte auch der Iberer Gargoris, von dem er sich Auskünfte erhofft hatte. Kaukirino dagegen lebte – noch. Artemidoros hatte ihn auf Bomilkars Bitte hin notdürftig behandelt und verbunden, aber es war klar, daß der riesige Arevaker bald sterben würde. Er hatte tiefe Wunden davongetragen und viel Blut verloren; der Arzt sagte, wahrscheinlich seien wichtige innere Teile verletzt.

Kaukirino war kaum zu erkennen. Er lag im Verlies auf Stroh. Im kargen Licht aus einem hoch angebrachten Schlitz in der Mauer sah Bomilkar zunächst nur Verbände, die eine Masse wunden Fleischs umgaben. Auch der Kopf war umwickelt. Ein Auge, die Nase und der Mund – mehr war nicht zu erkennen. Die Kette, die an einem Eisenring in der Mauer begann, endete wahrscheinlich an einem anderen um Kaukirinos Hals, unter blutigen Tüchern.

»Ich höre, du hast dich wie ein Wahnsinniger geschlagen.« Bomilkar hockte sich zwei Schritte von dem Mann entfernt nieder; er dachte an die mächtigen Arme und mochte trotz der Verwundungen kein unsinniges Wagnis eingehen.

»Wie ein tapferer Krieger«, knurrte Kaukirino.

»Das ist manchmal gleich. Willst du mir, unter uns alten Kriegern, noch etwas sagen, ehe du von euren Windgeistern geholt wirst?«

»Nein. Wozu denn auch?«

»Ich könnte dafür sorgen, daß deine gefangenen Brüder besser behandelt werden.«

Kaukirino fletschte die Zähne. »Kannst du dafür sorgen, daß eure Krieger meine Heimat verlassen?«

»Nein.«

»Dann habe ich dir nichts zu sagen.«

Aufräumen, Ordnung schaffen, Magos Listen durchsehen, weitere eigene anlegen ... Und Schulden bei den Wirten bezahlen. Für den Fall, daß Duush aus Ityke zurückkam, hinterließ Bomilkar in der Wachstube ein paar Zeilen. Aber Duush kam nicht. Dafür stellte sich abends, im Innenhof des Gevierts, ein übermüdeter Barako ein. Er sagte nicht viel, schien aber bei Hepsibal keinesfalls ähnliche Arbeit geleistet zu haben wie Tage zuvor Ailymes bei Tigalit.

»Sie schnauft«, sagte er. »Sie keift, sie zetert, sie befiehlt, sie hetzt Sklaven und Diener und, ah, Besucher wie mich hin und her, braucht jemanden, der ihr zuhört, wenn sie die halbe Nacht trinkt und redet, und verspricht immer wieder, daß sie bald, gleich, demnächst, morgen früh alle Fragen beantwortet, und dann?« Er zeigte beide Handflächen. »Aber sie hat viele schöne Gegenstände in ihrem Haus. Und die schönsten sind aus Eisen geschmiedet.«

»Eisen? Kein edles Holz? Elefantenzähne? Töpferei?«

»Von allem ein bißchen, aber vor allem Eisen.«

»Trink«, sagte Bomilkar. »Iß. Kein Gezeter und keine Befehle. Jedenfalls heute. Du hast mir sehr geholfen.«

»Eisen?«

»Eisen.«

Es gab ein Feuer und Wein, Früchte und Fleisch, wie in der vergangenen Nacht, aber ohne vorheriges Blutvergießen. Daniel und Laetilius waren zu Pferd aus der Megara gekommen, aus Hamilkars Garten, und berichteten von ergebnislosem Suchen zwischen Papyroshalden und Tontafelbergen. Als Bomilkar irgendwann Eisen erwähnte, schlugen sie vor, am nächsten Tag darüber zu reden. »Bis dahin wird es nicht verrostet sein«, sagte Daniel.

Mittags beschaffte sich Bomilkar ein Pferd aus den Ställen der Festung. Er hatte den größten Teil der dringenden Dinge erledigt und beschlossen, ein paar Stunden andere Luft zu atmen. Dabei bewegte ihn auch die Hoffnung, wenn er die Stadt von außen sah, die unbeantworteten Fragen gleichsam von außen sehen und vielleicht besser erfassen zu können. Vor allem aber fühlte er sich plötzlich eingesperrt.

Zwei- oder dreimal erblickte er, wenn der Karrenweg einen kleinen Hügel erklomm, weit voraus die blendende Fläche des Meers und einige helle Segel. Er sah die alten weißen Landhäuser durch Baumgruppen schimmern und sog die heiße, trockene Luft und die tausend Düfte von Pflanzen und Früchten ein. Sklaven und Arbeiter auf den Feldern, gebückt unter der Last der Sonne, erinnerten ihn daran, daß es auch hier, in der Weite der Megara, eng war.

Als er das Landgut der Barkiden erreichte, stieg er ab, band das Pferd an die Stange neben einem gefüllten

Wassertrog und ging ein paar Schritte weiter – zu Hamilkars Garten. Denn auch wenn man den Namen auf das ganze Gut anwandte, lag der eigentliche Garten ein wenig abseits. Wie beim ersten Mal, vor zwei Jahren, folgte er dem Pfad, der durch Büsche zu einem Hügel führte. Am Fuß der Anhöhe, von Laubbäumen beschattet, entsprang eine Quelle; sie war mit dunklen Steinen eingefaßt und speiste ein helles Becken, in dem Wasserpflanzen wuchsen. Auf der anderen Seite stand etwas wie ein kleiner Tempel. Vier schlichte, feine Säulen aus fleischfarbenem Marmor trugen ein Giebeldach, unter dem nichts war als eine bequeme Liege aus kostbarem schwarzen Holz. Zu beiden Seiten des Bauwerks erstreckten sich tausendfarbene Blumenbeete, die von Bienen wimmelten. Der Duft der Pflanzen war leicht und süß.

Köstlicher Schatten umgab das Grab von Kshyqti, Hamilkars Gemahlin, der Mutter seiner fünf Kinder. Salambua, Gattin des Numiderfürsten Naravas, war vermutlich bei diesem in Iberien oder auf seinen Landen in den Bergen. Sapanibal, die Frau Hasdrubals des Schönen, war früh gestorben und ruhte in iberischer Erde. Die drei Löwen, die Kshyqti geboren hatte, halfen Hasdrubal, Iberien zu befrieden und zu sichern: Hannibal, der kleinere Hasdrubal und Mago. Und im vorigen Jahr hatten sie die Asche des größten aller Punier, Hamilkar Barkas, dort neben Kshyqti vergraben.

Bomilkar lehnte sich an eine der Säulen, schaute und atmete. Dann dachte er an den bemerkenswerten Satz, den Laetilius vor zwei Jahren gesagt hatte, als sie den Garten zum ersten Mal sahen: Hierhin kommen die Götter, wenn sie der Menschen überdrüssig sind.

›Da ich hier bin‹, dachte er, ›werden die Götter wohl fernbleiben. Aber vielleicht ist Hamilkars Geist hier und flüstert mir etwas zu. Wenn ich lausche.‹

Er lauschte, und er hörte den sanften Wind, der vom Meer Salz brachte und unter die Blumendüfte mischte. Er hörte das Summen der Bienen, und irgendwo sangen Vögel. Er überlegte, ob er es wagen sollte, sich auf die Liege aus Ebenholz zu begeben, wo Hamilkar gelegen und Zwiesprache mit der geliebten Toten gehalten hatte.

Plötzlich wußte er, wie alles zusammenhing. Daß es ganz einfach zu verknüpfen war, wenn man es aus einiger Entfernung von außen betrachtete. Daß ein paar Stückchen zum Bild fehlten, die sich vielleicht in Hamilkars Listen, vielleicht in dem finden mochten, was Duush in Ityke hatte suchen sollen.

Er wußte aber auch, daß er das, was alles endgültig zusammenhielt, kaum würde beweisen können.

Sie tranken gekühlten Fruchtsaft mit Wasser und ein wenig Wein. Die Sonne stand im Südwesten; das Haus und ein weitgespanntes Tuch überzogen die Nordterrasse mit wohltuendem Schatten.

Daniel klopfte auf die Papyrosrollen und hob den Becher. »Fast hatte ich die Hoffnung aufgegeben, daß wir etwas finden. Aber ... da ist es.«

Laetilius stützte das Kinn auf die Fäuste. »Ihr Kleingläubigen. Ich dagegen habe immer gewußt, daß wir etwas finden.«

»Was hat dich so sicher gemacht?« sagte Bomilkar.

»Gallier hin, Pyrrhus her – Hamilkar war der größte Gegner, den Rom je hatte. Ich habe nie bezweifelt, daß er auch hierin groß ist: im Hinterlassen von Namen, Zahlen und Tatsachen.«

»Groß war der Blitz.« Daniel nickte mehrmals, langsam, mit Nachdruck. »Er war aber auch groß in seiner Unordnung.«

»Wann hätte er denn je Zeit gehabt, all das zu ordnen?« Laetilius trank, setzte den Becher ab und deutete auf die Rollen, die ausgebreitet und mit Steinen beschwert vor Daniel lagen. »Und so schlimm war die Unordnung auch nicht. Nur, daß die Dinge aus den beiden letzten Kriegsjahren und aus dem Söldnerkrieg in verschiedenen Räumen waren.«

»Wer von euch hat denn was gefunden? Nicht daß das wichtig wäre.«

Daniel keckerte. »Laetilius hat schlechtes Eisen gefunden, ich die Männer mit den tödlichen Händen. Und wenn wir sie zusammenfügen ...«

»... dann fehlt nur noch etwas, das ich von Duush erhoffe. Morgen vielleicht.«

»Schreib mir, was du am Ende haben wirst«, sagte Laetilius. »Im Morgengrauen, vor Sonnenaufgang, verläßt ein Händler den Hafen; er fährt zur Insel Lopadusa und dann weiter nach Misenum.«

»Woher ...«

»Gestern abend, ehe wir bei euch waren, habe ich am Hafen mit ein paar Seeleuten gesprochen. Dieses Schiff morgen früh, dann erst wieder eines in sechs Tagen.«

Bomilkar lauschte in sich hinein und empfand etwas wie Enttäuschung. ›Er wird mir fehlen‹, dachte er. ›Soviel Wein und Blut gemeinsam vergossen. Eigentlich kann ein Punier nicht mit einem Römer befreundet sein. Aber auch unmögliche Freunde reisen ab.‹ Er räusperte sich und sagte: »Dann kommt nachher wieder zu uns. Ich weiß nicht, ob etwas stattfindet. Bei diesem Wetter eigentlich fast immer. Aber wenn nicht, schlagen wir selbst ein Kalb tot und zertrümmern ein paar Amphoren.«

»Soll ich zwischen dir und Aspasia schlafen?« Laetilius lächelte; ein wenig wehmütig, wie es Bomilkar vorkam.

»Wer will denn schlafen?« knurrte Daniel.

»Trinken und reden«, sagte Bomilkar. »Im Morgengrauen bringen wir dich zum Schiff; schlafen kannst du an Bord.«

Laetilius und Daniel wechselten einen Blick, dann nickten beide. »Reden«, sagte der Römer, »reden ist gut. Laß uns alles noch einmal zusammensetzen. Zum Beispiel dies: Warum hat Ailymes uns nicht schon ausgeliefert, als wir noch bei Nampamo waren?«

»Sie wollten wohl warten, bis wir die nächsten Schritte tun, um dann uns und alle anderen zugleich zu schappen.« Bomilkar zuckte mit den Schultern. »Aber es fehlt noch etwas; vielleicht taucht ja Duush inzwischen auf und hat das letzte Stückchen.«

# 19. KAPITEL

Auf dem Weg zur Wachstube ging Bomilkar noch einmal ins Verlies, um mit Kaukirino zu sprechen. Der Iberer lag stinkend auf stinkendem Stroh, und Bomilkar brauchte keinen Arzt zu fragen, um zu wissen, daß Kaukirino nur noch ein paar Stunden zu leben hatte.

Er hockte sich neben dem Sterbenden auf die Fersen. »Ich will mit dir über Eisen reden«, sagte er. »Schlechtes Eisen. Ich weiß fast alles, und für die Bestätigung oder für Antwort auf einige Fragen biete ich dir frische Luft und einen Platz, an dem eure Windgeister deine Seele holen können.«

»Schlechtes Eisen?« sagte Kaukirino. Die gewaltige Stimme war nur noch ein Krächzen.

»Und die tödlichen Hände starker Männer.«

»Es ist gut.«

Bomilkar rief ein paar Sklaven der Festung herbei. Sie banden Kaukirino auf eine Trage und schleppten ihn Leitern und Treppen hinauf zu einem der Türme der großen Mauer. Als sie wieder gegangen waren, gab Bomilkar dem Sterbenden Wasser und Wein zu trinken und stellte seine Fragen.

»Nein, ich komme nicht mit. Danke, aber nein. Ich will mich waschen, viel trinken und meiner Frau Lügengeschichten erzählen. Darüber, wo ich war und was ich dort getrieben habe. Oder ist die Wahrheit schon verfügbar?«

»Ich muß sie noch zusammenfügen«, sagte Bomilkar.

»Dann laß uns wenigstens ein Stück zusammen gehen und die Dinge hin und her wälzen.«

Duush nickte. »Steinige Dinge die Große Straße entlangwälzen. Hat nicht dieser Hellene, Sisyphos, so etwas gemacht?«

»Nicht auf der Großen Straße; da wäre er an ein Ziel gelangt.«

»Das ist nicht gesagt. So, wie ich es sehe, werden wir ... wirst du doch auch kein Ziel erreichen. Ob einem die Steinbrocken immer wieder bergab rollen oder ob dir die edlen Herren die steinigen Dinge aus der Hand schlagen ...«

»Vielleicht können wir es vermeiden. Komm, laß uns gehen. Mutumbal – hüte die Wachstube.«

Der Punier, der kopfschüttelnd gelauscht hatte, seufzte und nickte. »Und wenn doch etwas herauskommt, laß es mich wissen, hörst du?«

Sie gingen langsam, redeten, tauschten Bruchstücke gegeneinander aus, setzten die Dinge immer wieder neu zusammen. Wo die Straße der Stempelschneider in die Große Straße mündete, blieben sie kurz stehen. Duush, der in der Nähe des Hafens wohnte, tippte Bomilkar mit dem Zeigefinger auf die Brust.

»Ich glaube nicht, daß sich die Dinge verbinden lassen«, sagte er. »Zwei Ketten, die sich nirgendwo berühren.«

»Sie berühren sich«, sagte Bomilkar. »Wir haben nur den Punkt der Berührung noch nicht gefunden.«

»Ich wünsche gedeihliches Suchen. Vielleicht fällt ja einem heute nacht noch etwas ein. Bist du dir sicher, daß der Römer dir alles gesagt hat, was er weiß?«

»Laetilius? Nein, sicher bin ich mir nicht, aber er war doch meistens entweder mit mir oder mit Daniel zusammen; was hätte uns entgehen sollen?«

»Ach, Häuptling, irgend etwas entgeht einem immer. Und wenn du es findest, wird es zu spät sein. Das ist einfach so; die mißgünstigen Götter haben es so eingerichtet.«

Es gab mehrere Feuer, über denen sich ein halbes Kalb, zwei Zicklein und etliche Hühner drehten. Amidi hatte Würste mitgebracht, die dank farbenprächtiger Zutaten und Gewürze aussahen, als hätte der Araber sie selbst gemalt. Es gab gedünstete Fische, eingelegten Lauch, Bohnenmus und zahlreiche Früchte, Brot, Wein, Bier und Wasser. Die Hälfte aller Bewohner der Häuser um das Geviert schien sich verabredet zu haben, um die schöne Frühsommernacht durch Trinken, Essen und Reden zu verheeren, ehe die Hitze des wirklichen Sommers alles verwüsten würde.

Aspasia war traurig, als sie hörte, daß Laetilius früh abreisen würde. Sie war aber auch fröhlich, denn ihr Sohn Myron war da und hatte das Mädchen mitgebracht, deren vermehrter Bauchumfang bestaunt wurde, bis jemand darauf hinwies, daß Aspasia demnächst Großmutter sein würde. Bomilkar verzog sich an ein anderes Feuer, ehe jemand ihn als künftigen Stiefgroßvater anreden konnte.

Der Perser Bagayash hatte eine alte Kithara aufgetrieben. Wenn er nicht gerade damit beschäftigt war, sie zu stimmen, mißbrauchte er sie zur Begleitung spöttischer oder unflätiger Gesänge, aber je mehr er trank, desto wehmütiger wurde die Musik.

Daniel, Laetilius und Bomilkar bemühten sich, die Dinge zusammensetzen. Es war nicht einfach. Erstens, weil einige Teile sich nicht recht zusammenfügen wollten, und zweitens, weil sie immer wieder abbrechen mußten, sobald andere in Hörweite kamen.

Kurz vor Anbruch der Morgendämmerung küßte Aspasia Laetilius auf den Mund, wischte sich Tränen aus den Augen und sagte: »Komm wieder. Und beim nächsten Mal bring, wenn es geht, deine Aurelia mit.«

»Ich will es versuchen.«

Daniel lag auf einer Bank und schnarchte. Als der Römer an ihm zupfte, sagte er, ohne die Augen zu öffnen: »Ich bin betrunken und schlafe, Laetilius. Geh weg, und komm in einem Jahr wieder, falls ich dann wach und nüchtern bin.«

Laetilius schulterte sein Bündel und folgte Bomilkar zum Torbogen. Sie schwiegen, bis sie die Große Straße erreicht hatten; dann sagte der Römer:

»Ich nehme an, Daniel kann beruhigt in die Byssatis zurückreiten; den Barkiden droht ja keine Gefahr mehr.«

»Sieht so aus.«

»Hast du Zweifel?«

Bomilkar lachte leise. »Immer; was wären wir ohne Zweifel? Aber du hast recht; die Verschwörung ist erledigt, und wenn Hasdrubal sicher ist, sind es auch Hamilkars Söhne.«

Laetilius sah ihn von der Seite an. »Kriegst du die beiden Ketten inzwischen überzeugend zusammen?«

»Wir haben es doch die halbe Nacht versucht.« Bomilkar seufzte. »Ich fürchte, es geht nicht.«

Paltibal, der mit bereits vorher gebrochenem Genick vom Dach eines seiner Häuser gestürzt war, hatte – Duush und seinen Ermittlungen in Ityke zufolge – vom Vater ein Haus, ein paar Schuppen und eine schäbige Schmiede am Rand des Hafengeländes der alten punischen Stadt geerbt, seine Frau Hepsibal von ihren Eltern Anteile an zwei Frachtschiffen. Paltibal hatte altes Eisen gesammelt, geschmolzen, neu verarbeitet; die Frachtschiffe brachten vor allem Erz aus Iberien, und im Römerkrieg stellte Paltibal alles auf das Schmieden von Waffen um: Schwerter, Lanzenspitzen, Rüstungsteile.

Unter den Söldnern, die Hamilkar in den letzten Kriegsjahren auf Sizilien befehligte, gab es gewöhnliche und besondere Einheiten. Eine der Tausendschaften, die den Stellungskrieg am Berg Eryx führten, hatte in ihren Reihen Männer, die nicht nur mit Schwertern, sondern auch mit den Händen töteten; darunter waren sehr große, die man »Hamilkars Riesen« nannte, und sehr kleine, »Zwerge«, die Stollen gruben und römische Stellungen von unten angriffen. Eine dieser Gruppen trug gestickte Palmwedel am *kitun*. Als der Nachschub aus Qart Hadasht ausblieb, schickte Hamilkar Männer mit seinem eigenen Geld in die Nachbarstädte an der Küste Libyens, um Waffen und Getreide zu beschaffen.

Ein Trupp hatte Waffen in Ityke gekauft – Waffen, von denen viele barsten und zerbrachen, als sie auf römische Klingen und Rüstungen stießen. Klingen aus schlechtem, vermischtem Eisen, und viele Männer starben deshalb. Die Überlebenden nahmen sich vor, sich an dem Waffenhändler zu rächen, aber dann endete der Römerkrieg, bald darauf begann der furchtbare Söldnerkrieg, einige Männer kämpften weiter für Qart Hadasht und Hamilkar, andere schlossen sich den Söldnern an. Im Verlauf der Kämpfe wurde Ityke belagert, und die Häuser des Waffenschmieds wurden zerstört.

Sie wußten nicht, daß Paltibal seinen Besitz in Ityke längst verkauft hatte und nach Qart Hadasht gezogen war. Unter den mehr als fünfhunderttausend Menschen der Hauptstadt konnte man einen einzelnen nur durch Zufall treffen, es sei denn, man suchte ihn. Aber warum jemanden suchen, den man für tot hält? Also gingen Männer wie Kaukirino und Mennad ihren Geschäften nach, schlugen sich recht und schlecht durch. Bis Mennad zufällig auf dem Markt Paltibal sah und erkannte.

Er sagte es Kaukirino, und sie beschlossen, ihn zunächst zu plündern, zu erpressen, und erst danach zu töten. Aber Kaukirino fand eine weitere Arbeit: Ein Punier, Schreiber ohne Namen, bot ihm Geld dafür, daß er einige Männer, in deren Namen »Baal« vorkam, und irgend jemanden im Tempel des Baal Melqart tötete. Es war sehr gutes Geld. Paltibal hatte »Baal« im Namen, und man konnte ebensogut nach seinem Tod die Witwe auswringen.

Kaukirino beobachtete den Tempel und wählte den Fremden, der dort zu Gast war. Niemand würde ihn vermissen; anders als bei einem der edlen Priester mußte man nicht damit rechnen, daß die Büttel große Anstrengungen machen würden, den Mörder zu finden.

Als Teschu tot war, führte Mennad Kaukirino zu Paltibal. Er hatte herausgefunden, wo sich Paltibal an diesem Tag aufhalten würde. Nachdem Kaukirino Paltibal getötet und vom Dach des Hauses gestoßen hatte (nicht, ohne ihn an schadhafte Waffen zu erinnern), geriet Mennad unter die Räder eines Fahrzeugs – ein dummer Zufall, ein Unfall, wie er jeden Tag geschah. Die beiden übrigen Baals – Maharbal und Baalyaton – suchte der Iberer eher zufällig aus, in weit voneinander entfernten Stadtteilen.

Dies war die eine Kette. Bomilkar war sicher, daß der namenlose Schreiber Himilko gewesen war, aber Himilko war tot und nicht mehr zu befragen. Die zweite Kette war der Versuch jüngerer Ratsherren, sowohl der Alten als auch der Neuen, sich ihrer übermächtigen Führer zu entledigen und dadurch selbst mehr Macht und Bedeutung und Reichtum zu erlangen.

Hanno, Herr der Alten, Hoher Priester des Tempels beim *tofet* – eine Spur von Leichen sollte zu Baal führen, und zweifellos hätte jemand bald ein Gerücht in die Welt gesetzt. Nicht ausreichend, um Hanno völlig zu entmachten, aber es hätte vermutlich genügt, seine Macht zu verringern. Arish hatte schon einmal versucht, mehr Einfluß zu gewinnen, und auf diese Weise mochte es gelingen.

Bomilkar zu entfernen, Hasdrubals Mittelsmann zum Überläufer zu machen, würde Hasdrubal dem Strategen nicht viel anhaben, würde aber Hasdrubal den Führer der Neuen schädigen und Leuten wie Sakarbal den Aufstieg möglich machen. Als Gesandte nach Rom reisen sollten, lag es nahe, Bomilkar mitzuschicken. Natürlich durfte er nicht getötet werden – ein toter Punier in Rom hätte Verwicklungen bedeutet, an denen niemandem etwas lag, und einem Toten konnte man kaum nachsagen, er sei zu denen übergelaufen, bei denen er dann umgekommen war. Er mußte verschwinden, so daß man in seiner Abwesenheit über ihn reden konnte. Bomilkar nach Rom, Giskon, der Herr der Festung, aufgrund eines sinnlosen Ratsbefehls im Hinterland – wer sollte die Verschwörer aufhalten?

Die Ketten hingen zusammen. Himilko war das Bindeglied. Er hatte Ailymes ausgesucht, um Bomilkar zu begleiten, und wahrscheinlich wäre der Libyer irgendwann freigekommen und heimgekehrt. Himilko hatte, als Ailymes ihm berichtete, daß Bomilkar sich bei Tigalit aufhielt, für den Krieg im Labyrinth gesorgt.

Himilko war tot. Die Ketten waren vollständig. Und dennoch hatte Bomilkar das Gefühl, daß etwas fehlte. Alles war zu verwickelt, zu sehr auf Zufällen aufgebaut. Es mußte, sagte er sich, eine einfachere Erklärung geben, aber sosehr er sich auch bemühte, er fand sie nicht.

Laetilius und Daniel hatten beim Zusammenbasteln der Ketten geholfen, aber auch sie wußten nicht weiter. Und als Bomilkar und Laetilius den Hafen erreichten, hatte Bomilkar sich mehr oder minder damit abgefunden, einen abgeschlossenen Fall vorzulegen, der die Richter beglücken und die Herren der Parteien entzücken, ihn selbst aber mit einem schalen Geschmack zurücklassen würde.

Das Schiff war zum Auslaufen bereit. Laetilius brachte sein Bündel an Bord, kam dann noch einmal an Land und legte seine Wange kurz an die von Bomilkar.

»Bis zum nächsten Mal«, sagte er.

»Du wirst mir fehlen, Römer.« Bomilkar legte ihm die Hände auf die Schultern. »Titus. Entbiete Aurelia meine besten Grüße. Und, wenn du ihn siehst, dem Konsul Fabius, auch wenn er keinen Wert darauf legen wird.«

Laetilius lächelte. »Ich werde alles ausrichten. Warte.« Er ging zu einem Schuppen, vor dem trotz der frühen Stunde schon Arbeiter damit beschäftigt waren, Pech zu erhitzen. Bomilkar sah, daß Laetilius etwas aus seiner Tunika hervorzog und ins Feuer unter dem Pechkessel warf. Es flackerte kurz auf.

»Was war das?« sagte er, als Laetilius wieder zu ihm kam.

»Ein Papyros.« Laetilius sprang vom Kai auf den Frachter, der bereits die Leinen losgemacht hatte. Seeleute stießen das Schiff von der Mauer ab, und es glitt langsam zur Hafenmitte.

»Was für ein Papyros, du schwarzes Schwein?« Noch war das Schiff nah genug, Bomilkar brauchte nicht zu brüllen. Allerdings war ihm sehr danach.

»Ich hätte ihn früher verbrennen können, mein Freund, aber ich wollte, daß du es siehst und weißt, daß ich nichts mitnehme, was euch schaden kann.«

»Was stand darauf?« Nun mußte er schon fast rufen.

»Kaukirino hat im Söldnerkrieg Hanno eine Botschaft von Hamilkar überbracht. Und denk an die Zeit.«

Seeleute waren an die Ruder gegangen; das Schiff nahm Fahrt auf und näherte sich der Ausfahrt. Bomilkar wollte noch etwas rufen, brüllen, hob aber nur den Arm. Laetilius erwiderte die Gebärde.

›Natürlich‹, dachte er. Hanno hatte Kaukirino gekannt. Himilko hatte den Iberer aufgesucht, aber nicht ausgesucht. Himilko war gestorben, ehe der Rat der Ältesten zusammentrat. Als Bomilkar und Laetilius eben erst bei Hanno gewesen waren. Plötzlich begriff er auch, warum Fabius ihm die zerbrochenen punischen Schwerter gezeigt hatte, die schlechten Waffen vom Berg Eryx. Roms Spitzel mußten gemeldet haben, etwas sei gegen Hanno und Hasdrubal im Gange. Hasdrubal als Stratege, gestützt auf das Heer in Iberien, würde Einfluß in Qart Hadasht verlieren, aber mächtig bleiben; Hanno wäre mehr oder minder erledigt. Das konnte nicht Roms Anliegen sein – ein starker Hanno, Gegengewicht zu den Barkiden, lähmte Qart Hadasht und förderte Rom. Der Konsul konnte sich natürlich nicht unmittelbar einmischen, aber er konnte dem Herrn der Wächter einen Hinweis geben, eine Andeutung.

Was er nicht gewußt hatte, ebensowenig wie sonst einer außer Hanno und dem toten Himilko, und was nun nicht mehr zu beweisen war: Hanno selbst hatte alles ausgeheckt, um es zu einem ihm geeignet erscheinenden Zeitpunkt zu beenden. Dann, wenn Hasdrubal schon geschädigt war, er selbst aber alles auffliegen lassen und als Retter dastehen konnte. Er hatte eine Verschwörung gegen sich selbst begonnen und dabei jene ermittelt, die in seiner eigenen Partei, den Alten, gegen ihn zu arbeiten bereit waren. Sie würden nun ... vermindert werden.

Das Schiff glitt aus der Ausfahrt. Laetilius stand auf dem erhöhten Achterdeck, winkte und hob sehr deutlich die Schultern. ›Was soll das heißen? Tut mir leid, aber ich konnte nicht anders?‹

Bomilkar stieß einen lästerlichen Fluch aus und ließ sich auf den Poller sinken.

# ANHANG

Zum Hintergrund: Die Geschichte spielt im Jahr 228 v. Chr., das heißt, dreizehn Jahre nach dem Ersten Punischen Krieg (264–241 v. Chr.), neun Jahre nach dem Söldnerkrieg (241–237 v. Chr.) und zehn Jahre vor dem Zweiten Punischen Krieg (218–201 v. Chr.); wer mehr wissen möchte, sei auf Nachschlagewerke verwiesen. *Die Mörder von Karthago* ist eine in sich abgeschlossene »Fortführung« von *Hamilkars Garten* (Neuausgabe als *Das Gold von Karthago*) und *Das Schwert von Karthago*. Teile des historischen wie des fiktiven Personals finden sich auch im Roman *Hannibal*.

*Einige Namen und Begriffe:*

Asoka – Aschoka (304–232 v. Chr.), ind. Maurya-König, herrschte 268–232 und schickte buddhistische Missionare in die Mittelmeerstaaten
Byrsa – der Stadthügel Karthagos
Byssatis – karth. Provinz an der tunesischen Ostküste
Ityke – lat. Utica, nordwestl. von Karthago; die »punische« Variante Uttuq ist erfunden
*kitun* – Leibrock, griech. Chiton, lat. Tunika
*koine* – »allgemein«, griech. *lingua franca* im Mittelmeerraum

Libyen – Gesamtbezeichnung für Nordafrika (außer Ägypten)

Lopadusa – die Insel Lampedusa

Mastia – iberische Stadt, später Neukarthago / Cartagena

Messana – Messina

Metöke – ansässiger Fremder ohne Bürgerrechte

Misenum – Hafenstadt am Nordrand des Golfs von Neapel (Miseno)

Oikumene – die Gesamtheit der bekannten / bewohnten Welt

Okeanos – der Atlantik

Pentere – Kriegsschiff mit fünf Mann pro Ruder

Ptolemaier – die Nachfolger von Alexanders General Ptolemaios als Herrscherdynastie in Ägypten

Qart Hadasht – »neue Stadt«, griech. Karchedon, lat. Carthago

Quadrigatus – röm. Silbermünze, etwas leichter als der karthag. Schekel, Vorläufer des Denarius

*shiqlu* – vgl. Talent

Stratege – verwendet im Sinne von »General«; »Stratege von Libyen (Afrika) und Iberien (Spanien)«: Hamilkars bzw. Hasdrubals Titel als Oberbefehlshaber aller punischen Heere

Sufet – einer der beiden jährlich gewählten höchsten Exekutivbeamten Karthagos; entspricht etwa dem römischen Konsul

Suru – Tyros

Talent – ca. 27 kg, unterteilt in 60 Minen zu je 60 Schekel bzw. 100 Drachmen; Schekel (griech. *siglos,* phön. *shiqlu*): karthagische Silbermünze (ca. 7–7,5 gr)

Tofet – Opferstätte und Begräbnisplatz neben dem Tempel des Baal Melqart

Triere – Kriegsschiff mit drei Ruderreihen übereinander

Tynes – Tunis, damals »Vorort« von Karthago

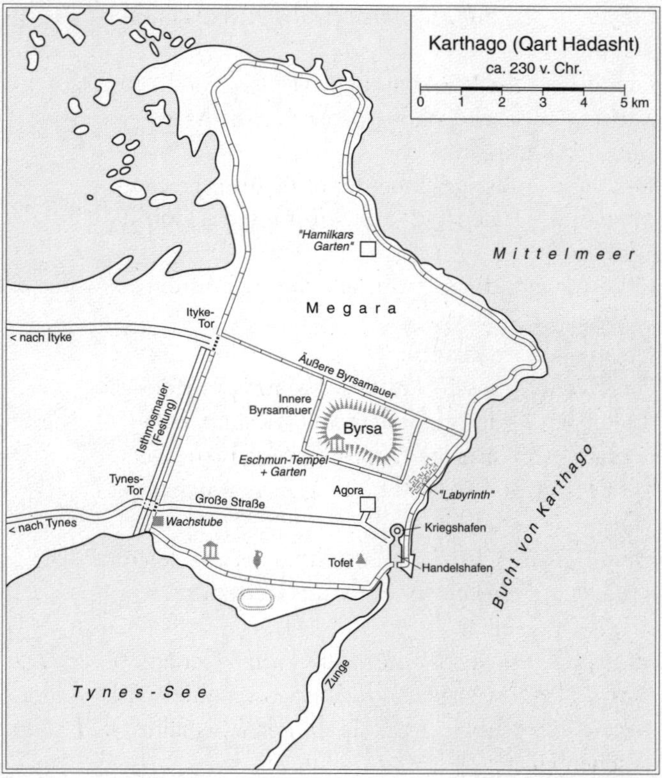
Karthago (Qart Hadasht)
ca. 230 v. Chr.
0 1 2 3 4 5 km
Mittelmeer
"Hamilkars Garten"
Megara
Ityke-Tor
< nach Ityke
Äußere Byrsamauer
Innere Byrsamauer
Byrsa
Isthmosmauer (Festung)
Eschmun-Tempel + Garten
Tynes-Tor
Agora
Große Straße
"Labyrinth"
< nach Tynes
Wachstube
Kriegshafen
Tofet
Handelshafen
Bucht von Karthago
Zunge
Tynes-See

# Gisbert Haefs

**»Gisbert Haefs bietet eine rechte Labsal auf der Wanderung durch die Berge historischer Romane.«** ***Die Zeit***

978-3-453-47086-6

**Hannibal**
978-3-453-06132-3

**Das Gold von Karthago**
978-3-453-43131-7

**Das Schwert von Karthago**
978-3-453-47070-5

**Der erste Tod des Marc Aurel**
978-3-453-47078-1

**Caesar**
978-3-453-47086-6